老作家僧のチェンマイ托鉢百景

2023雨安居全日録

笹倉明

論創社

まえがき

コーヒーを脇に置いて日記をつける――。
我（われ）の習慣としては異例のこと。これまでモノ書きをやってきたけれど、日記というものは特別な旅や取材の記録以外はつけたことがない。ワタシは小説を書くのに忙しいから日記はつけない、といった作家もいるから、我もその類だったのでしょう。小説が日記のようなもの、ある意味でその代わりをする、というのが正直な思いです。あの日、あの頃が何かと思い出されて、生々しい記憶を呼びさますこともあるからです。

この度、突然変異的にその気になってしまったのは、『富士日記の人びと　武田百合子を探して』（校條（めんじょう）剛著　河出書房新社）を読んで啓発されたことが一つあります。校條氏は月刊『小説新潮』の編集長であった時代からの知己で、退職後は作家活動をしていますが、日記が文学になり得ることを改めて教えてくれたのでした。加えて、先ごろ、完成から長い歳月を経て世に出た拙作『詐欺師の誤算』（論創社）を読み返してみると、やはり少しでもいいから日誌的なものを書いておけばよかった、という気がして、この際、せっかく異国で出家したことだし、僧院暮らしの日々をあれこれ記してみるのも一興かと考えたこと、これが二つ目の理由です。

これまでの我の書きモノにも、テーラワーダ仏教とお寺の暮らしについて記したものがあるけれど、それとはまた別の視点、角度から、我自身の思いをどしどし取り込んだものにすれば、それなりのものができそうな気がします。教養的なもの、仏教話もむろんそれなりのものだけれど、我の場合、ほかでも散々書きつけてきたように、出家に至る過程やその動機において、決して褒められたものでも、自慢できるようなものでもない。はっきりいって、異国へ落ち延びた落人作家であり、まさに駆け込み寺としてあったのがチェンマイの古寺であったのです。

ゆえ、落人には落人の視点、三分の理屈、言い訳はあるはずだから、そんなことも念頭におきながら、その日の出来事、思いをつづっていくことは、意味のある仕事になるという気がしないでもないのです。つまるところ、人生の成功組、いま現在も成功裏にすすんでいる勝ち組には、いわゆる「禁書」としておきたい。何の面白みもなければ、笑ってすませられるか、途中で投げ出されるか、いずれかであるでしょう。

　とはいえ、そういう人は、ブッダの教えに照らせば、非常に少ないことも確かだと思います。何をもって成功とするのか、人生は「苦」に覆われている（一切皆苦）というブッダの教えからすれば、勝ち組などというコトバ自体が意味をなさなくなってしまう。たとえ恵まれたサラリーマンの時代を過ごした人でも、定年後の人生はどうなっていくのか、最後まで何の問題もなく生きていける人など、めったにいない、という気がします。その意味では、およその人にとって、おもしろい読み物になるかもしれない、という期待は持っていてよいのかもしれません。

　日記を「百景」としたのは、とくに深い意味はなく、僧にとってとりわけ大事な日々、修行期間のパンサー（雨安居）期がおよそ三か月間にわたってあり、その前後を含めた日数（約百日強）を記したいがためです。主人公の私を「我（われ）」としたのも、特別な意味はなく、あえていえば、我の他の書きモノと区別するため、というにすぎない。ただ、わが国とかわが母といった場合は、我という漢字は使わないでおく。これも別に意味はなく、その他、身体やカラダ、心やこころも同じ、漢字カナ混じり文の不揃い自由、気のまま、ということにしたいと思います。

およその内容は、タイのお寺生活とはどういうものか、同時にその時々の我の思い、考えの中身を率直に記していくことになります。出家に至るまでの話は、拙作『ブッダのお弟子さん　にっぽん哀楽遊行』（佼成出版社）などで十分に恥をかいたので、大事な部分はくり返すことがあっても、ほとんどは割愛することにします。出家から五年間を過ごした寺では副住職（アーチャーン＝教授の意）であったわが師は、いまは（我を連れて）移籍した寺で住職となっており、この書きモノでは、呼び名は同じアーチャーン、もしくは住職とします。正式には、アーチャーン・チャオアワート、住職先生さま、といったところ。我は「トゥルン」と呼ばれており、北部タイの方言で「老（いた）僧」の意。我自身をそう呼ぶこともあります。老僧（トゥルン）はもう疲れた、等。

仏法はそのつど、実生活に則して述べていくことにします。全体のものとしては、これ以外の拙作を覗いていただければと思います。

日記というより、日々のエッセイといったほうがいいかもしれません。その意味でも、やはり「百景」でしょうか。なお、随所に置いた写真は、訪問客（知友や身内）のほか、我が折々に托鉢（たくはつ）途上などで気ままに撮ったもの、ピンボケしているのはそのせいです。

では、老僧ゆえ、転ばず、滞りなく、上手くいくように、と祈りつつ……。

*文中敬称略

老作家僧のチェンマイ托鉢百景

——2023雨安居（パンサー）全日録

目次

第一部　雨季から

七月　チェンマイ復帰は托鉢から

八月　雨に打たれながら考えた日々

第二部　寒季へ

九月　タイ文化を月とともに歩く

十月　老いゆくわが身を省みる日々

第一部 雨季から

七月　チェンマイ復帰は托鉢から

○三半規管の故障か？　七月十七日（月）

今年（二〇二三年）もやがて約三か月の修行期間が始まる。その日（八月初頭）までに一時帰国を終えて、本拠のチェンマイへ戻らねばならない。が、気分はすぐれない。体調に問題あり、不安あり、であるからだ。

歩行中にふらつきが出て久しい。もう一年ほどになるだろうか。足元が浮いたような感覚が常にあって、左右へよろめきがちなのだ。そのため、対向人をうまく避けられなかったり、滑って転んだりする危険がつきまとう。いっときの油断もならない状態である。

加齢ゆえか、それとも何かの症状か、あるいは後遺症か。

それは「メニエール病」ではないか、という人あり。耳にある「三半規管」というものが傷んでいて起こる現象ではないか、と。ゆえにバランス感覚を失いがちで、ふらつきも起こる、めまい的症状も出てくるのでは、と……。

症状の原因をつきとめることが必要なのだが、それをどうやってなすかが問題だ。と、すぐに医者に診てもらう、耳鼻科へ、あるいは脳（神経）外科へという法を思いつく。が、それをやるにも、我には保険証というものがない。旅行保険のようなものに入り、タイで診てもらうことも考えた。バンコク病院やバムルンラード・インターナショナルなどは、優秀な医者がいて日本語の通訳も付いてしっかりしていることは、以前から知っていた。

実際、この度、関西空港から飛ぶことにして、深夜でも開いている窓口を訪ねた。聞けば、七十四歳という高齢者はたとえ一か月間であっても約四万円と高くつく。ＬＣＣのエア・アジア、航空機代が二万五千円（復路）であるから、ためらってしまう。

それに、我には前々から、西洋医学が必ずしも最善ではない、という考えがある。クスリにしても対症療法として副作用もあり得るし、別に敵視するわけではないが、もう一つ、いわゆる民間療法というものでやってみるのも一法ではないか、と考える。

その点、タイという国では、それがさかんである。民間療法の国際会議が開かれる土地柄であるから、やり方はいろいろとある。とりわけ、チャイナタウンは東洋一の規模であり、そこにはいわゆる漢方薬店がいくつもあって、症状をいうだけでたちどころに適切な処方をしてくれると、現地に長い邦人の話にあった。今回は、それでやってみよう、と旅行保険の窓口を離れながら心に決めた。

○チャイナタウンの漢方薬店　七月十八日（火）

関西はアジアに近い、といわれている。そのせいか、アジアに馴染めるのは関西人が多い。おおざっぱで、雑なところ（悪い意味ではない）がアジアの混沌にフィットする、というのが我の考えだ。もっとも、シンガポールのようなキレイすぎる都市国家もあるけれど。

確かに近い。関空からバンコクまで五時間くらいで飛んでしまう。成田からより一時間ほど早く着く。ために、十一時五十五分きっかりの滑走路発進でもって、現地時間の午前三時すぎには着いてしまった。

　その時間は、タクシーしかない。目指す先は、かつて十年ほど暮らした古巣のアパートメントだ。十年間、十分に支払ってきたうえに、僧姿となった我からはお金をとらない。これを役得というのか、亡くなった女主人らが日本へ旅した際は案内を買って出たり、その遺言に応じて息子の日本語教授を数年にわたってやったり、何かと親しく付き合ってきたこともある。が、最大の理由は、王様よりも偉い大僧正（プラ・サンカラート）を筆頭とする仏弟子（ブッダの弟子）であるからにほかならない。

　ＶＩＰのなかのＶＩＰ、で、その恩恵は多岐にわたる。航空機やタクシー代に割引はないが、市内バスはすべてタダ、僧が乗ってくると乗客はこぞって席を空ける。その義務があるのを誰もが心得ている。従って、できるだけバスに乗って移動する（県境を越える長距離は半額になる）のが僧の習慣である。バスでなければ電車で、これも普通乗車券の部分が半額。

　着いた日（十八日）の朝、しばらく部屋で休んでから、予定通りチャイナタウン（中国人街〈ヤーン・コン・チン〉）へ向かった。アパート近くの停留所で、バスNo.２０４、冷房バスを待ち、乗り込むと、「ニモン（僧を招待もしくは何かを献上〈布施〉するときの呼びかけ）！」と車掌が告げる。運転手も女性で、ふたりのお喋りがにぎやか。ながら運転だが、うまいものだ。ひと頃は車掌だけが女性だったが、近年はバスの運ちゃんにも女性の進出が目立つ。

　最前列の僧用の席に腰かけ、三〇分余り、ヤワラート通り、で降りる。発音は、ヤワラー（「ト」は無声音だがタイ人には聞こえているらしい）である。チャイナタウンの目抜き通りで、バス停から五分ほどで目指す薬店が目に入った。林祥興海味蔘茸薬行、とある。店頭に一般的なサプリメント

（クコの実や乾燥菊花など多種多様）が並べてあり、その奥が漢方の店となっている。

眩暈のタイ語は、ウィアン・ファ（頭がまわる、の意）というが、我の発音がわるいのか、なかなか通じない。ファファと浮いたように、よろめきながら歩いてみせて、やっと通じる。と、応対の親父は即座にうなずいて、ショーケースの上に置いた紙片に、三種の薬草の名を並べて書いて、これが効く、という。混ぜ合わせた一定の分量を煎じて、一日、朝夕二回、コップ一杯ずつを飲む。その一日分が五〇バーツ（約二〇〇円）だといい、何日分でもよい、という。

三種の名は、川〇、白〇、天麻で、〇の文字は見たことがない。草カンムリに弓、が川なんとかで、同じく草カンムリに止、が白なんとか。順に、ションチョン、パーチー、チェンムア、というらしい。川なんとかは海藻と木耳（きくらげ）の間（あい）の子のような切片、パーチーは明らかに白い茸、天麻は、何か木肌を削り取ったような切片で、はっきりいって得体が知れない。が、何やらよくわからないものへは、それを疑って排除するか、受け入れて試してみるか、二通りしかない。疑い深い我も、本来なら寄りつかないところ、今回はワラをもつかむ心境であるから、やってみようという決断を下した。

とりあえず、三十日分。千五百バーツ（約六千円）である。高い保険に比べれば安いものだ。うなずいた親父は、ショーケースの上に赤い四角い紙をはじめに15枚（次にまた15枚）敷くと、古風な量りの一方の皿に（何グラムかの）重りを、もう片方の皿にそれぞれの薬草を乗せ、均衡を保ったとみるや、次々とつまみとって紙片へと移しかえ、それをくり返すこと三種×30回（15回×2）、計90回の手間をかけると、包装にかかった。その手間暇かけるやり方をみていると、何かしら効き目がありそうな気がしてくる。はじめての本格的な漢方、民間療法に賭けてみる気持ちが定まった。

○カラダが資本の僧の選択　七月十九日（水）

早朝、さっそく煎じてみることに。

まずは、一包（三種）をコップ二杯半の水に入れ、沸騰させた後、約二〇分間、弱火でコトコトと煮出し、コップ一杯にまで湯が減ったところで止める。ふやけた三種の薬草を取り出し、残った液をコップに入れて飲む。甘酸っぱい味。さして刺激はないが、深いコクのある湯で、まもなくお腹がごろごろと鳴った。

夕刻、朝に煮出して保管しておいた薬草をそのままコップ一杯半の水に入れ、同じくコップ一杯になるまで煮出す。今度はものの一〇分とかからない。やはり甘酸っぱい液体が臓腑に染み渡るようだ。効き目は不明であるところが、この手のものの特徴だが、効くと信じる、もしくは念じるのがよい、ということになるだろうか。

漢方店の六十がらみの親父は、我のことを〝アーチャーン〟と呼んだ。教授僧の意で、我は寺の住職をそう呼ぶのだが、この場合は、先生、というくらいの意であるのだろう。そう呼んでおけば無難であるからだろうが、適正な値段で売ってもらえたはずだ。嘘つきは「五戒」のひとつで禁、ましてや僧をだますとバチが当たる。安心していられるのも取り柄のひとつか。我からお金を受け取り、見送るときは額の前で合掌し、「コープクン・カップ（ありがとうございます）！」と声を張り上げた。

僧は、身体が健康でなければならない。何よりもココロが大事とされるが、それも健全なカラダがなければおぼつかない。理想は、身体が不具合でも心がしっかりしていること。だが、それはそ

パンオン寺本堂

大ブッダ像前の出家した筆者

う簡単ではない。

現に、老いぼれてしまうと得度が許されない。仏道修行に適さない、ムリであると判断されるためだ。が、いったん僧になってしまえば、あとはいくら老いさらばえても追い出されることはない。むしろ、若いものが動けなくなった僧の手助けをして、最期のときまで面倒をみてくれる。これは釈尊(ブッダ)が、妻も子もない（あっても出家して俗世を捨てた）僧同士の助け合いを義務としたことが始まりだが、いまに続く習慣となっている。

しかし、そうはいっても外国人僧の我の場合、さらに老いていけば、その習慣に頼ってよいものかどうか、大いに迷うところだ。そうならないためには、どうすればよいか。せめて死の間際まで、自力で立って、モノも書いていたいと思う。

我の父がそうであった。死の前日まで、台所に立っていたが、ついにバランスを崩して倒れ、助けを求めた次女（我の次姉）に病院へ運ばれたきり、家には戻れなかった。そのような死にざまが人によっては可能であることを教えてくれたのだったが、我もまたそのようでありたいのである。

漢方に助けを求めるのもそのためだ。身体にメスを入れ、患部を取り去ることで命をつなぐのもむろん一法だろう。我の父も、ガンにおかされた肺をひとつ取ってからの養生でさらに十五年ほども生き延びた。が、それは最後の手段にしたい。まずは、西洋医学に頼らない、身体にメスを入れない方針でいきたいのだ。

思い返せば、まだ二十二歳という若い日、旅先のドイツで急性盲腸炎を患い、九死に一生を得たときの手術痕は（五十余年が経った）いまだに生々しく、寒い日には痛みが走ることがある。まして、七十五歳で片肺を取り去った父の背中の切開痕などは、痛々しくてみていられなかった。老いが深まるにつれ、その傷が痛むと訴えていたが、上体も片方へ傾いていたから、均衡を保つのも並大抵ではなかった。

父が大手術をした歳になろうとする今、我もまた均衡を失いつつあるのをどうするか、これを克服できなければ、いずれ倒れて寝たきりになるといった恐れも多分にある。

七年前に出家して、それまでの人生をやり直そうと考えたものだが、何とも早い時の流れは、その暇も与えてくれないような気がしてくる。身体の不調は心の病にも通じていて、いま流行り(はやり)の老人性うつ病に陥っている知友もいるから、まったく油断がならない。用心はしすぎるくらいでちょうどよいのだろうが、それによるストレスもあるから要注意だ。

○役得としてある乗りもの　七月二十日（木）

早朝、本拠のチェンマイへ帰還した。

バンコクのモーチット・バスターミナルから十時間余りのバス旅だった。むろん空路があって、そのほうがずっと身体はラクであるから、迷いに迷った。

旅費は、日本円にして七千円くらい安い。飛行機は一万円程度。シーズンにもよるが、その差は歴然としている。しかも、バスは僧の割引があるから、さらに安くつく。十時間の長旅か、一時間のフライトか。これまでも迷ってきた。

考えた末、バスを選んだのは、近年になって（七十歳を超えたころから）、気圧の高低に、耳がうまく順応しなくなっていたからだ。とくに下降していくときの変化は、油断をすると、耳の鼓膜が破れるほどの圧迫を感じるため、常に気圧抜きをしなければならない。唾を呑み込んだり、欠伸をしたり、水を飲んだり。それでも完璧にはできないから、ある程度の圧力はかかってしまう。それでなくても、耳の奥にある三半規管に問題あり、と感じているのだから、やむを得ない場合は別にして、できるだけ高度一万メートルを飛ぶ機は避けたい、と最終的に決めたのだった。

タイは、バス王国である。前々から、そのことは知っていた。わが国のように、どこへ行くにも鉄道が発達している国と違って、頼りになるのは道路（近年はめざましい）であり、従って、旅人とバスは切ってもきれない関係にある。ＶＩＰバスともなると、むろん値段は高くなるが、三列（二列と一列）の座席は、航空機のビジネス・クラス並みにゆったりしている。リクライニング・シートは、仰向けになるほど倒れるし（それでも後席の人の迷惑にならない）、夜行バスは夜食（水とパン付）のサービスがあるし、途中の休憩はむろん、トイレも後部についている。

飛行機なんかに負けるものか、という気概がその他至れり尽くせりのサービスにある。ただ、路上では事故なるものが、たまに起こる。それだけはどうにもならず、命あずけます、と覚悟して乗るしかない。もっとも、飛行機事故もわずかな確率であるわけだから、いずれにしても絶対の安全はない。

ともあれ、チェンマイのアーケード・バスターミナルへぶじ到着した。

約二か月半ぶりの帰還。

トゥクトゥク（三輪車）で、ワット・パーンピンまで、四キロばかり。運ちゃんのいう一五〇バーツを一二〇バーツにねぎる。これも僧であるからすんなりとディスカウントされたのか。

ただ今回、意外だったのは、バンコクのバスターミナルでは、窓口の若い女性は、僧姿をみても一切の考慮をせず、正規の料金を告げたものだった。そこで、我は念のため、僧は半額ではないのか、とゴネてみた。すると嫌な顔をして、割引はない、と突っぱねた。が、折よくその後ろを通りかかった掃除婦の小母さんが、たしなめるように話してくれた。ために、やり直しとなって、わずかな割引料金が実現した。

割引は公的に決められているのではなく、その地の、それぞれの管轄のアタマが決めることで、一定ではない。首都バンコクでも、市内バスはすべて無料だが、その他はそうではないのと同じことだ。チェンマイのようにバンコクよりはるかに早く仏教文化が花開いた土地柄は、とくべつなのだと、そのとき思った。ラーンナー王国の歴史は七百余年、バンコクのチャクリー王朝（ラッタナコーシン朝）はたかだか二百余年、その差は歴然としている。奈良・京都と東京の違いと似ている。チェンマイで出家してよかったと思うのは、そのことも一つ、ある。

○休まない布施人たちの恩恵　七月二十一日（金）

しばらくぶりに朝の托鉢に出る。午前六時過ぎ、外はすでに眩しいくらいに明るい。往復四キロほどの道程をぶじに歩けるかどうか。ずっと以前、六十代であった頃は考えてもみなかったことだ。まだ元気だったと、つくづく思う。裸足でしっかり歩けたし、雨の日に滑って転ぶことは何度かあったけれど、大事には至らず、むしろ他寺の七十歳前後の老僧がよろよろと歩く姿に同情したものだった。いつの間にか、我がその立場になっている。まだ杖はついていないが、ふだんのふらつき現象があるから厳重注意。〝油断一瞬、ケガ一生〟は自作の警告文だが、油断は広い意味での「煩悩」の一つ、命すら奪いかねない危険なものであることを改めて自覚しなければなるまい。

日本の百円ショップ（百均）で仕入れた、土産の扇子を携えていた。百円とはいえ、きれいな花の絵柄でなかなかセンスのよいものだ。いつも世話になる人たちへのせめてもの御礼で、住職に聞けば、それはよいことだという。いただくばかりで何の御礼もできない、というのは別に気にすることもない、僧への施しそのものが「徳（ブン）」であり、在家はそれを積む（タム）、つまり「タンブン」することで善果を得るとされるわけだ。が、やはり、ここでも日本人僧は気づかいというものから無縁になれないのだ。ただ、タイ僧でも海外へ旅した際は、例えば日本へ行ったりしたときは、小物（交通安全の「お守り」など）を土産にする僧はいるけれど。

最初のお得意さまは、チャンモイ通りの商家の御主人だが、今日はシャッターが閉まったままだ。次は、同じく商家の老女で、車椅子で玄関までやってくると、杖にすがって表の通りまで、ゆるりゆるりと歩いて椅子に腰かけて居るのだが、こちらも今日は姿がみえない。前に腰の骨を折ったことから身体が不自由になったそうで、いつも小さな飲料一個、もしくは「プッサー」という果実を煮込んだ汁（サプリメント的）一袋のみの献上である。時おり、その娘さんが代わりに腰かけているのだが、その姿もない。我の出が遅かったので、売り切れて奥へ引っ込まれたのかもしれないが。

次は、やはり商家の女主人で、奥の母屋から大きな手提げ籠に満載した献上品を表の通りまで運び、設えたテーブルに置いて、自分はその脇の椅子に腰かけて僧を待つ。それがほぼ毎日、ほんのたまに姿がみえない日があるけれど、ご苦労さまというほかない。聞けば、七十歳になるというが、その年齢のタイ女性にしては若くみえる。裕福な商家の育ちゆえだろうか、ふっくらした顔立ちからして品の良さが窺える。

托鉢中の筆者〈チェンマイ路上〉

いつぞやは、重い籠を運ぶ途中、足を滑らせて顔を床に打ちつけた、ちょうどそのとき、我が通りかかり、驚いて駆け寄ってケガの様子をうかがったことがある。片目の際から血が流れていたから、これは大変だと誰かに助けを求めようとした、そこへ通りかかったのがいつも布施されている若い僧たちで、救急車を呼んで病院へ運ぶように、と告げたのだった。

それ以上は何の役にも立たない我は、そのまま托鉢を続けたのだが、翌朝、安否を気遣いながら歩いていくと、何とその日もいつものように表通りに出て、いつもの大籠に献上品を積んで待つ姿が目に入った。眼帯をした顔が痛々しく、外して見せると、片方の真っ黒に腫れあがった眼はふさがったままで、我はいたく驚いた。それでも休まない、奇特というほかない敬虔な仏教徒、布施人が、この地にはいるのだと、改めて思う。

ただ、多くが高齢者で、そういう人がいなくなる日が遠くない将来に迫っていることは、サンガ（僧団）にとって覚悟せざるを得ない現実でもある。この国もまた経済成長と歩調を合わせて、少子高齢化であると同時に、少僧高齢信者化、という現象が始まって久しい。

土産の扇子を差し出すと、いたく喜んで、いまはすっかり傷の癒えたマル顔を満開にしてくれる。それはいいことだという住職の言葉通りの、ささやかなお返し。

土産を渡すべき次なる布施人は、こちらも奇特な、年中無休の人たちだ。チャンモイ通りを中程で横道へ、ターペー通りに向かう小路へ入り、しばらくいくと、右手に見えてくる、やはり商家の、しかしさほどリッパな家ではない。向かい側にあるマンションの一階にコンビニがあり、そこと契約しているようで、毎朝、よほどの悪天候の（僧が出てこられないほどの）日を除いて、決して休むことがない。こちらはご主人とその夫人（二人とも七十歳を超えている）とご子息の三人が表に出て、コンビニの女性（娘）が手助けをする。

扇子は二本、高齢のご夫妻に差し上げることに。やはり、ひどく喜んで、いつもより機嫌がよく、日本は暑いのかと問う。いまはタイより暑い（これは本当）、と答えると笑っていたが、今年のタイの暑さ（暑季は去っていたけれど）も異常であった。

布施品はおよそ定番で、バナナ、惣菜、ソイ・ミルクの紙パック、カップの型をした水のミニ・パック、といったところ。惣菜は売り切れてない日もある。今日の惣菜、ビニール袋の中身は、野菜の数種（ニンジン、玉ねぎ、ピーマンなど）をブタのレバーと煮込んだもので、なかなかよさそうだ。が、およその場合、味つけが濃く、油っぽいので、湯通しをしてから、ということになる。せっかくの調味だが、老僧にはそれを消化する力がない。できれば、唐辛子抜き、油抜きのさっぱり味にしてほしいものだが、むろん注文するわけにはいかない。ために、持ち帰った後で工夫するしかない。どうしても手に負えないものは、寺の台所へ持っていき、若い者にまかせることになる。

この托鉢食については、戒も絡んでくるので一筋縄ではいかない。再説を要する。

これ以降は翌日に書き足す。

さて、次なるは、ターペー通りへ出て左折し、最初の交差点を越えていったところ――、ここの人たちからの恩恵は、ひとかたならず。もしそれがなければ、とうに托鉢に限界をおぼえていただろうし、僧でいることもやめて（還俗して）いたかもしれない。

我にとって、それほどの存在であることの理由だが、一つ二つではない。まず、人々からいただくものは、上記のお得意さまからだけではなく、その間に、ポツポツと、その日によって違う顔ぶ

少年僧と転んでケガをした老婦人〈チャンモイ通り〉

れが入ってくる。すると、鉢はたちまち満杯となり、あふれた分は携えた頭陀袋（ヤーム）へと移し替えねばならない。勢い、荷の重さでもって足元に圧力がかかり、それでなくてもふらつきがちの歩行にいっそうの困難をきたすことになる。

　ならば、そんなに長く歩かなければいいではないか、というのはその通りで、我くらいの年齢になるとむろんだが、六十代ともなるとタイ人僧はおよそ老いぼれてくるため、寺の周辺、近場を適当に歩いて、鉢が満ちたところで引き揚げる、というのがふつうだ。托鉢における規則（一応、戒にもある）として釈尊が定めたのは、その日に食するものだけ、適量を鉢に受けるべきである、というものだ。これだと、いくらも経たないうちに歩きを終えねばならない。寺を出たとたんに呼び止められて、どっさりと入れられる日などは、最初の常連さんまでも行けなくなってしまう。

　それに、朝の托鉢は、老いていく我にとって、せめてもの運動を兼ねている。もとより運動不足になりがちな僧は、そのような早朝の時間を持つことで、どうにか持ちこたえているようなところがある。そうした不足を避けるには、しっかりと歩いて疲れをおぼえるくらいがよい、と心得るべきで、往復四キロほどの距離はどうしても確保したい。となると、上述のごとく、満杯の鉢に加えて、頭陀袋もふくらんでいくわけだ。

　そこで助け舟を出してくれるのが、上述の人たち（ともに五十代の男女二人）で、女性のLさんはピックアップ車を運転して午前六時に現地に到着し、ほぼ同時に、C氏が後部に荷かごを設えたバイク（モーターサイ、と呼ぶ）でもって駆けつける。そこが我の折り返し点であり、持ちきれなくなった献上品をピックアップ車の荷台に預けておくと、C氏がそれをモーターサイに積んで寺までひと走りしてくれるのである。

むろん、それだけではなく、Lさんは日々、定番の乳酸飲料にビニール袋（これは帰路にいただくもの用）をつけて鉢に入れてくれる。が、それはむしろ最低限の日課であり、我に対しては、自家製の無糖パンをはじめ、くるみ、かぼちゃ（ときに向日葵）のタネ、緑豆、などなど、身体によいものを献上してくれる。そればかりではなく、パンを焼くのに便利なオーブン・トースター、電気コンロ、サンダル（ブランドもの）なども、気をきかせたLさんの供給である。とくにサンダルなどは足元が危ない我を気づかってのことで、滑らない品には恐縮したものだ。

加えて、住職に許された冷房を部屋に設置する際（二〇二三年暑季）は、知り合いの電機屋さんに破格の提供を交渉してくれたし、流しが故障して使えなくなったときは、お金がかかるので住職も困っていたところへ、友人の何某を連れてきて点検させ、たちどころに部品をそろえ、バーナーを使ってきれいに直してしまった。

それやこれやの恩恵は、いくら感謝してもしきれないほどのものだ。雨の日も風の日も、僧が出られる天候でさえあれば、年中無休である。Lさんだけはたまに用事があって空けることがあるけれど、必ずや代わりの者（甥など）をよこし、決して休まないC氏とのコンビを崩すことがない。我が出家する少し前から始めたというから、もう七年以上も続けていることになる。むろん公的な支援などは一切ない、あくまで個人的な奉仕、純粋なボランティアである。

そうした実直で勤勉な人たちをみていると、敬虔な仏教徒の一言では片づけられない、強靭な信仰心に支えられた人間のすごさを感じてしまう。顔に痛々しいケガを負いながら布施を欠かさないご婦人といい、年中無休の一家といい、出家するまでは何の宗教も持てない歳月を過ごしてしまった我には、まったくの別世界をみるような心地すらある。

いったい何という人たちだろうという感謝の思いは、扇子の一つくらいのお返しではとても足りない。LさんとC氏には、団扇に加えて、これも百均（一〇〇円均一店）で仕入れた万能タオルとバス・タオル（カラダ洗い用）をつけて差し上げたけれど、何ともケチ臭い僧である。それでも、ふたりとも喜色満面。やはり、住職のいう通りだったと、我もまた幸せな気分に浸りながら、何か欲しいものはないかと問うLさんに、いつもの無糖パン、と告げた。

○パワラナの有り難さ　七月二十二日（土）

寺に帰還すると、自分のペースが戻ってくる。

日本では友人宅を転々としてきたから、どうしても乱れがちであったが、僧房に入った瞬間から、本拠に帰ってきたという安心感がある。

今日は、午前二時半に目覚め、三時に床を抜け出す。その間の三〇分は、床運動で、手足を動かし、とりわけ硬直した指先をやわらかくする。脚をもち上げ、ぶるぶると震わすと血のめぐりがよくなるとは、はじめ母親から教わった。手も同じだが、こちらの高校生がやるダンスからヒントを得、左右前後、上下にくねくね、パッパッパッ、と手品みたいに動かす。それに、むすんでひらいて、を加味するとほぼ完璧だろうか。

時間がある日は、朝のコーヒーは粉でドリップする。近年はチェンマイほか北の高地で採れるコーヒー（粉と豆がある）で、市場で仕入れるこれが値段も手ごろでおいしい、というのは欲につながる俗人のセリフだから口にしてはいけない。が、なかなかいける、オーケー、なのである。

さて、時はたちまち過ぎ去って、托鉢に出る刻限になった。

昨日は夕刻、僧の勤行中に驟雨があった。

勤行のあと、しばらく雨宿りをしたのだが、本格的な雨季の始まりを思わせた。おかげで、今朝の気温はさほど高くなく、よく眠れたせいか、足取りは重くない。さほどのふらつきもなく、鉢をかかえていつものコースを辿る。

途中、チャンモイ通りに入ると、間もなく店頭にテーブルと椅子を出したままの店があり、そこに腰かけ、サンダルを脱いで底の薄っぺらいシューズに履き替える。チェンマイの地域によっては、六十歳以上の僧はサンダルを履いて托鉢してもよい、という規則を設けているが、我の区域はそこまでの寛大さはない。その代わり、靴下とか、足袋のようなものならば、まあ、いいだろう、とされている。我の場合、六〇代までは裸足で何の苦もなく歩けたものだが、七十歳を過ぎた頃から、足元に危険を感じるようになった。雨の日に滑って転んだことが二度ばかり、一度はしたたかに腰を敷石に打ちつけ、幾日かの休養を強いられたし、視力も衰えてきたことから、小さなゴミや石の類を踏んで（一度はガラスの破片を踏みつけて）痛い目に遭うこともしばしばだった。それにチェンマイの路は舗道の壊れや段差が多く、しかも犬の糞が方々に落ちているので、危なくてしかたがない。そこをどうにか凌（しの）いでいくためには、とりあえず足を何かでカバーして、一時間と一五分余りの歩きに耐えるほかはなくなったのだ。

そのシューズをネットで注文して献上してくれたのも、上述のLさんたちだった。むろん親日的な方たちだが、日本人の老僧にはとりわけよくしてくれる。その日は、いつもの品に加えて、希望（タワイ）した無糖パンのほかに、ウリほどに立派なアボカド二つと歯磨き（チューブ）をつけての献上と

托鉢折り返し点のＬさんたち

なった。我の土産に対するお返しではなく、それとは関係のない、心底からの厚意である。

パワラナ、という習慣がある。懇意にしている在家へ、僧の側から欲しいものを告げることができる仕組みで、三日パワラナ、七日パワラナ、そして終生パワラナ、がある。在家が、何か欲しいものはないかと尋ねて、僧が三日以内、もしくは七日以内に答えを出す。それ以上は無効とするのは、もう忘れてしまうためか。在家が身内（親兄弟）の場合は、いつなんどきでも可であるから、終生パワラナ、とされる。Lさんはしばしば、それを問うところをみると、我をパワラナの対象とみているのだろう。何から何までありがたい話だ。


帰路に必ず立ち寄る店がある。ここも欠かすことができない、お得意さまがもう五年以上も続いているところだ。その名も〝ナムヤータート・サーラモーン〟という、ディープリー、フライなどの薬草に黒胡椒、生姜などを加えて大鍋で煮出し、その汁を供する店で、ファンが多い。いわゆる健康飲料水だが、これもチェンマイならではの伝統モノ（タイヤイ族の秘伝）で、滋養強壮、腰や背中の痛みの緩和などの効用があるとされる。我がどうにか元気を保ってきたのはそういうものがあるおかげかもしれない。むろん万能ではなく、どの程度効いているのかもわからないのだが、薬の水（ナム・ヤー）（以下「薬水店」と称す）であることは確かで、ビニール袋で供されるそれを我は重宝してきた。

それに加えて、この度は、漢方（前記）を仕入れてきたので、合わせて飲むことになる。

この店の小母さんもかなりの高齢だが、土産の扇子を差し出すと、やはり機嫌は上々、満面に喜色を浮かべて、水薬（ナム・ヤー）の袋をふたつもくれた。それに、そこは向こう三軒隣にある商家（装飾品や骨董品を扱う）のご婦人が、我のために惣菜などの献上品を預けておく店で、今日もまた、小豆を煮込んだものが一袋、シャッターの取っ手に吊るしてあった。旦那さんが日本人で、同じ兵庫県（神戸）の出身であることがわかってからは、いっそうの親しみを日々の献上で示してくれる。

寺に帰りつくと、二袋の荷がドアの前に置いてあった。C氏がバイクで届けてくれたものだが、袋の一つは我が市場で仕入れたものだ。

ワローロット市場（「ト」は無声音）。Lさんのピックアップ車から徒歩五分のところにある、チェンマイ随一の市場で、食料、日用品のほか、あらゆる品が揃っている。仕入れたのは、ニンジン、ダイコン、ブロッコリ、玉ねぎ、ジャガイモ、パクチー（コリアンダー）、木耳（きくらげ）、豆腐、トマト、チンゲン菜（いつもはホウレンソウ）、といったところで、時おり小ぶりの鯵（あじ）の三尾パックを加えるが、それぞれ少しずつ、大袋ひとつに収まる程度の仕入れだ。それもまたC氏が寺まで運んでくれるのである。

何のためにそうするかというと、托鉢食に食べられるものがないときの用意であり、味噌（この度はタイの味噌）や酢醤油（三杯酢）で煮込むのが通常である。この自分食のおかげで、タチのわるい発疹を二年かがりで克服した経験があり、以来、欠かせない習慣となっている。

しかし、本当はいけないこと、戒律のうち「戒」に違反する（「律」はサンガの運営規範）。テーラワーダ僧は原則として、托鉢でいただくものしか口にできない、というのが釈尊の定めた戒にある。つまり、僧は料理をしてはいけないことになっている。修行と関係のないことはするな、というわけだろう。この辺のことは、言い訳も含めて込み入った話になってくるが、わが身を守るためにはやむをえない、ということで許される範囲のことではある。

○少僧化社会で踏ん張る老僧（トゥルン）　七月二十三日（日）

今日は、まず初めに、我がいま現在、所属している寺について少し記しておく。これも話せば長くなるので追い追いに、ということにするが、取り急ぎ、といったところだ。

僧房の窓の外、すぐ右手に仏塔が聳え立っている。窓枠に収まりきらない真っ白な塔は、中程までも見えないくらいで、チェンマイでは三番目に大きいといわれる通りの威容といってよい。

その塔が快晴の日に照り輝く姿は、その麓（ふもと）で暮らす我の様子を静かに、しっかりと観察しているようだ。まさにブッダを象徴する塔は、中に何が収められているのか、察するところ、おびただしい数の仏像であるに違いない。というのも、我が以前に所属したパンオン寺の仏塔（五百余年の歴史を誇っていた）が雨季の豪雨に遭って倒壊したとき、そのようなことが明らかになったためで、その仏像もほとんどすべてがブッダ像であった。

その僧院、パーンピン寺へ移籍したのは、二〇二一年十一月末のことだった。間もなく年が明けて新しい暮らしが始まったのだが、住処となった僧房（仏塔の麓）は、清掃を終えるまで一か月も要するほどに荒れ果てていた。老朽化しているうえ、もう十五年以上も住む人がなく、窓枠に積もった埃を取り除くのも苦労するまでの酷（ひど）さ。シャワーは壊れており、トイレは水洗だが水たまりの底は真っ黒、お尻を洗うミニ・シャワーも半ば腐りかけており、それを掛けておくフックはいまにも壊れそうで（実際、間もなく落下してしまうのだが）、窓に掛かっているカーテンも取り外すまでにこちらが汚れてしまうほどで、ただ床だけがドアに仕切られてある二つの室ともに陥没せずにあったが、小さな合わせ木はガタがきて、方々が剝がれかけている。

住む人がいない家屋は長年の間にこうも荒れ果てるものかと溜息をつきつつ、やっとどうにか住めるようにしたのが十二月の暮れ近く、それまでは前の寺の僧房に寝起きして、荷物も暮れ近くになってから運びこんだのである。

幸いにして、以前のパンオン寺から歩いて五分の近場であったから、小さな箱に収まる荷物は少しずつ、キャリー・バッグでもって運んでおいた。

我のことを〝トゥルン〟と住職は呼ぶ。以前の寺で副住職であった頃から、その「老僧」の意を持つ呼び方だった。いまの寺に住職として移籍した際、親しくしていた我を誘い、ともに移り住んだのである。

ところが、荒れ果てた僧房を住めるようにするまで、一か月を要したことは先ほども記した通りだ。その建物自体は、老僧のための破格の待遇といってよい。掘立小屋のようなもの、といっても一軒家であり、六畳のふた間がドアで仕切られており、端に廊下があってトイレ、シャワーの室に通じている。本来なら二人の僧が共有すべきで、昔はそうであったはずだが、いまは少僧化して、ひとりの所有であるから、ありがたく思うべきなのだろう。

実際、住職は、トゥルンは運がいい、などという。ある意味ではそうかもしれないが、喜んでばかりはいられない。恐ろしく老朽化した部屋は、先にも述べたように、Lさんの知友の手で直された流しの壊れもそうだが、思いもかけないバイ菌やウイルスの巣となっているかもしれない。となると、我の健康にも悪影響を及ぼすことになる、と心配にもなってくるのである。

なぜ、その小屋がそれほどまでに放置されていたのか。問題はその点にある。

この先は、明日と明後日の追加記述。

いまやタイの仏教界（サンガ＝僧団）は決して安泰とはいえない、と、我の拙作（前記、佼成出版社）のあとがきに書いた。我が最初に所属したパンオン寺で、副住職であったアーチャーン（本来は「教授」の意で位のある僧にも使う）と二度にわたって日本を旅した記録だが、本文中には、そのアーチャーンが、我の出家は運がよかった、という場面がある。その意は、老い過ぎていると得度できないが、トゥルンはぎりぎりセーフ、親日的な住職が認めてくれたことに加えて、僧が少ない今の時代であればこそ「席」があった、という意味も込められていた。

まだタイが貧しかった時代には、息子が僧になって一家のためになる（誇りにもなる）という、社会通念が濃くあった。それが経済成長を遂げるにつれ、欲を否定する、戒律の多い僧院に入らなくても食っていける、あえて苦労な修行などする必要がない、という男子が多くなっていくのは当然の成り行きであった。これもタイ社会の通念としての、男子たるもの一度は仏門をくぐるべし、という勧めにしても、ほとんどが短期出家で、二週間から一か月がせいぜい、我の知人（コックでスウェーデンへ出稼ぎに行って久しい）は三日間だけだった、というから驚いたことがある。三日坊主というのはこのことか、と。

少僧化というのは、従って、いまの時代が生み出した特徴的な現象にほかならない。ひと頃は、全土で四〇万人以上を数えた僧姿は、いまや三〇万人に満たない。それも、出家は有名な寺院に集中するため、そうではない寺は、僧の数が（若い僧は短期で還俗する者が多く、老僧は没していくため）

減ってゆき、存続すら危ぶまれる寺が続出することになる。

ここチェンマイでも、その現象は同じ、というより寺の数が多いだけにより深刻である。いまの寺もまた、その種の危機にさらされていた。員数は、正式な僧が一名と未成年僧（二十歳に満たない若い僧〈サーマネーン〉）が二人、それに住職が一人いたけれど、僧の少なさに加えて、住職自体に問題が大ありだった。というのも、まだ三十歳を超えたばかりの僧（新米僧〈ナワカ〉の時代を五年過ごせば住職、副住職になる資格を得る）で、俗世に足を引っ張られたのか、美食欲にとりつかれたのか、日夜、酒浸りとなり、住職としての責をまっとうできなくなっていた。そのことが寺を支える在家に知れ渡るのは時間の問題だったが、結果、いわゆるリコールの宣告を受け、つまり還俗せざるを得なくなり、ついに住職不在の寺になってしまっていたのだ。

そこで、白羽の矢が立てられたのが、アーチャーンであった。法名はワチラパンヨー（ダイヤモンドの知恵、の意）という。十一歳で得度して、二十歳で正式僧（二二七戒律を授けられる）となって叩き上げてきた俊英は、寺の住職にとってもかけがえのない存在だったが、滅びかけた寺を救済するためのサンガ（及び在家）の要請とあっては断わるわけにはいかなかった。その移籍に我を連れていくことについても、住職は、ふだんの仲をみればやむを得ないと判断したのか、五年以上にわたる在籍を終えることに快く同意してくれたのだった。

かくて、上述のごとく移籍後の苦闘を強いられることになるのだが、長い年月、住む僧もなく放置されていた僧房であってみれば、当然の有様だった。その昔、ラーンナー王国時代には、王様が面倒をみていたといわれる古寺ですら、存亡の危機にさらされて、やっと得た人材によって立て直しが図られることになったのである。

筆者の現在の所属寺院〈パーンピン寺〉

とはいえ、アーチャーンによれば、財産とて十分ではなく、我のいる僧房に修理の費用をかけるわけにもいかないし、トタン屋根の下では冷房がなくては生きていけないことからそれも自前で整えるなど、まさにLさんたちの支援がなければ、とても存続できなかっただろう。未成年僧の二人と住職を含めてたった五名の布陣では、庭掃除にはじまる寺の管理もままならない。井戸水をくみ上げてあるタンクは、内庭や仏塔の周囲へ水撒きをするだけで枯渇し、我の房は六時間ほどの水なし状態となる。

アーチャーンは、我に副住職になってほしいと折に触れていうけれど、もはやそのような責をまっとうするだけの体力も器量もない。老僧は立ち去るのみ、いずれその日が来るのだろうが、とりあえずは今、どうやって僧院暮らしを凌いでいくか、それだけがいささかアタマの痛い課題としてある。

ただ、朝の托鉢だけは、どうにか踏ん張って続けていくことにしよう。年中無休というわけにはいかないが、待ってくれている布施人がいる以上、足が動くかぎりはそこへと向かう。それができなくなった日に、本当の限界がきたことを意味するのだろう。そんな確信めいた思いがある。

○素足と靴の大きな違い　七月二十四日（月）

さて、今日の托鉢だが、いつもとは違う異変が起こった。朝の出発時、いつもの頭陀袋を忘れたまま歩き出してしまったのだ。ハタと気づいたのは、途中、サンダルから薄いシューズに履き替えるところだった。これが我には未だ、たまにある。しばしばだったウッカリ病は、だいぶ改善されてきたとはいうものの、注意が散漫になると起こってしまう。

出発前にトイレを使うかどうかを迷ったことも、一つの因としてある。さほどもよおしてもこないことから、そのまま出発したのだが、ほどなくして危険な状態に陥った。それに気をとられたせいで、まだ気づかない。やがて駆け込んだのは、お堀端にあるアモーラ・ホテルで、ここにはロビーの奥にリッパなトイレがあって、しばしば助けてもらっているのだ。

その後、いつものコースへ戻り、とある店先のベンチに腰かけて肩先をみた、その瞬間、忘れた、と呟いた。かなり鈍い、遅い気づきだ。ある種の老化現象だろう。それを防ぐには、二度三度の確認が必要であり、カクニン、カクニン、といつも言い聞かせているのだが、それもつい怠ってしまうことがあるのだ。

で、しかたがない。今日は、素足で歩くしかない、と決めた。

まだ六十代であった頃は、はじめから苦もなく裸足で歩けていた。これは前にも記した通りで、さほどの老いは感じていなかった。しかも、出家して数年のうちであったから、気持ちも張りつめていて、休んだ覚えもないくらいだった。

ところが、とくに寺を変わってからは、Lさんたちのいる折り返し点までの往来に一五分ほどよけいに掛かることになったうえ、老いの進行が重なって、どうしても足裏をカバーする必要が出てきたのだった。許される薄いソックス状のシューズでそのようにして、ちょうど一年ほどが経つ。その間に、何が起こっていたかというと、明らかに足裏の劣化で、靴を履いていた在家の頃のように柔（やわ）な状態に戻っていたのだ。

やむなく素足で歩き始めた我は、思わず引き返してしまおうかと思った。ここで足裏を傷つけてはまずい、キズの具合によっては治癒するのに長い日数を要することは、以前に一度、ガラスの破片を踏んだときがそうだったという経験則で知っている。

そのとき、超スロー・ペースで歩けばいいのだと、思い直した。出家したての頃、我の指導をしてくれた大学生僧、トゥマラート師がそうだった。これ以上はゆっくりと歩けないほどに、片足ずつ、上げて、運んで……、という基本動作をくり返し、一切のゆるぎがなかった。師は三年後に故郷、ランパーンにある他寺へ移籍して（我の隣の僧房から）居なくなってしまったのだが、その悠然とした後姿を思い出した。まるで瞑想するように、一歩ずつ、左右の足の着地点もしっかりと見極めて、決して危険物を踏みつけることがない。いまこそ見習うべき歩き方だった。

それでも、目に映らない小さなモノにはチクチクと足裏が痛む。なさけない弱りようだが、ふだんラクをしていることのツケはいざというときに来るものだ。身体を鍛えておく必要がある理由の一つは、火事場に遭ったときに、その力がモノをいうからだろう。かつてはなめし皮のように強くなっていた足裏だが、いまやささいなモノにも反応して怖がっている始末だ。それぞれのお得意先へ辿りつき、立ち止まって経を唱える間だけ一息つける。

我の足元をみて、今日はどうしたのか、と問う在家へ、忘れた、と答える。注意が足りなかった、と。すると、ある人は笑うだけだが、ある人は、袋に入れているサンダルを指さして、履けばいい、といってくれる。アナタと同じくらいの歳の老僧はそうしているよ、と。

そうなのだ。別に気にすることなく、遠慮なく歳のせいにして……、と思うけれど、やはり未だ薄っぺらいシューズですむうちは、サンダルは贅沢すぎる。が、折り返し点に辿りつくと、足裏をなだめるために、Lさんたちに断わりを入れて市場へと向かった。

何というラクさか、と改めて思う。素足が靴に守られていることのありがたさは、在家の頃は当然すぎて考えたこともない。打って変わって速足で、ワローロット市場の勝手知ったる場内へ、そして「カオソイ・タット」というチェンマイ名物を買う。どんぶりモノにもなる麺類だが、これは固形にしてタットした（小さく四角形に切った）もの。名物に旨いものナシとはいえ、これは糖分も少なく、非常食としてオーケーである。

八個入りの袋を二つ、五〇バーツ（一袋二五バーツ＝約一〇〇円）で買ったところへ、少し離れたところから黄色い声が響いてきた。明らかに子供僧の合唱である。その方へ目を転じると、確かに三名のサーマネーン（未成年僧の総称）の姿があって、しばらく眺めた。

〝サッピーティヨー　ウィワッチャントゥ　サッパローコー……〟

経は大人僧と同じ。布施人の凶兆と病を追い払い、健康を願って差し上げる。目上を敬う者に与えられる恩恵は、長寿、美、幸福、力である、と謳い上げる。

まだ十歳そこその子供たちの経に、布施した大人は合掌して耳を傾ける。いつもながらの光景だが、いつみても心を動かされる。我自身の子供時代、何の教えらしい教えも受けてこなかった戦後の教育現場を思い起こすせいか、理由はいくつも考えられるが、理屈ぬきで、うらやましい。

聞けば、ワット・パーパオからの歩きだった。旧市街の北側、チャーン・プァック門に近い外堀側の東角あたり、ワローロット市場までさほど遠くはないが、往復すると三キロほどはある。むろん、みな裸足。食事は朝と昼にすませて夕食はない。これも大人と同じ。戒律だけ十項目と、大人の二二七戒律とは異なる。が、肝心の部分では共通している。

少年僧が多いのは、古都チェンマイの特色でもある。昔は寺院が学校だったが、いまは子供僧を受け入れる学校が大寺院にあって（大学まである）、昼間はそこへと通う。むろん、遅くとも二十歳

少年僧の托鉢〈ワローロット市場〉

になれば還俗して、多くが一般の社会へと出ていく。ために、少僧化とは、二二七戒律を授けられる得度を経て、正式な僧（二十歳以上）となる者が少なくなっている、という意味だ。

帰路は、再び裸足になって、三拍子。上げて、運んで……、ゆるりゆるりと、一、二メートル先の路上をみつめ、決して余所見（よそみ）などしない。すると、これも確かに一つの修行だという気がしてくる。托鉢は裸足で、と釈尊が定めたのは、インドの昔に靴など贅沢品であったこととは別に、やはり細心の注意を促し、一瞬の油断もせずに進むことの大事を身につけさせるためではなかったか。

途中で、二度ばかり休憩をとりながら、無事に寺に帰り着いたときは（ふだんの倍の時間がかかっていたが）、やれやれと胸を撫で下ろした。布施のお金も二〇バーツ紙幣が三枚、途中で引き返していれば得られなかったものだ。

○ワンプラは週に一度の休養日　七月二十五日（火）

さて、今日は〝ワンプラ（仏日）〟という大事な日だ。仏の日（僧〈プラ〉の日、の意もある）、とは在家のお寺参りの日、という意味で、月に四度ある。すなわち、新月（月がみえない暗夜）から始まって、半月（上弦・八日月）、満月、半月（下弦・二十三夜）、そして新月へと巡る。それぞれの節目が「仏日」としてあるわけだが、今日は、半月（タイ暦では八月・上弦八夜＝太陽暦の七月二十五日）で、あと七日ほど経つと満月日（タイ暦八月上弦十五夜＝太陽暦の八月一日）を迎える。この満月日は、非常に大事な日〝アーサーンハ・ブーチャー〈初転法輪〉〟であり、後に改めて記すことになる。

メディアは、朝、このように告げる。今日は、タイ暦の八月、上弦八夜、二五六六年（仏暦）です、と。テレビもラジオも、決して二〇二三年（西暦）とはいわない。それは実に徹底したもので、西洋なんかに負けるものか、という気概なのか、こちらにはこちらの法がある、と日々宣言しているようなものだ。そして、ワンプラ、であることもむろん告げる。

この日の托鉢は、一考を要する。というのも、布施がふだんの倍か、それ以上にもなることがわかっていて、往路も帰路も、持ち運びに苦労を強いられるからだ。やっと折り返し点まで辿り着き、荷運びをC氏にまかせても、帰路にはまた幾人もの布施人が待ち受けていて、我がどれほど重い荷を運ぶのに苦労していようと、容赦がない。持てる以上は受けてもらう、とでもいうのだろう。こちらの都合などはどうでもよく、とにかく善行としての「徳（ブン）」を積むことが大事であるから、何とかして受けてもらおうとする。それを拒むと、相手は悲しむ、と住職はいうので、その努力をするのだが、両手にいっぱいの荷は老僧の体力を超えてしまうのだ。

ゆえに、ワンプラは週に一度の休養日、と決めて久しい。休むことも練習のうち、とは知友のアスリートの言葉だが、身体はこころを裏切るものであることを知らねばならない。頑張らない、と呟くことも、時には大事なことだ。

というわけで、托鉢を休んで時間が浮いた。そのぶん、この日記に時間が費やせる。

ここ何日か、驟雨があって雨季入りかと思えば、快晴がつづいて異常気象を思わせる。今年は、タイも非常な猛暑で、日本へ逃げ出したと思いきや、何とタイよりも暑かった。それをタイの人にいうと、たのしそうな、いやうれしそうな顔をする。暑いのはチェンマイだけではないのだ、と、少し気持ちがなごむからか。

今日の最高気温は、35℃。最低気温は、25℃と出ている。朝方は確かに涼しいくらいで、十度の落差があるのは盆地的気候のせいか。ただ、湿気が多い。冷房をドライにして寝て、午前二時に寒さを感じて切った。調整がむずかしい。身体というのは、自分のそれですら、よくわからない。心のほうがまだしもわかる、ゆえに心のほうが大事、というのが仏教の考え方だが、むろん身心一体を前提にした話だ。

在家が集まってくるのは、七時を過ぎた頃からだ。近場の人は徒歩で、ほかは車や自転車でやって来て、お喋りと準備に忙しい。人数と面々は毎回ほぼ同じ、十名ばかり、というと、たったの？と問い返す人がいるだろうか。しかり、それだけの寂しい集まりである。が、前述したように、僧も在家も少なすぎる、まして滅びかけた寺々では、ワンプラすら催せなくなっているから、まだマシなほう、というべきだろう。非常に高齢の方は前列のソファの席に、比較的若い人たちは後部の赤いプラスチックの椅子に腰かけて居る。

タイは仏教国で、国民の九五パーセントが仏教徒、とされている。しかし、それは統計上のことで、つまり、あなたは仏教徒ですか、という問いに、イエス、と答える人、自分の宗教を記す欄に、仏教、と書く人の割合にすぎない。わが住職（以前の副住職・アーチャーン）によれば、真に仏教徒の名に値する熱心な信者は、二〇パーセントくらいのものだという。となると、五人に一人しか、月に四度のワンプラに関心を示さない、ということだろうから、十名というのは妥当な数にちがいない。以前の寺でも、似たようなもので、せいぜい十五名前後といったところだった。

勤め人は会社があるし、来客はおのずと高齢者、ということになる。なかにいくぶん若いご婦人が混じる程度、うち男性は一名か二名、あとは女性、お婆さんである。あと何年かして、この方たちが亡くなっていく日には、どうなるのだろう、というのが毎度ながらの感想である。まったく予断を許さない現実は、この仏教社会の、サンガの悩みのタネ。

本堂の脇に鐘楼があって、七時半にその鐘が鳴る。サーマネーン（未成年僧）の役目としてあるそれが鳴ると、我は僧房を出ていく。仏塔のそばを通るときは、托鉢時と同じ目線、つまり前方への注意を怠らない。しばしば犬の糞が落ちているためだ。

仏塔の角を曲がり、寺の正門から始まる敷石の中庭をゆくと、本堂の脇に来る。そこにある五段ばかりの階段を手すりにすがって上っていく。老犬のミッフィルが後に続くことがある。上り切ったところが仏塔を取り巻く通路（周りを歩ける）で、さらにもう四段ほどの階段を上ると、右手の本堂へ跨いで入ることができる。

おう、と手前のご婦人が声を上げる。二か月ほどのご無沙汰で、寺に帰着した我の姿に対して、である。やっと帰ってきたか、というわけだろう。歓迎されていることは間違いない。

本堂の窓に沿ったひな壇へと歩を運び、これもよじ登って座を整える。正面のブッダ像に向かって、まずは三拝するのが仕来りだ。三拝は、一拝ずつ、いわゆる五体投地（ベンチャーン・カプラディット）でやる。五体とは、両脚（膝）で上体を支え、両手（腕）と頭（額）を前方へ投げ出すように、額が床に着くまで深々と礼をする。ブッダへの最敬礼でもってワンプラが始まるのは在家も同じで、僧（計五名）がそろったところで、代表の女性の掛け声でもって、一拝ずつ三拝までやる。クラープ（礼）・ヌン（一）、クラープ・ソーン（二）、クラープ・サーム（三）、と丁寧に礼拝する。

その後、釈尊（ブッダ）への忠誠を誓う文言、すなわち――〝アラハン　サンマー　サンプトーパカワー　プッタン　パカワンタン　アピワー　テーミー〟と続く。

その意味は――〝煩悩のすべてを消して阿羅漢（アラハン）となった釈尊に私は礼拝いたします〟すなわち、唯一絶対の存在、ブッダへの敬礼である。

本堂の鐘を鳴らす僧とワンプラ風景〈パーンピン寺〉

続いて、同じく在家による、三帰依の唱えがある。三帰依とは、仏法僧（＝サンガ〈僧団〉）に対するもので、それぞれへ帰依することを表す文言である。

〝ブッタン　サラナン　ガッチャーミ〟

私はブッダに帰依します、と始まる唱えは、次に法（ダンマ）、僧（サンガ）と続き、さらに、それを二度目（トゥティヤンピー）、三度目（タティヤンピー）と頭につけてくり返す。計、九度まで唱えるのは、念には念を押すためだが、いかにそれがテーラワーダ仏教の屋台骨であるかを物語るものだ。

その後、いわゆる「五戒」の唱えだが、これは在家の代表が、〝マヤン　パンテー……（尊師さま、どうか私たちに五つの戒を授けてください）〟とお願いをするところから始まる。すると、住職もしくは他の僧（二十歳以上の正式僧）が、不殺――〝パーナーティパター　ウェラマニー（殺しから離れます）……〟と唱えて、在家がその後につけてくり返す、というパターンはいつも通り。以下、盗み、性的不義（浮気など）、嘘、飲酒、と続き、それぞれに〝ウェラマニー（離れます）〟をつけ、さらには〝スィカーパタン　サマーティアーミ（私はこの戒を善く学び実践します）〟というセリフが各戒に付けられる。

今日は、これにて日記の限界としたい。続きは、明日から追い追いに。

○何よりも大事な「三宝」の唱え　七月二十六日（水）

さて、在家に五戒の唱えをくり返させた後は、僧だけの読経がしばらくある。これもまた〝ナモー　タッサ　パカワトー……〟（ブッダへの敬礼〈前記〉）を三度くり返すことから始まり、続いて、いわゆる「仏（ブッダ）」の九徳から唱えていく。すなわち――

〝みずから正しく覚りに達し、この天と人の世を明瞭に知りつくしたうえで、人間のみならず神々や梵天をも含めた一切の生きものを巧みに教え導いた方であり、その法は最初から最後まで修行と実践にふさわしい完璧な内容と形式を備えたものであります。……〟等々と、讃美して唱える。そして、この最上の供養と礼拝は、さらに次の法に関して、その内容の善さに言及する（「法」の六徳）。

〝それは学び実践すれば時を経ずして「果（実り）」がもたらされるものであり、来たりて見よというべきものであり、礼拝して至高の境地、涅槃〈ニッパーナ〉へと導くものであります。……〟

三つ目のサンガについても同じく――

〝世尊の弟子である僧たち（サンガ）は、法に従って真っ直ぐに真理の道を、信者の尊敬にふさわしく修行する者であり、瞑想修行の途上にいる者であり、布施、合掌されるべき者であり、類まれな徳の福田（ふくでん）であります〟云々と（「僧」の九徳）を称える。

〇日タイの違いは物事への寛容度　七月二十七日（木）

今日は、やや横道、余談から――

昨年から実施された「大麻の解禁」は、わが国の騒動とはまるで逆の現象だ。タイの場合、これはまずい、ということになれば、すぐにまた法改正がなされる。なので、一応の解放であり、気楽なもの、といってよい。憲法ですら、臨機応変に変えていく国であり、その辺もまたわが国とは大いに異なる点だ。その大らかさと拘りのなさは出色といってよく、北の国との違いはいったい何なのだろう、と考えてしまうことがある。

もっとも、大麻（ガンチャ）については僧世界とは無縁であって、わが寺の住職などは禁酒と同じ扱い。大人より、むしろ子供たちへの影響を心配する。

タイはいいかげんな国だという見方をする人がいるけれど、それはちょっと違う。個々の価値観に照らして、つまり、わが国のほうが正しいという考え方をすれば、そんな考えになるだけのことだ。我はむしろ、こちらをわが方をうつす鏡としてみたいのだが、融通性のない硬直した社会になっているわが国がくっきりと見えてくる。あれもダメ、これもダメ、と禁止の看板をそこらじゅうに立て、お互いに迷惑をかけないことが何よりも大事であるとして、せせこましく、心も体も萎縮させ、他人に怯え、びくびくしながら過ごしているかのように、帰国するとみえてしまう。これじゃ、うつ病などココロを病む人がふえていくのはムリもない、とすら思う。

どうしてこんなにおおらかさのない、寛容性に欠ける社会になってしまったのか？

わが大学時代の恩師は、平安時代には、不倫などという言葉はなかった、とおっしゃっていた。文学史上に名高い源氏物語などは、いまでいうと超不倫物語であるが、紫式部は堂々とそれを描いた。政治家が愛人をひとり持つだけで失脚してしまうような戦後日本社会からみれば、とても同じ民族の話だとは思えない。生前には黙して語らなかった人が、その死後に出版された本ではじめて、自分には愛人とその子供もいることを告白したり、なんと死後認知という遺言を残して逝く人がいたり、何とも窮屈な話を聞かされることもある。

我の場合、出家して俗世を（一応）捨てた身であるから、命があるうちに暴露できた（前記拙作にて）のだが、そのような非寛容な社会になったのは、とくに戦後、わが国が戦争に負けてアメリカナイズされていく過程でのことだ。戦前（明治以降のある時期まで）は、いわゆる二号さん（お妾さん）も戸籍に載せることができたし、まだしも寛容なところがあったといえる。

それが、戦後は厳格な一夫一婦の法に加えて米国の大勢であるプロテスタンティズムの影響を受け、経済成長と管理社会化が歩調を合わせて進行したように、人々の心が変質していったのだ。本来の日本民族は、融通性のある寛大な心、いまとは異なる美意識をもつ人々だったことは、源氏物語の大不倫が何の問題にもならないことを例にとるまでもない。もっとも、これは大奥の話であるから、一般社会とは切り離して考えるべきなのだろうが、いまの皇室では考えられない状況であろうから、やはり隔世の感あり。

むろん、我は自己弁護でそんな話をしているのではなく、不倫をすすめているのでもない。先に記した「五戒」のうちにある浮気の禁は、それはそれでいいことだと思う。確かに、浮気などしないで過ごすほうが、人生をより安全に、無事にすごすことができる、というのは本当のことだろう。

そうであるに越したことはない、という実感は、我自身が人生をむずかしくしてしまった経験則からもいえることだ。ただ、人間という生きものは、それではすまないことがあるという事実、現実をどう考え、対処するのかという、そのへんの考察がなければ、人はその人生を最後まで過ごし切ることはできない。多角的、重層的なブッダの教説は、そうした事態にも対応できるものだと、我は思っている。その教えは守るべきものとしてあるけれど、人間が完全ではない以上、限界もまた避けがたくある。不殺の原則は、蚊や蟻の一匹も殺すなかれ、というものだが、これにも完璧を期すのは難しい。僧が、日々、告罪と反省ばかりして過ごしているのは、その限界のゆえである。源氏物語も最後は源氏がみずからの過去を、その業の罪深さを省みているが、実に仏教的なものがたりだともいえるだろうか。

そんなことを思うにつけ、人と人の世の、苦難を乗り切るための法、救済の法もまた提供しているところに、奥の深い、幅広いブッダの教説が海にも譬えられる所以（ゆえん）をみるのである。

○国王崩御と生誕日の托鉢　七月二十八日（金）

今日は、タイ国王ラーマ十世（ワチラーロンコーン王）の誕生日で祝日である。ラッチャカーン・ティー・シップはラーマ十世のこと、国王のタイ語は、プラバーツソムデット・プラチャオユーファ、というのが正式。口語ではナイ・ルアン、もしくはポー・ルアンということが多い。一九五二年の生まれであるから、今年七十一歳（二〇二三年現在）。二〇一六年十月（十三日）、父王・ラーマ九世の崩御を受け、同年十二月に正式に即位する。（即位日は遡って十月十三日）。

思い起こせば、そのラーマ九世（プーミポン王）が崩御されたのは、我が出家した年のことであったことからも印象深い。国民からは永久に生きてほしいと願われたほどに（ポー〈父の意〉と呼ばれて）敬慕された国王であったが、その日の朝、王の崩御を知らずに托鉢に出て、ふだんより格段に布施の量が多いことに首を傾げたものだった。出家して、まだ四か月半余りしか経っていなかった頃のことだ。安っぽい鉢（バート）は、出家式に必要といわれて市場の仏具屋で八〇〇バーツ（当時のレートで約二千五百円〈円高〉）だったもので、ナワカ（新米僧）時代の五年間、傷にまみれるまで使っていた。

トゥクトゥク（三輪車）のお客が運転手に、止まれ！　と命じて、我に布施してくれたこともあった。何をもらったかは忘れたが、特別な日でなければあり得ないことであり、確かラーマ九世の崩御の当日だったと思う。

しかし、今日の街は静かで、いつものお得意さんのほかはわずかな布施人があったにすぎない。むろん、それで十分な食量であり、かえって歩行がラクで助かった。今日（祝日・金曜）から八月二日まで、六日間の連休である。八月に入ると、一日が先に述べた〝アーサーンハ・ブーチャー（初転法輪）〟その翌日（二日）が〝カオ・パンサー（雨安居入り）〟という、これまた大事な僧の修行月間の始まりで、この日から約三か月間、僧はそれぞれの所属寺院に留まって修行に励む。これについては、雨安居入り以降の日々に記していきたい。


さて、仏法僧の徳についてだが、まずはパーリ語で連続的に唱えていく。以前の寺では、パーリ語の説明をタイ語でくり返したものだが、いまの寺の住職（以前の寺の副住職）は、ワンプラに来るのはほとんどが高齢の在家であり、みんな解っているとして、それはやらない。おかげで勤行の時間が半分ほどに短縮された。老僧にとっては、実にありがたいことだ。

というのも、ひな壇では住職の隣に座を占めているのだが、座り方に僧に特有のやり方があるためだ。タイでは正座というものをあまりしないが、その代わり、脚を横流しして、上体を腹筋と側筋で支える。この状態で長い時間、バランスを保つのはかなりしんどい。

それと似て、僧の場合、折り畳んだ両脚の一方の足首をもう片方の脚のモモの下にあてがって、傾いた上体をやはり側筋でもって支えることになる。左右を交互にして偏りを避けるにしても、長時間の座りは老僧にはムリというもので、その場合は胡坐（あぐら）をかいてもいいことにはなっている。実際、我の隣にいる僧は、太り過ぎているため、その正式な座りができず、はじめから胡坐（あぐら）をかいているのだが、たとえそうしても薄っぺらな座布団だけではやがて腰や尻の骨が痛んでくる。従って、ある程度の鍛えはどうしても必要なのだが、これもホドをわきまえなければ逆に故障してしまう。こんな点にも、むずかしい時期に来ているのを感じる。

○肉がウマ過ぎるための問題　七月二十九日（土）

久しぶりによく眠れたせいか、托鉢の足取りが軽い。実に正直に、その日の体調が脚の軽重に出る。人は歩けなくなった日に、間もなくその命を終える、というのはその通りだろう。ブッダの場合もまた、最後の旅に出て、歩けなくなった日のことだった。

滑って転び、目の際（こめかみ）にケガをした商家のご婦人は、すっかり傷が癒えて日々、元気な姿をみせているが、しばしば珍しいものを供してくれる。昨日は、アボカドのお菓子。果物のアボカドをカオニャオ（モチ米）に入れて練り上げ、ココナツミルクと砂糖を加えて固形にしたもの。お餅のようなものだが、なかなかオーケーである。

今日は「ケープ・ムー」という豚の皮をうず巻き状にして乾燥させたもの。布施品のなかには、在家の頃は知らなかったもの、食べたことのないものも数あるが、これもその一つ。豚肉といえば、一般的な肉を焼いたもの、煮たもの、あるいは細かく切ってキャベツや香野菜でサラダ風にしたもの（ラープ・ムー）しか食べたことがなかった。が、人々がふだんから重宝しているもの、つまり日持ちのする栄養食、というのがあって、暑い気候の国の特色といえる。豚肉もそうで、ほかに繊維状にして乾燥させた「ムー・ヨー」というのがある。これも熱帯国の知恵というもので、完全乾燥させてあるので、賞味期間は一応六か月ほどだが、冷蔵庫に入れておけばもっと持つはずだ。牛肉がほとんどなく、肉といえばもっぱら豚か鶏（魚肉は川魚か養殖ものが主）なのだが、動物性タンパク源はそれで十分だろう。

ただ、ウマ過ぎる、というのが問題である。育て方に、まだしも野生的な環境があるためか。食のタブーがないタイ僧は、それらを食べ過ぎて肥満になりがち。午前中だけの食事であっても、食べ過ぎると太ってくる。わが住職（アーチャーン）も、最近は托鉢に出る時間がなく、運動不足になっているため、以前のアンサ（肌着）がやっと胴を覆うまでに肥ってきた。ほかの僧もまたしかり。先に触れたひとりは見るも無残な肥り方をしている。この「食の欲」なるものと闘うのは、僧といえども容易ではない。

○速すぎる人たちに伝えたい真面目な話　七月三十日（日）

余談ではなく真面目な話——、物事をゆっくりとやることの意味は、決して小さくない。が、人はそれがなかなか上手くできない。思わず慌ててしまったり、そそっかしかったり、それゆえにしくじったりしてしまうものだ。急いては事をしそんじる、というよい諺があるにも拘らず。

これは、ある意味で、国民性に関わる習性のようなものかもしれない、と思うことがある。何事も速くする、速いことはいいことだと、戦後復興から高度成長に向けて驀進してきた日本人は、一つの価値観を身につけてしまっているようにも思えるのだ。

かつて、住職（当時は副住職）と日本を旅したとき、鉄道駅などで、なぜあんなに速く歩くのか（走っている人もいる）と、我に問いかけたものだった。その頃の我はすでにニッポンの速さについていけなくなっていたから、アーチャーンの感想にうなずいて、どうしてなんだろう、と首をかしげたものだった。これは、いわば習慣的なものだろうと、そのとき考えた。我自身は長い異国暮らしで、かつての習慣が変わってきて、ゆっくりに慣れてしまったことから、日本の雑踏では人に突き飛ばされることにもなるのだろう、と。

ゆっくりと歩いて、あるいはいったん立ち止まって、いまの足元、そして行く道を考える、ということをしたのは、異国へ落ち延びてからだった。そのときやっと、来し方のあれこれを考えてみるということもしたのだったが、遅まきながらもそれができたということはよかった（落人となった甲斐があった）のではないかと思うことがある。

テーラワーダ仏教は、「瞑想」というのを修行の一法として持っている。〝ヴィパッサナー（詳しく観る、の意）〟なるもので、欧米ではマインドフルネス（気づきの瞑想）と呼ばれて流布しているが、これが「ゆっくり」を主眼としている。どれほどゆっくりかというと、例えばゴルフのセットアップからフィニッシュまでのモーションを五分ほどかけてやる、というといささか大袈裟かもしれないが、それほどに究極のゆっくり度を修することで、微細な動き、その瞬間ごとの「気づき」が養える（間違いにも気づいて修正していける）、という。この瞑想については別稿を必要とするので、ここでは割愛するが、ともかく物事をスローにやることの意味、価値というのは、先に托鉢歩きについて記したように、大きなものがある。いっときスロー・ライフという言葉がはやったけれど、改めて考えてみることを速すぎる人たちにお勧めしておきたい。

○鯖と冷蔵庫の恩恵　七月三十一日（月）

週が明けたが、連休なので朝の街はいつもより静かだ。が、一般の会社はそう休んでばかりもいられないためか、稼働している社が少なくない。けっこう多い車の数がそれを物語る。

口開けのお得意さまは、チャンモイ通りの商家の御主人。我がいつチェンマイへ戻ってくるのかわからないため、ここ一週間は顔をみせなかった。やっと、頃合いをみて表へ出てみると、我の姿があったので、いったん奥へ引っ込み、布施品を手に現われた。

この方は、八十三歳になる翁（おきな）だが、細身の矍鑠（かくしゃく）とした方で、我以外の僧には布施をしない。ひとりだけ、その家の前にたたずんで、主人が出てくるのを待つ老僧がいるので、バナナやお菓子などを供する。こういう日本人僧を特待する方は珍しく、むろん無上の親日家だが、時には立派な一尾の鯖をくれたりもする。サバはタイではとれない。おそらく日本からの輸入品で、高級なマーケットに行かなければ手に入らない（むろん高値である）ため、ふだん我の口には入らないものだ。とりわけチェンマイは海のものが遠くからしか届かないため、いつものワローロット市場には貧弱な鯵（あじ）がせいぜいで、それもあまり美味とはいえない。なので、丸焼きにした鯖などは極上の布施品であり、冷蔵庫に保管して、少しずつ食べる。

房に冷蔵庫を持つことを許されたのは、出家して四年目のことだった。それまでは、熱帯の国で冷蔵庫ナシの生活であったのだが、それでも何とかやっていけたのは、もらってきたモノはその日のうちに食べることを原則としていたからだ。戒のなかにも、托鉢食はその日のうちに食すべし、とある。インドもまた暑い国であるから、日を隔てると傷む恐れがあるからだろうが、毎朝の托鉢を日課としていれば、何の問題もない。むしろ、新鮮なうちに食べるのはよいことでもある。冷蔵庫などがあると、いまは食べなくても明日は食べるかもしれない、というものを保管しておけるわけだが、これがクセもので、何日か食べないまま放置しておくと、冷暗所といえども腐敗は進行するため、だんだん傷みかけてくる。それをうっかり食べると、胃腸に不具合を起こすので油断がならない。先にも述べた乾燥食品のように、常温の保存が可能なもの以外は、とくに胃腸の弱り始めた老僧には要注意なのだ。

とはいえ、大きな鯖を一尾、その日のうちに食べるわけにはいかない。という場合は、冷蔵庫なるもの、実にありがたい。出家四年目にして冷蔵庫、七年目にして冷房が許された老僧は、やっと少しラクができる、いや、ようやく人なみに仕事（我の場合は書きモノ）ができる、という環境を得たというべきだろう。

帰路に通るターペー門広場で、久しぶりにお得意さまといってよい年配の女性に会った。鳩にエサをやりに来る、足取りからしてかなりの歳であろう方で、しかし老女といってよいかどうかはわからなかった。というのも、はじめて会ったときから相手はマスクをしていたので、顔立ちと表情がまるでわからなかったからだ。鳩には手にした豆（トウモロコシを砕いたもの）をやり、我には二〇バーツ紙幣を鉢に入れてくれるのだが、経を聴く間も、その後もマスクを外したことがない。その日もはじめはそうだったが、経を聴き終えたあと、マスクを引き下ろして一言、二言、この頃の私はここに来るのが遅いから会えないのね、などという。そのときはじめて、その顔立ちを知ったのだった。何と、マスクの上からでは想像もつかない、丸顔の可愛い老女、おばあちゃんであったのだ。ポッポッポッポッ鳩ポッポ……、とエサをやるような人は、骨相からして鳩のように丸く、やさしい顔をしているのは納得がいく。コロナ禍がやっと終息してマスクを外す人が出てきた頃合い、それまではどんな人なのか、年齢も不詳、表情もわからないままに、ただ黙って布施を受けるだけだった。コロナとマスクの罪は大きい。

托鉢中の筆者と老女

八月　雨に打たれながら考えた日々

○初転法輪（仏日）のハイライト　八月一日（火）

〝アーサーンハ・ブーチャー〟（初転法輪）の日がやって来た。

そのパーリ語の意は、八月（太陰太陽暦＝陰暦）の満月日の礼拝、というものだ。例年は、タイ暦の九月に入っているところ、今年は八月がダブルでくる閏月（うるうづき）に当たっているので、タイ暦も八月のままで上弦十五夜である。〝ウィサーカ・ブーチャー（仏誕節）〟が六月の満月日であるのと同様、テーラワーダ仏教における「月齢」の大事さを物語る。六月〝ウィサーカ〟は、ブッダの誕生のみならず、悟りをひらいた日、入滅した日もすべて同じ日（満月日）としているのだから、徹底している。

国民の祝日でもあるから、ふだんの倍近い、二〇名ほどの来客である。こういう特別な日にはお参りすると決めている人がいて、その顔ぶれも似たようなものだ。

勤行の中身はしかし、ふだんと変わらない。先に、「五戒」の唱えや仏・法・僧の「三宝（ラッタナトライ）」についての「徳」を順に唱えていくことは述べたが、それもふだん通り。続いて、これも僧だけの経がしばらくあるが、同様に三宝の中身を称えるもので、いかに三つの柱が大事であるかを示している。

そもそも釈尊が悟りをひらいた後、その内容を最初に説いたのが、かつての修行仲間に対してだった。その五名が次々と、最終的には全員が感服して仏弟子になった、その日、つまり仏、法に続いて僧が加わり三本柱が完成したのを記念するのが初転法輪の日で、これによって釈尊の原始仏教が本格的にスタートする。

はじめは苦行から脱落して去っていったゴータマ・シッダッタ（ブッダの俗名〈パーリ語〉）を馬鹿にしていたところ、その堂々たる姿と真理の教説の前にひれ伏したというのだが、その地がガンジス川べりのバーラーナシー（旧ベナレス）にほど近い〝サールナート（鹿野苑）〟というところ。鹿の園であったことが、仏教伝来の地、奈良公園の鹿と重なるのだが、インド上座部仏教(テーラワーダ)（原始仏教）の聖地の一つとされている。

さて、その日の勤行だが、ハイライトは何をおいても「布施」と「滴水供養(クルワット・ナーム)」だろう。布施は、人数が倍になっているぶん、多く供せられる。僧の数が他寺からの応援、二姿を含めて七姿（僧の類別詞はループ〈姿〉を使う）となっても、その日のうちに食べきれない。やはり冷蔵庫に三日間ほど保管して消費していくほかはない、モチ米を含めたご飯と各種物菜はむろん、ペットボトルの水やソイ・ミルク、ジュース類のほか、お菓子、果物の類がどっさりと、皿や籠に盛られて各僧の前に運ばれる。

何よりも嬉しいのは、そういう日には現金が封筒に入れられて各僧に献上されることだ。テーラワーダ僧は原則として無一文の日々、とりわけ未成年僧(サーマネーン)には金がない。およそ貧しい家庭の出であるから、父母からの仕送りもない。にもかかわらず、何かと要りようで、学費、交通費、文具費など、どうしても必要であるから、そういう日に供される現金(バーツ)がありがたい。皆、ニコニコと機嫌がいいのは、そのせいも一つある。いくらお腹がくちくなっても、懐が寒いのでは僧も俗世間を歩けないのである。

この現実が、本来は金銭に手を触れてはいけなかったテーラワーダ仏教の戒を変質させてきた。お金は不浄なもの、という思念は、一つの哲理としては納得がいく。確かに、貨幣経済の発達とともに人の心も汚れていったのだと思う。が、人間の歴史は否応もなく現実を進行させたように、僧もまた同じ、きれいごとをいってはいられない、少しは俗世に染まり汚れなければ生きていけない、という事態に直面した。そして、いまではそれが高じ、歯止めを失って、蓄財に走る僧までいることが問題となっているけれど、そこに聖域における精神性の危機ともいえる側面が見えてくる。

それはともかく、布施金は各々、五〇〇バーツ（約二千円＝円安レート）で、我の袋には、一〇〇バーツ紙幣が四枚と五〇バーツ紙幣が二枚。これで何が買えるかというと、いつもの市場での仕入れ、五回分に相当する。二か月ほどは、しっかりと補助食（自分食〈前記〉）が保証されることになる。ありがたい話で、これ以上の欲は禁と心得る。

そうして在家から布施を受けた後、住職がしばらく〝アーサーンハ・ブーチャー〟について話すことになる。その意義、三宝成立の過程などだ。これはおよそ前述したようなことで、続いて、滴水供養なるものが発せられる。これは、先ほど在家が僧に布施した品々が、この世を去って来世にいる人たち（主に親兄弟ほか親族）へも届けられることを告げるもの。徳の転送、と呼ばれるもので、タイ人の伝統精神が現世のみならず、来世（及び過去世）とつながるものであることをよく表している。その際、来世とのパイプ役をするのが「水」なるもの。ここにも水がタイ文化のキーワードたるゆえんがあるのだが、ペットボトルの水（上品に小さな瓶を使うこともある）を他の容器へ、僧の経を聴きながら少しずつ注いでいく。

〝河の水が流れゆき、大海を満たすがごとく、あなたからの布施はすでにこの世を去った人にも届けられます（ヤターワー　リュワハー　プーラーパーリー　プーレンティー　サーカラン……）〟

雄大な宇宙を想わせる章句だが、徳の届け先は、天上界へ行くことができた人たちへ、ではない。何の因縁かはともかく、人間界以下の「界」（地獄、修羅、畜〈動物〉、餓鬼の四界がある）、それも「餓鬼」の界へゆき、日々飢えているはずの人へ、ということになる。親兄弟はむろん、生前につき合いのあった人も含めた知友が、ひょっとすると餓鬼の界に落ちているかもしれず、ならばそこへ届けてあげよう、という生者の思いやり。こういう精神というのは、人間ならではのものだろう。

わが国の大乗仏教でも、「施餓鬼」という行事が行われるが、これに似たものだ。中国や朝鮮半島経由の伝来であっても、源流はインドの仏教であってみれば、その共通性は当然というべきか。

その後、さらに布施をした人に向けて、アナタの願いごとが叶えられ、かがやける満月のように完全なものになりますよう、すべての病や凶兆が去りゆきますように、と唱え、また、親をはじめ目上を敬う者には「長寿」と「美」と「幸福」、さらには「力」という四つの法の恩恵が増していく、と謳い上げる。これらは托鉢においても唱える章句で、布施を受けた後に唱えることは以前に記した。

人は、この世を去ってどこへ行くのか。何ものになるのか？

これは、古代インドからある「輪廻転生」なるもので、タイ人の多くが信じている生まれ変わりについての話になってくる。

○雨安居(パンサー)入りの誓い　八月二日（水）

今日は、六つ違いの長姉の誕生日（満八十一歳）。その夫は翌三日であるから、そろってお祝いができるという珍しい夫婦だ。一つ年上の女房はわらじを履いても探せ、という言い伝えがあるけれど、一日だけ年上の女房というのもなかなかよいものらしく、仲よく添い遂げるようすである。愛知県豊田市在住、大会社の重役であった夫と一時はアメリカに住んで、ケンタッキー工場の立ち上げに携わった。出世したのも定年まで無事に終えたのも、すべては女房のお陰だという言葉を聞いたことがある。

それとは正反対の、むずかしい人生を歩んできた我は、今日から〝カオ・パンサー（雨安居入り）〟という修行月間に入る。以降、約三か月間、今年は、十月二十九日（太陽暦）の満月日（タイ暦十一月十五夜）まで。

二週間ほど前から始まった雨季が本格化して、雨模様の日が続く。降ったり止んだり、時に驟雨がくるので、晴れていても油断がならない。アッという間に干していた洗濯物がずぶ濡れになったりもする。この雨の季節が僧の遊行(ゆぎょう)を不能にした、というインドの昔の話は、およその道が舗装された今でも十分に想像できる。道が泥沼と化さない代わりに、洪水をもたらすからだ。道路が水につかり、托鉢に出られなかったことが一度ならず、途中で引き返したこともある。が、そんな日でも、托鉢食を寺に届けてくれる人（前述のLさん&C氏）がいるから、困ったことはない。

釈尊の時代、ごく初期の頃は、山の洞窟や岩陰などを寝床にしたり、簡単な草葺の小屋を建てて雨風をしのいでいたようだが、やがて富者からの寄進によって「精舎（ウィハーラ〈タイ語発音〉）」（現在の寺院に相当する）なるものができた。竹林精舎[*1]、祇園精舎[*2]、という名で知られるが、釈尊は

滴水供養をする布施人〈ターペー通り〉

そこでパンサー（雨安居）期を過ごしたといわれる。三十五歳のときに悟りをひらいて以降、八〇歳で入滅するまで、計四十五回のパンサー期だったとされるが、その回数が僧の履歴になるのは、その期間がとくに重要な修行の日々であるからだ。二十歳で正式な得度をし、四十五回を数えると六十五歳となる。まさに高僧となるわけだが、六十七歳で得度した我の場合、やっと新米僧（ナワカ）の五年を二年越しただけであるから、中堅僧の域にくる「テーラ（十回以上）」にも届かない。

それはともかく、夕刻、僧だけの勤行の際、全員でその誓いを唱える。

〝今日から私たちは雨安居の修行に入ります（イマンサミン　アワーセ　イマンテーマーサン　ワッサンウーペーミ）〟

住職の先導で唱和するのだが、とりたてて何をするというのでもない。いつもと同じ、日々の日課をこなしていくだけ、といってよい。ふだんから修行をしているわけだから、その期間にやることはとくに何もない。ただ、身の周りをより清潔にし、いっそう生活を正し、よく戒を守るように、と住職の口から発せられる。

その戒についてだが、この期間のみに設けられた儀式がある。それだけがふだんと違う点で、〝パーティモー〟と仲間うちで呼んでいる。「二二七戒律（パーティモッカ）」の詠み上げ行事、である。

これが実は、前日のアーサーンハ・ブーチャーの午後にもあった。初転法輪の日から、それは始まることを我はすっかり失念していて、あとで住職から、トゥルン（老僧）は参加したかね、と聞かれて、ハタと思い出した。ひとり住まいの僧房であるから、誰も誘いに来てくれない。ために、そういう大事な行事のある日は要注意なのだが。

この行事については、次にそれがある、十六日（新月）に記すことにしよう。

＊1　竹林精舎――古代インドはマガダ国の王舎城北門付近にあった寺院（ウィハーラ）。長者の迦蘭陀(からんだ)がその所有の竹林を献上した（建立は頻婆娑羅(びんばしゃら)王）ことからその名がついた。

＊2　祇園精舎――中部インドの舎衛城(しゃえじょう)にあった寺院（チェータワナ・ウィハーラ）。長者の須達(しゅだつ)が祇陀(ぎだ)太子の林園を買い取って建てた。

○老いたる者の敵は孤独と寂しさ　八月三日（木）

前にいた寺（パンオン寺）の僧房は、三階建の鉄筋コンクリート造りで、我は二階の一部屋をあてがわれていた。廊下に沿った六部屋のうちの一つで、三階にも同じ数の部屋があった。

昔は数人の僧が共有したこともある九畳ほどの部屋で、ゆったりしていたが、むろん冷房などはなく、扇風機のみの生活だった。それでも三階があったので、屋根が陽に焼けても二階までは熱が届かず、ただの風でガマンできていた。ところが、新しい寺の僧房は、一戸建てで屋根がトタン葺きなので、暑季がくると耐えきれず、帰国という名の逃避をしたのだった。今年からは、住職がしぶしぶながら（というのも電気代が高くつくため）冷房を付けることを許してくれたので、まことに助かったことは前にも記した。

しかし、住職のいる建物（二階に六畳一間ほどの僧の房(へや)が並んでいる）から五〇メートルほど離れているため、窓から叫んでも声が届かない。気楽ではあるが、体調の異変で孤独死することがあってもしばらくは放置されるだろう。以前の寺では同じ階に同僚がいたし、何かあれば助けを求めることもできたのだが、今度の寺ではそうはいかない。大事な行事があっても（以前なら「今日は××があるよ」と声をかけてくれたものだが）何もいわずに置いていかれる。住職は、我が老僧であることもあって、苦笑して流してくれたのだが、何かと細心の注意、気配りが欠かせない歳になっているのを感じる。それでも何かが抜け落ちることが度々あって、忘れ物はむろん、ふとした拍子に手元が狂ったり、ふらついたりするから危なくてしかたがない。

そういえば、バンコクで仕入れた漢方だが、今日で半月分を消費したことになる。毎日、朝夕、処方通りに煎じて飲み続けているが、めまい、ふらつきが改善されたかというと、感じとれるほどの変化はみられない。ただ、悪くはなっておらず、効用といえば便通がよくなったことくらいだ。それと、尿のニオイがきつくなった。身体にたまった毒素が排出されているのかもしれず、ならば漢方の特色であるカラダ全体の活性化があって、めまいの改善にも通じるだろうか。あと半月、様子をみてみたい。

それはともかく、独房的な僧房は、利点もあれば欠点もある。気楽だけれど、不便でもある。それでなくても、僧は独立独歩、自分のことを黙々とやっている。助け合うこと、協力してやることはむろんあるが、必要なときだけで、あとは我関せず、共同生活とはいえ自分だけの空間に生きている。それが独房だと、徹底されてくる。ドアにノックの音がすることなど、何か用事でもないかぎり、ない。これで書きモノの仕事もなければどうするのだろう、と考えてみると、老人性のうつ病といったものに陥るかもしれない。老いて最大の敵は、実質的な生活にも増して、孤独、寂しさにほかならないことを想う。

今日もそろそろ夕刻の勤行が始まる。せめてもの時空間だが、マンネリ化している感がなきにしもあらず。一定の範囲にある章句が、日々、日替わりメニューのように延々とくり返されて、真新

かつての筆者の僧房・全景＆廊下〈パンオン寺〉

しいものがないからだ。やはり、やることが他になければ、時間を持て余してしまう。モノ書きの仕事がある身でよかった、と今さらのように思う。

○やっかいな異国の病と死　八月四日（金）

このところ、毎日のように雨が降る。雨季たけなわになってきた。

早朝の室温、摂氏27℃、昼間でも30℃を超えることはない。日本は先日来、猛暑が続いているとのことだが、例年、この時期だけは日タイの大気温が逆転する。こちらへ避暑にくる人がいるくらいで、おもしろい現象といえる。

チェンマイの雨季は、バンコクのように、ザザーッときてパッと止む（あとは晴れ間で蒸し暑い）といったものではなく、パラパラとためらいがちだったり、バシャバシャときたり、しとしとと長く降ることもある。

まずは、托鉢帰りに、細い雨がきた。帽子をかぶっていれば何のことはない。やがて止んだが曇り空が続き、午後二時頃になって本格的に降り、すぐにまた小雨となって夕刻まで断続的に降り続いた。どこか日本の梅雨に似ている。やや肌寒いとすら感じる。

僧房の前と脇にあるラムヤイの樹が鈴なりの実をつけていて、雨に打たれると次々と落下する。小粒なので頭に落ちてもケガはないだろうが、足元のそれを踏むと滑ることがあるから要注意である。龍眼と漢字では書き、英語の発音はロンガン。殻は茶色で果肉は白、龍の眼のようであるための命名だが、実に甘い。マンゴーや釈迦頭（ノーイナー）に匹敵する甘味で、この季節、それを托鉢ではどっさりといただく。

ドリアン（タイ語でトゥーリアンという）の最盛期は暑季だが、これは高値のせいか、あまり布施されない。中国人が買い漁るため、よいものはタイ人の口に入らない、という話を聞いたことがある。栄養価の高い果物の王様といわれるものだが、ニオイがきついため、公共の場では嫌われる。持ち込み禁止は高級ホテルや地下鉄（バンコク）などで、鷹揚だったタイ人も経済発展とともにだんだん狭量になってきたのを感じる。わが国と似たような現象、つまりは禁止まみれのダメダメ社会になりつつあるのか。我には、うっとりするほどいい匂いなのだが。

ラムヤイ市場、というのがワローロット市場の並びにある。ラムヤイが好きな人が名付けたのだろう、ワローロット市場よりやや安い。今日はそこの乾物屋で、黒ゴマ五百グラム（六〇バーツ）、小豆の赤いのと黒いのをそれぞれ三〇〇グラム（三〇バーツ）、ウコン・パウダー百グラム（二〇バーツ）の袋を買い、托鉢での布施品とともにバイクのC氏にあずけた。ゴマと小豆は一緒に煮込んで副食に、ウコン（タイ語はカミン）はスープなどにふりかける、我の健康食。

そのC氏が、日本人女性の死亡事件（於・チェンマイのホテル）を伝えたのは昨日のことだ。タイでは、その種の邦人事件が頻発する。在タイ日本大使館は世界でもっとも忙しい公館の一つといわれるが、邦人保護課のことらしい。警察は自殺と他殺の両面で捜査を始めているというが、夫婦で異国まで遊びに来て（死亡は若い妻のほう）、いったい何があったのか。他人事ながら、「殺」（自他とも）を真っ先に非とし、争いごととは無縁の聖域にいると、世間のそういう出来事には溜息が出る。

邦人の異国の死そのものは、ずいぶんと見聞してきた。気の毒であるのは、やはり「孤独死」なるものだ。わが国のみならず、それが異国においてもある。我の知るケースは、ともに暮らしていた女性に棄てられて、お金も使い果たし、安い屋台のものばかり食べていた人で、数少ない知り合いの一人が最近その姿を見ないと周りもいうので、部屋を訪ねてみたところ、すでに死亡して長く放置されていたという。日本人男性の場合、まだ元気なうちにタイ人の伴侶を見つけて一緒に暮らす人が多い。が、その先に待ち受けている状況は人によってさまざまだ。

我の親友だったK君の場合、若い頃から戦場カメラマンとして身体を酷使してきた。そのせいもあって、ながく軽度の皮膚ガン（太陽に当たりすぎたか）をわずらっていたが、きついテレビのカンボジア取材の仕事がたたって体調を崩してからは、たちまちガンが方々へ飛び火した。久しぶりにどうしているかと電話をかけると、ともに暮らしている女性が電話口に出て、彼はいま死ぬところだといって泣き叫ぶので絶句した。

もとより、タイではふだんの生活に困っていなくても、いざ重篤な病でよい病院にかかろうとすると、保険でもないかぎり、とてつもない金がいる。K君にはとてもそんな資金はなく、ほとんど何の治療も受けずに衰えるままになるほかなかった。

それでも、彼の場合は、ともに暮らす女性がいたから、まだしもだった。日本の故郷にも連絡がついて、姉妹のふたりが駆けつけ、みとられて逝ったからだ。連れ合いの女性については、いつの間にか転がり込んで住みついてしまったのだと、かつて笑いながら話したものだったが、葬儀まで仕切り、河への流骨式も身内だけでやってのけた気丈な女性であったから、孤独死などと比べればはるかによかったと思うしかない。結婚はしていなかったが、生涯恋人であったといえる。

タイという国のいい点は、西に東に死にそうな人があれば、駆けつけて棺を用意し、火葬場まで運んでくれるボランティア組織がしっかりしていることだ。K君の場合は、炉塔（プラサート）をもつ大寺院の世話になったが、葬儀代なども少しの布施があればよい、なければないでしかたがない、といったふうで実に助かる。よい病院は高くつくが、人の死は安あがりなのだ。生きていくのは（生きている間は）、だから大変である。

それにしても、老いてからの独りぼっちは、とくに異国では問題が多い、とつくづく想う。

○ある日本人女性の「死」が語るもの　八月五日（土）

早や週末である。あッという間に、というのは大袈裟だが、たちまちのうちに一週間が過ぎることは確かだ。光陰矢の如し、というが、矢が一週間飛んでいる間に、いかに過ごすかという問題が、この歳になると切実になってくる。会社を引退して老後を過ごす人もそうだろうが、まずは経済的に安泰であることが必要であるし、その面で問題がなくても精神的にどうかという、大きな課題が立ちはだかる。

我の場合、僧として寺にいるかぎり、経済的には安泰である。病気になっても僧は原則として入院、治療費ともにタダ、死ねば、これもタダで葬式を出してもらえる。ただ、還俗して俗世に戻れば、その日から、ドッと何もかもへ、お金というものが掛かってくる。そのことを、かつて仲間だった若者から聞いたことがある。それがいちばん大変である、と。

しかり、お金がなければ何もできない現実は、いかんともしがたい。タイでは、一緒に暮らしてくれる女性など決していないし、孤独死も覚悟しないといけない。逆に、お金があれば八十歳でも結婚できますよ、などという人もいて、呆れたものである。

日本では足りない年金をこちらへ持ってきて、どうにか暮らしていた老人たちが、先頃までのコロナ禍で、およそ気の毒な事態に陥った。せっかくの暮らしが、国境はおろか県境すら自由に越えられなくなって閉塞し、帰国して住むところがある人はまだしも、そうでない人は老人性のうつ病にもかかってしまうほど危険な状態になっている、という話を聞いた。異国暮らしの怖さというのか、先々に何が待ち受けているかわからない、まさに「無常」の「苦」にさいなまれる人が続出したのだった。

その点、寺に守られていた我は、幸いであったと思う。もし出家していなければ、いったいどうなっていただろうかと想像すれば、自死すらもあり得たかもしれない。K君のように、暮らしには十分な仕事があったわけでなし、ゆえに一緒に暮らしてくれる女性などもなく、それこそ身体にわるい露店の安物ばかりを口にして、孤独死することも十分にあり得ただろう。

そうしてみると、老後に精神性の問題を持ちだせること自体、まずは恵まれている証拠ともいえるだろうか。老後をいかに有意義に過ごすか、という問題はいわばゼイタクな人間のものなのだろう。

とはいうものの、人間というのはもともとゼイタクにできている。欲から離れられない。両輪がしっかりしていなければ車は動かないように、物心ともに充実することを望んでやまない。贅沢を承知でそれを望むことは、一向にかまわない。というより、やはりそれは、生きている以上は必要なものというべきだろう。社会保障が万全で、何の不自由もない国の老人が、自死しないかというとそうではなく、社会問題にもなっているというから、物事は一筋縄ではいかない。

大事であるのは、その両輪の健全なバランスであるようだ。精神的にはしっかりと生き甲斐を持つ人が、いつの間にか健康を損ねて早逝してしまうといった例も我の周りには存在した。すなわち、もう一人、異国の死にまつわる話だが、Oさんのことが忘れられない。

サトちゃん、と我は呼んでいた。ある日、我の住むサービス・アパートメント（在バンコク）へ旅人としてやって来て、以来、来るたびに定宿としたことから親しくなった。

我よりはるかに若い、四十代に入ったばかりの、細身のきれいな人だった。が、食が細く、一緒に夕食を食べにいっても、あまりすすまなかった。酒もほとんど飲まず、ただ話好きで、私とはその点で気が合った。

その彼女が生き甲斐としたのは、老いた象の世話をすることだった。来るたびに、バンコクからカンチャナブリー県（バンコク西方、ミャンマー国境の県）へと出かけていき、そこにある象の養護施設で何日かを過ごし、戻ってくると帰国して、また機をみてやって来るといった生活だった。

死期の迫った象は決して横になろうとしない、という話をしてくれたのも彼女だった。横になると、巨体であるから起き上がれないことを知っているためだという。その頭のよさは、聖なる生きものとして崇められる理由でもあるが、彼女もまた、より多くの時間を施設のために割くことができるようになるのを願っていて、ある日から一念発起して、タイに住みつくことを目論んだ。そして、首尾よく就職先もみつかり、さてこれからという矢先、勤め先でレジを打っている最中に倒れてしまう。過労からの脳内出血で、あっけなく逝ってしまったのだった。

こころのやさしい女性だったが、そういう人ほど早くに亡くなってしまう理不尽はいかんともしがたいものがある。その葬儀やカンチャナブリー県での流骨式では、ご両親と妹さんともお会いしたが、悲しみを隠して周りに明るく振る舞われていたのがいまも思い出される。親より先に逝くこと（逆縁）を我の父は口すっぱく禁じたものだが、世の現実は非情なケースが少なくない。

思うに、彼女にはやはり食の問題があったのではないか。その食の細さは、むろん過食も困るが、栄養価的に足りていたのかどうか。少なくとも、偏りがあったのではないかと思えてならない。もとより、それはむずかしい話で、我自身、いまの身体の状態を正確に知っているわけではないし、何かが足りないゆえに目眩（ふらつき）という症状が起きているにちがいない。むろん老化にともなう何かであるかもしれないが、何が足りないのかを知ることは至難のわざであり、たとえ知ったとしても、その先はどうすればいいのか、どのように薬を処方してもらい、どの程度、どれくらいの期間、それを飲めば改善されるのか、といったことまで考えていかねばならない。とすれば、やはり至難というほかはない。

それは確かなのだが、難しいからといって放置することもまた、正しくない、と仏法は説く。そこはできるかぎり、知力の及ぶ範囲のことをして、健全に老いていく努力をしなければならない。我が一応の目標とする、父親の九十歳（数え）まで生きるためにも……。

ただ、今日もふらつきは相変わらず、一寸先はやはりわからない。その無常、そして同じ意味合いの「無我」を真にわかれば、恐れることはない、とも仏法は説く。日常の経にもいう〝我の身は我のものにあらず〟――この真理が、この歳になってやっとわかりかけている。

○無常の空と決断の大事　八月六日（日）

今日も朝から空は暗く、托鉢に出て間もなく雨がぱらつき始めた。まだ五〇メートルと歩かないうちのことで、引き返すべきかどうか、迷った。傘は荷になるので、降っていないかぎり置いていくことにしているが、小雨がドシャ降りとなる恐れがあるため、引き返すか、それとも、さほどの降りにはならないだろうと楽観して、そのまま突き進むか。

仏法は、「決断（アティッターナ）」の大事を告げている。たかが傘を取りに戻るかどうかの話だが、ささいな一事が万事に通じることもある。我の場合、来し方において、この決断の力が足りなかったような気がしてならない。むろん判断はしてきたが、決めたことにどれほどの自信と覚悟ができていたかというと、およそのことにあやふやだったと思う。大事な場面で、それを欠いていたことが一度ならず、ために招いた結果について後悔したり、時には恨みを抱いたりしたものだ。一つの決断には、結果を問わない覚悟が要ることを理解しなかったために起こる現象である。結果がよければいいが、そうでければ悔恨にさいなまれるという、なさけないことがよくあったと記憶する。

今日の決断は、正と出た。小雨が降ったり止んだり、帰り着く頃にはほとんど帽子を濡らすこともなくすんだ。しかしこの先は、同じようなケースで正解か否かはわからない。雨季の空は実に気まぐれだ。人の心のように転々して、とどまることがない。この「無常」を心底から、骨身にしみて理解できているかどうか、と問うたならば、答えに躊躇する。

これを本当の意味でわかり、日常的に生かすことができているかどうか。雨季の空も人の心も一刻も同じところに留まってはいない。この真理を解りきるのは、意外と大変である。僧となって修行しているつもりの我にしても、わかっているつもりでも実際はどうかと問えば、やはり心配になってくる。

なぜかというと、人はおよその場合、「変化」を望んでいない。怖がっているともいえる。ゆえに、釈尊は無常を「苦」として、仏弟子にその認識を強いた。

人はおよそ、いま現在の状態が（平穏無事の場合は）変わってほしくない、と願っている。コロナなんてものが流行って世の中が無茶なことになるのは、誰も欲していない。が、起こってしまうのは大地震も同じことだ。日本人は古来、そのような不意の災害にも馴れていて、あるいは、ゆく川の流れは絶えずして、しかも元の水にあらず……、といった文学上の文言にも触れて、かなりわかっているはずだが、それでもやはり、手落ちがあるように思えてならない。好景気には、それがいつまでも続くものと考えて、あるいは信じて、大勢が無謀な投資に走ったバブル期もそうだった。あんまり慎重すぎるのも困るが、石橋をたたいて渡る、とか、一寸先は闇、といった言葉の意味を心底からかみしめる必要があるように思う。

帰りつくと、房の前には重い荷も届けられていた。折り返し点でLさんと話しているうち、たまにみえる布施人（年増の女性）がやって来て、何と、豆腐汁にふくらんだビニール袋を六つと、サンドイッチにした食パンを12枚（ビニール袋に2枚ずつ仕分けしてある）がどっさりと鉢に載せられた（むろん入りきらずにはみ出す）。とても運べる量ではなく、いつものようにC氏のお世話になったのだが、最近、わが寺の若い僧たちは托鉢に出ない。ために、彼らのために余りは食堂へ運んでおくわけだが、老僧ひとりが（住職はたまに）托鉢に出るというのも何だか妙なことになっているといえなくもない。

日々の「食」は托鉢によって手に入れたもの、というのが原則だ。出家式の教戒でも、アナタの命がつきるまで、という表現で托鉢に出て食を得ることが義務づけられる。ところが、実際は、古代インドにおいても、例えば四人の僧がいれば、二人が出かけていって食を持ち帰り、それを皆で食べるという形が多かった。つまり、托鉢に出ない二人は、早朝から寺の掃除ほかの用事に時間を使うなどして、役割分担ができていたという。それと似たようなところもあるが、ただ、昨今の若い僧は、ずぼらしている気配がなきにしもあらず。というのも、以前は折り返し点まで歩いてC氏の世話になっていた僧たちが、いつの間にか姿を見せなくなったからだ。それは、なぜなのか。

早い話が、怠惰になっている、ということになりそうだ。托鉢に出なくても、寺へ直接布施を持ち込んでくる在家もしばしばで、とくに住職の房へは、朝からそのような布施食がもたらされる。とても一人では食べきれないので、食事の時間（十一時から）になると食堂へと運んで皆で共食することになる。それがすばらしい豚や鶏の肉であったり、手の込んだ惣菜であったりするから、托鉢でもらってくるものよりはるかによい、という日が少なくない。

我自身は、以前の寺でもそうだったが、若い僧たちの早食いについていけないという（本当の）理由から、ひとり房で食べる習慣であるから、そのような美食とは無縁である。それがむしろ幸いして、托鉢に出る習慣は変えられないわけだ。おのずと菜食中心の、托鉢食に自分食を加えていただけるわけだが、ラクをして托鉢に出ない僧は、もとよりの肥満体はますます、そうでもなかった僧までが以前とは見違えるほどの体型になってしまっている。怠惰が習慣化すると、こうなるという見本か。社会問題ともなっている僧の肥満は、要するにテーラワーダ僧の精神性の危機といってさしつかえないように、我には思える。これについては、またいずれ。

○老いてゆくカラダに負けないココロを　八月七日（月）

今朝は、しっかりと雨が落ちていた。帽子をかぶっていればさほどでもない、小雨に変わりはないので、傘は頭陀袋（ヤーム）に用意して出ていく。差そうか差すまいか、迷いながら行く。

そのうち、いつも以上に布施が集まってきて、折り返し点に辿り着く前にビニール袋を取り出さねばならなかった。雨の日にかぎって布施が多い。街角にあるホテルの軒先で鉢をはみだす分を袋に移し、それを左手に提げると、もう傘が差せなくなった。と、いきなり降り方が勢いを増してきた。

折り返し点で重い荷を預け、やれやれと今度は傘をさして帰路を辿る。かなりの降りとなって、もう布施は要らない、このまま無事に寺まで、と願う。が、こういう時にかぎって、また布施が集まってくる。二人、三人……、そして四人目で、またしても袋が必要になる。やむなく軒先で雨宿りをして荷を移し替えると、いっそう傘が差せなくなった。しかたがない、濡れて帰ろう、と歩き出すと、雨脚がさらに繁くなってくる。かつて、滑って転んだ記憶があるので、足元に重々注意して、速くは歩かない。もう布施はけっこう、受け取らない、と決めて歩く。こういう時は断わるのもやむを得ない、と決心を呟いて、堀を渡る橋に差し掛かると、一台のバイクが、明らかに布施をするつもりで停止した。大柄な、こわもての男性で、この通り、もう持てない、と断わろうとした、その瞬間、布施を入れた透明な袋に二〇バーツ紙幣が何枚か入っているのが目に映った。

ゲンキンには弱い。思わず心が揺れて、受けることに決めた。相手はペットボトルの水を用意しており、それを別の容器に移し替える体勢をとる。「滴水供養」の経をあげさせるつもりだ。経をあげる間、さらに濡れていくが、ひざまずいて掌を合わせる相手もまた傘など差していない。

やむなく――〝ヤター　ワー　リュワハー　プーラーパーリー　プーレンティー　サーカラン……〟すなわち、この布施はすでにこの世を去った人たち（死して「餓鬼」の界に落ちて飢えているかもしれない親、兄弟他）へも届けられます、という意味の経だ。

最後まで唱えて歩き出したが、さすがに疲れをおぼえて、堀を渡りきったところの美容院（まだ開店前）の軒先で一休み。肩先がずり落ちそうな衣を整えてから、やはり傘はささないままに歩き、あと十分、軽いモノ（お金）以外はもう布施されないように、と願いながら、寺へ帰り着いたときは、ほとんどズブ濡れになっていた。

ものごとは、あるいは人の心は、状況次第で転々するものだと、改めて思う。せっかく傘を持って出かけたのに、まさかこうなるとは思いもよらない。雨の日だからといって布施人がいつもより少ないわけではなく、いつも通りに路傍にたたずんでいるが、各寺の僧たちは、雨安居のつもりか、いつもより頭数が少ない。わが寺の僧たちもそうだが、その分、托鉢に出た一人にかかってくる量も多くなる。少僧化の時代でありながら、民衆の布施心はそのままであるから、ふだんでも一人当たりの荷は重くなる。我の目からみても、七年前と比べて、格段に重くなったのを感じる。コロナ禍の頃も、ふだんより若干少なくなった程度で、いままた負担が増えつつあるのだ。それだけに、Lさんたちの働きは貴重であり、それがなければ、我もまたどうしていたか、これも状況次第のうちだろう。

わが寺の僧たちが托鉢に出なくなったのも、ずぼらを弁護すれば、出れば疲れてしまう、という理由もある。一人の僧は大学へも通っているから、毎朝の庭掃除に加えてその方で時間をとられるし、もう一人の肥った僧は、重い荷を手に往復路をこなすのは苦労なことにちがいない。托鉢ひとつとってみても、少僧化や肥満がもたらす影響は小さくない。

昼前、肉の入った布施食はすべて食堂へ運んだ。

肉食を断つとどうなるのか、我にもよくわかっているわけではない。それを二年間、続けたことのある娘（次女）によれば、肌に艶がなくなってきたのでやめることにしたという。菜食主義の人が元気いっぱいであるのは、昔から見聞してきたが、むろんそれで十分に生きていける。共通しているのは、細身であること、一点だろうか。贅肉のない、しなやかな体つきをしている。わが娘はヨーガ師であるから、その必要があったわけだが、肌に艶がなくなったのであれば、それは困ったことにちがいない。

我の記憶にあるのは、ある時、ある医者に会い、かつて肥満体であったのを二〇キロほど減らしていまの体型があるというので、その理由を聞いたことがある。彼氏いわく、肉を断っただけである、と。その他は何も変えていない。それで二年が経つと、こうなった、というのだ。

いろんな人がいるものだと、その時は聞き流した。肌の色つやが少々わるくなろうと、減量のほうを採るという人もいるだろう。が、肉はやはり旨いものであり、それを断つというのは苦労である人が多いはずだ。それをやったのは、やはり体重を減らしたい一心からだったか。

我の場合、発疹に悩まされていた頃、おそらく布施食に原因があり、材料や調理法に問題のあるそれが蓄積した結果だろうと、とりあえず判断した。オーバーカロリーの一因ともなる肉を極力へらし、惣菜は湯通しすればどうにかなるものだけ、あとは市場で仕入れたものを自分で薄味に、日本風に調理して、徹底した変革を試みた。我はやはり日本人であり、長い間に馴れ親しんだ日本食から離れていること自体、問題があるのかもしれない、とも考えた。

そうして二年が経つうちに、徐々に発疹が消えていった。数年かけてわるくなったものは、やはり数年をかけなければ、元には戻らない、という感覚的な信念があったから成せたことだった。が、その細部のしくみ、方程式のようなものはやはりわからないままだった。人の身体は数式でどうにかなるものではない、と知ったのもそうした体験によるものだ。

仏教では、先に無常の教説に触れたが、もう一つ「無我」という教理がある。これは、むずかしく説明すれば、いくらでもむずかしくできる。世の解説書は、現象とか実体といった難解な語彙を駆使して説いているが（我もまた他書では似たようなものか）、いかんせん抽象的すぎてピンとこない、という人が多いのではないかと思う。

先に、雨の日の托鉢を書いたが、そのようなことを「無常」かつ「無我」という。具体的にいえば、空模様もこころ模様も変転きわまりなく、かつ自分の思い通りにはならない。心も身体も自分のものとして自在に制御できないものだという、抗いがたい現実のことだ。発疹にしても、思いもかけず出てしまう。かつて克服した原因不明の発疹にしても、なにゆえに癒えていったのか、細かなところまではわかり得ない、まるで自分のモノとはいえない人体の転変きわまりない不可解さのことを「無我」という。無常であるがゆえの無我であり、両者は連れ合い、同族語といえる。ある解説によれば、時間的な面から（無常）と物理的、空間的な面から（無我）の表現であり、本質的には同じであるという。

ゆえに、仏教では、わからないカラダのことはさておく（むろん無視はしないが）。それよりも大事なのは、ココロである、という。その心にしても、身体に劣らずクセもので、やはり変転きわまりないから、完全にはつかみ得ないものだ。が、まだしもどうにかなる、精進（努力）しだいで、という考え方をする。滅びゆくカラダに負けないココロを育てるべし。老いてなお、心は若々しい、青春が理想。仏教は、いいこと（かつ難しいこと）を告げている。

その死の三日前までペンを持つ作家の存在が我には励みになるが、果たしてどうか。

○雨傘とともに考える「無我」　八月八日（火）

肌寒い朝。房を出ると、小雨がばらついていて、まだ門を出たばかりのところで傘をとりに引き返した。が、まだ差すほどの降りではない。ために、傘は頭陀袋に入れたまま歩く。

鉢(バート)はヒモで右肩に引っ掛けて持つ。それも衣の内側に吊るすので、外側からはヒモが見えない。およその僧は、タスキ掛けにして鉢が体の前にくるように持つが、みっともないので、それはしない。いまは故郷の寺へ移っているが、我の最初の師が（いまの住職もそうだが）そうやって鉢を衣の内側から右肩に吊るし、やや体の右側で鉢に左手を添えて歩いていた。本来は、ヒモのようなものには頼らず、身体の正面で両手に抱えもって歩くべきなのだが（たまに律義な若い僧にみかけるが）、およその僧はこの点でもラクをしている。せめてヒモのような醜いものが露わにならないよう、衣の内側に入れておこうというわけだ。

ところが、これだと鉢が重くなってくると、バランスがとりにくい。左手を添えておかないと、右手だけでは何かの拍子に（歩調が狂ったりすると）鉢が傾いてしまうことがあるからだ。ために、左手は空けておきたい。となると、傘はできれば差さないほうがいい。差さずにすませられるうちはそうしたい、ということで、この程度の降りでは大丈夫、と差さずに歩いた。

何とも中途半端な降り方だった。傘を差さずに歩けないわけではない、が、それでも濡れていくことに変わりはない。こういう場合、どうするかの判断だが、これも人によりけりで、その人の感性や考え方、あるいは状況次第ということになるだろう。昨日は、本降りとなって傘を差したくても差せない、つまり左手が荷でふさがっていて、傘をさせる状態ではなかった。今日は、布施が帰路には多くなく、左手を使って差そうと思えば差せた。むろん、差せば濡れずに帰路を辿れる、が、我はそうすることをためらった。差せば濡れずにすむだろうが、それでもけっこう重い鉢の安定性を欠いて歩きにくくもなるからだ。

どちらを選ぶかの問題。判断を誤れば悔いることになる。雨の日は、歩道に水溜まりも多く、それを除けながら歩かねばならない。となると、右手だけでは鉢がひっくり返ってしまうかもしれない。それに気をとられて足元を滑らせ、転んでしまっては元も子もない。で、濡れて帰ることを選んだ。幸い、途中で休憩できるところがある。いつも「薬水」（ナムヤータート・サーラモーン）を供してくれる小母さんの店先。老僧は休んでいきなさい、と、いつもいってくれる。そこの椅子に腰かけて、鉢と衣を整え、再び歩き出す。せっかく傘を取りに引き返したのに、何の役にも立てられなかったのだ。

つまらない話をしている、と思われるかもしれない。が、これまた「無我」の教理を説くに、一つの材料を得たような気がしている。我という存在は、ココロは、状況しだいで、あるいは時の経過とともに転々する（これを無常という）が、同時にそれは他との関係性のなかで起ることであって、我だけが独立してあるのではない。他と無縁の存在ではあり得ないから、この点からも自分の思い通りにはならない（これを無我という）。人と人の世はすべからく、この真理のもとで移ろい、うごいているという話だ。

むろん我の考え出したことではなく、ブッダの悟りの中核をなすものとしてある。

今日は、ワンプラ（仏日）の前日で、夕刻の僧だけの勤行はない。翌日の準備に忙しいからだが、

一月 มกราคม 2567 ปีมะโรง 1 JANUARY 2024 二〇二四年 龍年

SUN อาทิตย์ 日	MON จันทร์ 一	TUE อังคาร 二	WED พุธ 三	THU พฤหัส 四	FRI ศุกร์ 五	SAT เสาร์ 六
	1 二十	2 廿一	3 廿二	4 廿三	5 廿四	6 廿五 小寒
7 廿六	8 廿七	9 廿八	10 廿九	11 初一	12 初二	13 初三
14 初四	15 初五	16 初六	17 初七	18 初八	19 初九	20 初十 大寒
21 十一	22 十二	23 十三	24 十四	25 十五	26 十六	27 十七
28 十八	29 十九	30 二十	31 廿一			

12 ธันวาคม December

2 กุมภาพันธ์ February

薬水店の小母さんとタイ月齢カレンダー

老僧の我は、仏塔の麓（ふもと）のみ、僧房の周りをきれいにする役目だ。ひろい寺の敷地をその他五名の僧でもって浄める仕事は、毎朝の掃除に加えてラクではない。在家信者はその点にも目を光らせているから、手抜きができない。だらしがない寺へは、寄進もしたくないというわけで、以前の住職は見放され、リコールされた。タイの僧院もまた、在家信者との関係性のなかで成り立ち、うごいている。勝手気まま、我がままは許されない。托鉢に出るか、出ないかは重大な戒違反というわけではないこともあって、大目に見られているのだが。

ただ、そのために運動不足という、これもまた大敵が待ち受けている。僧の肥満問題は、その因が一つではなく複合的なものだ。

もとより、僧はスポーツができない。観戦することはできるが、みずからボールを蹴ったり、球を打ったり、泳いだりすることは禁とされる。スポーツは享楽的なものとされるためで、確かに愉（たの）しむためにあるものだろう。許されているのは、歩行訓練と筋トレくらいのものだから、運動不足を自覚している僧は、それをやる。

いまの寺の僧たちは、ほとんどそれをやらない。が、以前の寺にはいて、とくにサームとニックネームで呼ばれる僧は徹底していた。一日置きに、二時間ばかり、腹筋、背筋、腕立て伏せ、懸垂などは手始めで、タイ式ボクシングに必要な足蹴り、ひじ打ち、回し蹴り、パンチなど、ありとあらゆる動きをやる。それでたっぷりと汗を流すのだが、その体型は筋骨隆々、左右の胸などは大きな塊をなし、我の手に負えない二〇キロのバーベルなどは軽々と持ち上げる。

托鉢に歩く姿は、他のどんな僧よりもきれいで、一切の揺るぎがない。姿勢、足取りともに、みごとな歩き方をする。それをみると、やはり日々の鍛錬がしっかりしているからだと思わざるを得ない。むろん健康そのもので、五年間の同じ僧房暮らしで、風邪はおろか、体調がわるいようすなど見たことがない。三十代の半ばだが、いまのわが寺の肥満僧はまだ二十代の前半で、その違いは何なのだろうと思ってしまう。

早くに両親をなくし、いわば孤児として寺に預けられ、育てられた。そのへんに、ふつうの柔な人間とは違った気性と気骨が感じられるのだが、同じ僧でもさまざまであることの見本でもあるだろうか。

我の場合、もともとスポーツ好きであるから、それができないというのはいささか辛いものがある。それに代わるものとして、日々の歩きはむろん、筋肉マンに見習って、できるだけのことをしているつもりだが、老いとの競争であり、しかし勝てないのを感じる。だんだんと衰えていかざるを得ないという、これも無我の真理で、いくら自らの身体がそうありたいと願っても叶わない。そこはもう、ある程度は自然のまま、無理をしないつもりでいるが、少しでも健康で長生きをしたいのならば、やはりサーム師を見習うほかはないだろう、とも思う。

今日は、週に四日と決めている運動の日。仏塔の周りの歩き、十周（約二五分）。これで托鉢に加えて十分だろう、と我は思っている（だけ）。寝る前に、腹筋、側筋、背筋、下腹筋のトレーニング、それぞれ二〇回を三度、計六〇回を四種やるので、計二百四十回の筋トレ。あと、腕力のトレーニングがやはり四種ほどと、ストレッチを加える。そこでやっと、まずまずの眠りが得られる。

さて、と房の外へ出ると、いきなりの驟雨だ。今日の運動は室内のみ。

○誤算が七、八割を恨んだ在家の日々　八月九日（水）

雨上がりの早朝、室温25℃と昨日より低い。日本の冬場では暖かい昼間の気温だが、タイでは肌寒く感じる。バンコクなどでは蒸し暑いが、北部のチェンマイでは例年こうである。雨季が終われば、寒季がやって来て、10℃台にまで下がる十二月は、実に寒い。ために、一年を通じて日本人が比較的過ごしやすい地として人気があるわけだ。日本人の移住者を当て込んで建てられたマンションが、先頃までのコロナ禍で帰国者が続出したこともあってガラガラになってしまったというから、これも時代の流れ、予測不可能の一例か。

ワンプラ（仏日）は、托鉢の休日だ。理由は前に記した通り、布施が多すぎて往生するため。ゼイタクな理由だが、過ぎたるは危険をもたらす。不足を解消するための運動もそうで、ホドをわきまえなければ逆効果で、ケガにつながる。ただ、昨夜はストレッチの不足と、太ももを揉むのを忘れたせいか、朝方に右脚が引きつった。コムラ返り的症状。これの痛さは年ごとに酷くなるようで、歩けなくなるのではないかという恐怖まで走る。原因は、いつもの運動とストレッチの手抜きしか考えられない。時に、眠気や疲れのせいで怠ってしまうと、必ずやその影響が出る。カラダはわからないながらも正直だ。

痛みをこらえて、これも経験からの治しにかかる。右足指（親指から薬指まで）から足首をもう片方の足で反り返し、しばらく置くことをくり返す。しかるのち、右手で膝を抱え、左手で太もものスネをしっかりと揉む。膝を伸ばして、また同じ動きをくり返すうち、しだいに引きつりが消えていく。やれやれ、だ。

歩けるうちが花。つくづく思う。この歳になると、歩行に問題のある人がにわかに増えるようだ。

足腰が立つうちに……、と思うことも多くなる。

ところで、前に述べた、物事は自分の思い通りにいかない、という事実について、我にはおそらく人並み以上の感慨があると思う。

こまかく点検（チェック）したわけではないが、ざっと思い返せば、願い通りになったのは二割程度、あとの八割がたはダメで、なかにはこっぴどい結果に終わったものもある。

それはなぜなのかという問いに、明快に答えを出してくれるのが、釈尊の説いた「無我」の真理である。その解釈の一つ、（先に記したように）人間こそは他との関係性によってしか生きられない、どうしようもない現実を背負わされた存在であるからだ。

我のようなモノ書きは（他の同業者も似たようなものだろうが）、とりわけその現実をモロに受けながら生きてきた。自分の書いたモノが、読み手にどう評価されるのかという、初っ端からつきまとうハードルもそうだが、やっとデビューを果たした後も、編集者がどういう人か、小説を読む力がある人かどうか、といったことのみならず、どの程度の読者が得られるのか、つまり、売れるのかどうか、赤字か黒字か、といった経済的な問題もつきまとう。そういったことで、もはや疲れてしまった、というのが正直なところだ。異国へと落ちていった我の心底には、それがあったと思う。

むろん、その落人化の因（いい）となったものは多くが自己責任であり、自業自得であったことは、拙作にさんざんハジを書いたけれど、いくらかの言い訳をしたい気持ちもあって、それが先に記した「無我」の現実を拠り所としている。何を書いてもうまくいかず（すなわち売れず）、手を出した映画にも失敗して、没落寸前の窮地にあった我にも、久方ぶりに幸運が訪れて、復活への道をもくろんでいた。ところが、これもようやくに優れた（デビューから直木賞前後まではそうだったが）編集者にめぐり逢い、意気投合して、さて、これからという時、その沖縄出身の熱血的なA氏は、我がまず一作、完成させた日に急死してしまう。まさに無常、青天のへきれきだったが、その後、氏のあとを（いやいやながら）引き継いだ女性編集者は、その稿を最終ゲラまで担当しながら、これも突然、いまをときめく他社へと行ってしまう。放り出された原稿は、そうして宙に浮き、担当する者がいなくなったという理由でもって、出版中止の通告を受けたのだった。

異国へと去った我には、当時からすでに俗世を捨てるような気分もどこかにあった。何をやってもうまくいかない、願った通りにはいかないことへの、苛立ち、腹立たしさがあったと思う。人と人の世はそういうものだという認識が当時は欠けていて、つまりは無我の仏法も知らず、ただうろたえて、半ばヤケにもなり、その結果が故国を去るという行為になって現れた、という面があった。

しかしながら、異国においても事態は少しも改善されず、悪あがきをくり返していたのだったが、ただ落人として生き延びている以上はまた違った展開もあって、まさに無常の成り行きになっていく。ながく放り出され、お蔵入りになっていた原稿だが、以来十七年が経っても、紙質は色褪せていたが文字はまだしっかりと読めるため、先ごろ、帰国した際に眺めてみれば、テーマ自体は少しも古びていない、むしろ今こそ、日本の空をサギが飛び交う世にはふさわしい、と思えた。ならば、と一念発起して、これをどうにかしよう、と考えた。

そして、今度は幸運にも、旧知の出版社社長と会う機会を得、過去の経緯も含めて相談したところ、その日のうちに目を通してもらい、翌日の決定となった。急死した編集者を紹介してくれた人でもあったから、復活できるものなら、と考えたのだったが、長く生きていれば、このようなことにもなっていく、という好例か。大金を失った酒場の女将は、モデルにされたことを知らずにこの世を去っていたのも、ともに行きつけだった作家、岳真也から聞かされた。無常と無我はやはり「苦」である、と思い知ることになる。

『詐欺師の誤算』（論創社）というタイトルをつけたのは、件の社長であった。詐欺師もまた、果てには思った通りに（目算通りには）いかなかった、という皮肉がきいた題である。我の人生は、つまるところ、誤算が八割くらいのさんざんな成り行きだったが、なかにはそれが因となってよい結果を招くこともあったから、やってこられたのだという思いもある。

今日の月は、曇天でみえないが、半月（下弦）である。タイ暦でいうと、二五六六年八月下弦八夜、ということになる。例年なら九月に入っているところ、今年は八月がダブルで置かれる（これを閏月という）年に当たっている。太陰太陽暦と太陽暦のズレを調整するためのもので、このような知恵をわが国の元勲たちは、明治五年に捨ててしまった。両刀使いができるはずの日本人の頭脳をみくびり、西洋に媚びる余りに（かつ翌年〈明治六年〉が閏月をもつ年であったことから陰暦を廃すると一か月分の給料が浮く計算があったといわれるが）貴重な伝統文化を失わせた。残念なことだと、何度くり返しても足りない。

ワンプラ（仏日）については、この前は「滴水供養」の唱えまでを記した。

タイ人の死生観については、前世、現世、来世の話――「輪廻転生」が関わってくる。これについては、話がやや込み入ってくるので、明日にまわそう。ムリをしないのが老僧の心得ゆえ。

○古い家に帰る、の意　八月十日（木）

しばらくぶりの曇り空。雨の気配はない。ただ気温は変わらず、肌寒い。

托鉢の休み明け。足取りが軽いのは、やはり休息の恵みか。休むのも練習のうち、と知り合いのアスリートがいっていた。試合の前、二日間は練習をさせないでおくとよい結果が出る、と、これはママさんバレーの指導者だったが、いずれにしてもカラダは休ませることが大事。

さて、輪廻（転生）の話だが、どれだけのタイ人が信じているか、と問えば、わからない、と住職は答えた。統計に出しにくい。国民の九十五パーセントが仏教徒とされるが、本当の信者は二〇パーセントくらいのものだろうというわが住職の指摘は、ほぼ正しい推定のような気がする。

横断歩道に僧が立っても、止まってくれる車は百台に一台か二台程度のもの。これは本当のことで、我も出歩く度にいささか呆れているが、これを信仰心のなさと結びつけてよいかどうかもむずかしい。だが、若者の仏教離れがいわれて久しい今の時代、仏日にくる顔ぶれの老齢化と少僧化の傾向はとどまりそうにない。

信仰心の希薄化は、輪廻についてもいえることのような気がする。人は死ねばどこへ行くのか、あるいは生まれる前は何者で何をしていたのか、といったことを真剣に考える人は、もはやごくわずか、それこそ仏日に来る老齢の、余命もさほどない人たちくらいのものかもしれない。

とはいえ、若いタイ人のなかにも、とくに女性の感性は、それに対応することがあるようだ。我が在家としてバンコクに暮らしていた頃、ワタシの前世は「インドの占い師」で、その前は「大蛇」だった、と真面目な顔をしていう女性に会ったことがある。ほう、ほう、と感心しながら聞いていたものだが、ひと癖ありそうな変わった人だった。

一方、タイには、ピーと呼ばれる「霊」の存在があり、これはどうか。ピーには、悪霊と善霊があるが、ふつうは悪霊をいい、これに祟られないよう、その通り道や樹木のふもとにお菓子や果物、ご飯や飲み物を置いて霊を慰めるということをやる。が、これもどの程度信じているかというと、半信半疑、という人が多いように思う。以前の寺の若い僧に、それを問うと、半分だけ信じる、というものだったが、すっかり信じ切っている人は少ないだろう。

それと同じで、輪廻についても、過去世や来世はあるかもしれないし、ないかもしれない、わからない、という人が多いのではないか。ある時、住職に、前世は何者だったかと尋ねると、知らない、とそっけなかった。

とはいえ、我がもし本堂の雨に濡れた階段で、滑って転んだならば、「カップ・バーン・カオだよ」と、忠告する。カップ（クラップをすばやくいうとカップとなる）は、帰る、バーンは家、カオは古い、という意味で、「古い家に帰る」、つまり前世へ行くよ、ということは、「死」ぬことにほかならない。来世へ行くとはいわず、過去世へ戻るというのだから、タイ語はおもしろい。

その言葉を、住職はしょっちゅう口にする、ということは、前世、来世をまったく信じていないというのでもない、やはり、あるのかないのか、よくわからないが、ひょっとしてあるのかもしれない、というくらいの思いだろうか。

ジャータカ物語、という釈尊（ブッダ）の前世を描いた物語がある。ゴータマ・シッダッタという俗世の人間が何ゆえに悟りをひらき、偉大な存在になり得たのかと問えば、それは前世において数多くの善い行ないを積み重ねた結果であるという、その善行物語だ。これがテーラワーダ仏教では五百余話もある。何と沢山の前世かという感想を抱かせるけれど、むろん釈尊の入滅後に、後生が考え出したもので、ブッダの偉大さを示すため、という意図が感じられる。これらをただの説話として、ブッダが説いた真理の教説とは一線を画すべきとしたのは、仏教改革をなしたラーマ四世（タンマユット派の創始者、モンクット王）であったが、その通りだと我も思う。

というのも、我もまた、前世などは知らない、と答えるほかはない凡僧であるからだ。が、来世については、答えを保留したくなる。あるのかないのか、死んだことがないのでわからないわけだけれど、これも不思議なことに、ある、と信じて疑わない人もいる。いわゆる「六道」というのは、そういう人たちによって考え出されたものにちがいない。

今日も、続きは明日に。

○学問としての来世の話　八月十一日（金）

人は死んでどこへ行くのか。あるいは、行くとすればどこが一番いいのか。

このような問いかけは、いま生きてある者にとって、無関心ではいられない。考えてもみない人は少ないだろう。が、それに明快な答えを出せる人は、まずいない、いたとしてもその人は自分の考えや感性に照らしていっているにすぎない。過去世についても同じことだ。

ただ、こちらの仏教では、とりわけ来世については詳しい。死んだことのない人たちが、可能なかぎりの知力、想像力を駆使し、死後の世界を描いてみせた。六道の話は、日本の大乗仏教と同じで、微に入り細に入り、来世での命の在り方や、その寿命までも示している。無間地獄（阿鼻地獄とも）という言葉があるけれど、こちらの仏教でも昔は、そこへ行った者が阿鼻叫喚の責め苦にあっている図を描き、「五逆」（父殺し、母殺し、阿羅漢殺し、僧の和を乱す〈サンガの破壊を企てる〉、仏身を傷つける）のいずれかを犯した者の行き先とした。が、そういった脅し的な教えは、釈尊がなしたことではないとして「非」としたのも、長く僧籍にあったモンクット王（ラーマ四世の親王時代）による仏教改革だった。

その影響から、タイ仏教では（「五逆」を犯すと出家資格は失うが）そういう恐ろしいことはいわなくなった。拷問の絵図も外された。ただ、地獄、餓鬼、修羅、畜（どうぶつ）の四道が否定されたかというと、そうでもなく、先に示した（餓鬼道へ落ちた人に徳を送る）「滴水供養」などは、日常的な托鉢においても行われるところをみると、少なからずのタイ人が、わからないけれどもそうかもしれない、と半ば信じているように思われる。

「宿業」なる仏語がある。ふつうは前世でなした業（善悪の行為）のいかなるかによって現世にその結果が出る、というものだ。これについては、かなり多くのタイ人が信じるほうに傾いているように思う。つまり、この世でのみずからの境遇（身分や地位、財産など）が恵まれないものであった場合、それは前世でなしたことがこの世に出ているのだから、やむを得ない、認めるほかない、という（いわば諦（あきら）めの）心の様相についてはよく聞かされる。となると、前世において何者であったかは別にして、あるのかどうかについては、あると感じている人が多い、という結論になるだろうか。古い家に帰る（カップ・バーン・カオ）、というタイ語は、そうでなければ生まれないし、使われないだろう。

来世についての話に戻れば――、先に記したように、実に微に入り細に入り、後世が創り上げたものがある。人間以下の四道に加えて、人間界、天上界とあるが、その天上界にも天人（テーワダー）界とその上の梵天（プロム）界、その梵天界にも肉体と精神が備わっているのと精神のみがあるのとに分けられて、それぞれの寿命は下位の天人から上へ行くほど長いものに定められており、最上階にいくと、「劫」なる単位（マーハー・カップ）で宇宙が何度も消滅をくり返さねばならないほどに長いものとなる。

よくもそんな話を考え出したものだと、呆れるほどのものだが、要するに仏教学としてあるもので、釈尊の説いた教えとはほとんど関係がない。釈尊はむしろ、宇宙の果てのことなどはどうせわからないのだから放っておけといったのだから、その言葉を無視した作業だともいえる。それらはただの学問であり、学びたい人だけ学べばよい、としておくべきだろう。

とはいえ、そのような死生観、宇宙観を生み出す人間の精神性については、大いに価値をおくべきだという気がする。人間そのものの奥深さ、神秘的なまでの存在について、考えさせられるところがあるからだ。わが父は、死んだらおいしいものが食べられなくなる、それが残念だといっていたが、残された者は、その食を届けようとしてお供えをする、ただの真水を頼りに地下界に行って飢えている人へ布施を届けようとする、というのは、やはり人間のココロの不可思議さ以外の何ものでもない、という気がする。

その意味で、おもしろい世界にいる、と我は常々感じている。法名、アマロー、は天人の意である。天人（テーワダー）は、タイ語でテープという。バンコクの正式名は、クルンテープ、天人の都。恐ろしく長い名をもつ都だが、ふつうはその冒頭をとって呼ぶ。メディアも特別な場合以外は決してバンコクとはいわず、もう少し加えて、クルンテープ・マーハー・ナコーン（偉大なる大都、天人の都）と呼ぶ。しっかりと、誇らしげに告げられる。

命は、この世で終わるのではない、という思想には魅力がある。よろこんで、いや、あんしんして死んでいける。人間のあこがれ、でもあるだろうか。

今日は、金曜日。しばらくぶりに朝から晴れ間がのぞいた。午後には曇りとなったが、降りだす気配はない。室温も30℃まで上がり、ちょうどよい。午後遅くには再び晴れて気温も上昇し、冷房を要する。雲に閉ざされなければ、この季節、やはり日差しがきつい。雲の恵みを思う。

夕刻の勤行は、ふだんより一時間早く、午後五時に始まった。というのも、在家が一人か二人しか来ないいつもと違って、幾人かが参列して行うからだ。場所も本堂ではなく、ブッダ・モナスタリー（ブッダの僧院）と名付けられた本堂脇の小ぢんまりとしたお堂で、出家式や雨安居入りの日など、特別な式典に使われる。今日は、在家の一人が、高価な黄金のチャッタ（ブッダ像や仏塔のアタマにのせる九層の傘）を寺に寄進したので、それを祝福して行われた。勤行の中身は、ふだんとほとんど変わらない。

我にとっては、老僧入りの日でもあった。というのも、これまでは若い僧と同様、僧に独特の座し方（前記）をしてきたのだったが、それがきつくなったのを知っている住職は、末席に椅子を用意するよう若い僧に命じてくれたからだ。籐製の椅子で、実に座り心地がよく、にわかにラクに、ゼイタクになった気分がしたものだが、老いた者への気遣いはこういうところにも出るのだと感じ入った。

○母の日に思う教育の大事さ　八月十二日（土）

今日は、王太后（王妃）の誕生日、同時にタイの「母の日」である。

前国王ラーマ九世の王妃（国王逝去後に呼称が「太后」と変わる）、現国王の母堂であり、一九三二

チャッタ（正面）と筆者用の籐椅子（左隅）〈パーンピン寺〉

年の誕生であるから、今日で九十一歳になられる。プラ・ラーチニー（国王妃）・シリキットの正式名は長い。生年の三二年といえば、昭和七年。日本が満州事変（昭和五年）から太平洋戦争の終結まで十五年戦争に入っていく、暗い時代の幕開け頃に当たっている。タイでは、同三二年（六月）に立憲革命というのがあり、ラーマ七世（プラチャーティポック王）〈現チャクリー王朝〉が絶対王政の廃止に合意して、いわば無血の革命（一般的には「クーデター」と呼称）がおこなわれた。立憲君主制の幕開けであったが、同時に、日本との関係をどうするか、むずかしい時期に当たっていた。結局、日本と協調して西欧列強に対抗する道を選んだ。この前の大戦では、その一方で抗日（自由タイ）運動を国内外で起こし、戦後は戦勝国の仲間入りを果たす。ために、日本のように米国の占領を受けて文化が変質してしまうこともなく、伝統がそのまま存続した。

絶対王政は廃止されたが、王室に対する国民の敬慕も変質しなかった。ラーマ九世（プーミポン王）などは絶対的な国民の支持のもと、絶大な力を政治の世界にも及ぼして、幾多のクーデターを和解へと導いた。その后もまた、国王の全国行脚に同行するなどして、国民からの敬愛は国王に並ぶものだった。ラーマ四世、五世（列強攻勢のなかで独立を保つ知恵を有していた）のような賢い国王と仏教の存在がなければ、この国は、周辺国と同じ、英・仏の餌食になっていたことは間違いない。いわれるところの地勢的な（英仏の緩衝地帯とされる）幸運もあった。

国民の祝日だが、土曜日に当たっているため、月曜日（十四日）が振替休日となる。

むろん各地で祝賀の催しがある。チェンマイでも近場ではターペー門広場であったが、寺院によっては特別な祝いの勤行とビンタバート（托鉢）の催しがある。我がかつて居た寺（パンオン寺）では、午前七時から。勤行のなかで王妃を称える歌がうたわれ、しかる後、列席の在家による僧への「布施」が始まる。寺の内塀に沿って並べられたテーブルに在家が陣取り、思い思いに布施品を満載した籠から、列をなす僧たちの鉢へ、次々とお布施（時には紙幣も）を入れていく。

むろん、鉢はすぐに満杯になるので、傍から幾人かの助っ人が大きなビニール袋へと移し替えていく。我が居た頃は、その大きなビニール袋があとで各僧にひとつずつ配られて、ほとんどが日用品や飲み物やお菓子やマーマー（インスタント麺類）などだったが、その半年分ほどもある分量（供給過剰）には溜息が出たものだった。

母の日に、そうやって僧に施しをするということが、はじめの頃はよくわからなかった。が、勤行では先の「滴水供養」の経をあげてあるし、子供を連れた人もいて、要するに、仏教の教えの一環としてあるものだとみれば、よく納得がいく。

また、その寺にいた頃は、母の日を迎えるに当たって、幼稚園で催される儀式に呼ばれるのが常だった。そこでは、園児が母親とともに僧へ施しをする、実にほほえましい光景がくりひろげられる。これも幼児への仏教教育であり、日頃のそれを特別に行う日、なのだ。

思い起こせば、我の子供時代、このような教育を受けた憶えがあるだろうか、と問えば、ない、と答えるほかはない。母の日に、何かをしてあげた記憶も、成人するまでもなければ、してからも、感謝の一つを口にしたことも、ない。それは、戦後の公教育の現場がそのような精神性とは無縁のものであったことの証しでもあるだろうか。いま思えば、まことになさけない、申し訳ないことだったと、今日は、母親のお骨（父親のものと一緒に入れてある小さな骨箱）の前で掌を合わせた。

父母への敬いは絶対であるという教えも、こちらの仏教から来ている。育ててくれた親への、とくに母親の恩への思いは、ほとんどのタイ人の共通認識としてある。家庭内の母親の権威の絶対性はよくいわれるところだが、その意見に子供は（原則として）逆らえない。ゆえに、時として問題も生じることがあるのは自然なことで、その葛藤がドラマになったりもするし、実話としてもいろんなケースがある。が、親を敬う精神が行き届いているのは、やはり仏教教育のたまものだろう。

若者の仏教離れが問題視されるのは、いうまでもなく社会の、人心の荒廃に通じるからだ。その事実は日ごとに進行しているようだが、それでも教育現場においては、僧の参加によって、その不足が補われている、といえる。昔は寺院が学校であったタイで、僧が公教育の現場に復権を遂げて以来、その効果が青少年の犯罪の減少にみられるというが、それだけではない。親をはじめ、目上の者への敬い、労りの精神は、基本的な教えとして子供たちに植え付けられて、まだしも仏教離れに救いをもたらしている、と我の目にはうつる。

教育なるものがいかに大事か、そのことも拙作（前記）にさんざん書いたけれども、我の両親や伯母、姉たちが教育者でなければ、あるいはタイという仏教国に住んで、果てに出家していなければ書くことはできなかっただろう。

その意味では、異土の乞い、落人となって生き延びてきたことをよしとしたい。おかげさまで、ともいえる。驕れる者ひさしからず……、壇ノ浦（の戦い）で平家が滅んだ際、海中から救い上げられて、尼僧となって生き延びた建礼門院徳子の運命を想う。

○聖界と俗界のはざまで　八月十三日（日）

朝から晴れ間がひろがる。寝床が湿っぽく、寝起きに脇腹、背中側二か所にかゆみあり、ノミにでも刺されたか。さっそく晴れ間へ毛布とタオルケット、薄い布団を干す。ここ十日ほどはまったくの万年床、男所帯にウジがわくというが、そのようなものか。

しかし、住環境を整えることも僧の大事な務めだ。それは最小限の条件を満たせばよい、質素なものであるべきとされるが、清潔にしておくことが必須である。最低限の条件とは、暑さ寒さをしのぎ、ヘビや虻などの攻撃から守ることができれば十分、とする。ヘビなどはまさかと思うけれど、年間、タイでは数百件の人家への侵入が報告されることからも油断がならない。が、我の場合、不潔にしておいてノミやダニの攻撃を受けるわけだから、僧の心得が足りないということだろう。

ラムヤイの樹木の股にヒモを通し、そこへ干すわけだが、見張っていないと、そのうちあッという間に雨が来るだろうから、これも油断がならない。この油断（＝不注意）というのも煩悩のうちで、人が陥りやすい欠点としてある。老いてくると、それがますます深刻になってくるのは、とかく注意が散漫になりがちだから、ということはアタマの働きが敏捷ではなくなってくるからだ。雨が降りだすと、急いで取りこむことに気をとられて足元を滑らせてしまう、といった不幸が起こる。房の扉の外は三段の階段になっているから、それをやってしまうと、住職がしばしば口にする、バーン・カオ（古い家）に帰る（クラップ）ことにならないともかぎらない。かつて、やはり雨季のある日、僧房の裏手の小路で滑って転び、脳天を痛打して死にそうな目にあったことがある、そのことがトラウマのような記憶として居座っていて、よいクスリにはなっているようだ。もう五年ほど前のことだが、いまの目眩（ふらつき）は、その後遺症である可能性がなくもない。油断大敵とは、我のためにある言葉か、改めて肝に銘じたい。

そのうち降りだすはずだから、昼を食べたあと、早めに取り入れた。しばらく昼寝をして起きた午後の遅い時間になっても降っていない。が、ひどく蒸し暑い。これなら降ってくれたほうがいいくらいだ。冷房をドライにして、かるく扇風機を回した。

文明の利器がありがたい。それがない昔は、誰もが自然の風を頼りにしたが、いまは誰もが冷房機を持っているため、それがない者は、もとよりの暑さに加えて周りの冷房機が吐き出す熱風に包まれるからたまったものではない。それで一年を過ごした我は、いま何と幸せな気分であることか。これなら、何はともあれ、しばらくは生きていける気分にさせてくれる。もっとも、その利器のおかげで被る不利益——、体温調節に最も多く使われる基礎代謝エネルギー（量）に異変をきたして太りがちになるようだから、要注意でもあるのだが。

記し忘れたが、先だってのワンプラ（仏日）の日（九日）、実は、一人の日本人僧が我の房を訪ねてきた。昨年の十一月に突然やって来て、ここに日本人の僧がいるという話を耳にしたものだから、と風聞を得たことをいい、しばらく立ち話をした。それ以来のことで、チェンマイの入管に用があって（前回も同じ90日レポートのため）*、ついでに立ち寄ったという。我が衣を整える準備に少し時間がほしいといい、了解を得たのだったが、その間、寺を見て回っているうち、食堂に行き当たり、ちょうど皆が食べ始める十一時になった。これ幸いとばかりにそこに参加して、しっかりと食べておられた頃、どこへ行かれたのかと、我は寺の境内をうろついて、さてはお帰りになってしまったかと一応電話をかけてみると、そういうことだった。今ちょうどいただきはじめたところです、という返事で、それじゃ、我もこれから房でひとりの食事なので、と告げ、待ち合わせを十二時に定めたのだった。

＊90Days report　外国人は長期滞在ビザがあっても九〇日ごとに居住地を入管に届け出る義務がある。

テーラワーダ仏教では、僧でさえあれば、どこの寺の昼時（チャンペンという）に参加しても一向に差支えがない。見ず知らずの寺であっても、昼時に（お腹がすいた等の）事情を話せば、どうぞご一緒に、となる。ましてや我の知り合いということであれば、何の問題もない。サンガ（僧団）という括りは一つであって、そこへ布施されたものは同じ僧なら共有するのが当然とされるからだ。この辺の同族的、家族的意識は徹底されており、旅の僧が頼りとする宿泊地の一つでもあって、寝泊りできる空き室（房）がありさえすれば泊めてもらえる。

チェンマイから車で三〇分ほど北にある町、メイリンにある寺の僧で、ここではA師としておく。間もなく七十歳になるというから、我より五つほど年下だ。が、十分に老いていて、身体の不具合が方々に出ているのは、我と変わらない。が、僧歴はもう二十五年ほどになるというから、出家したのは四十五歳の頃か。

いったい何ゆえに、という凡な質問はしない。我自身がそれを問われると、すぐには答えようもないし、たぶん三日ほどかけても語り切れない。それと同じだろうと心得ているから、相手がすすんで喋る範囲のことしかわからない。出身は北海道で、先頃、久しぶりに帰国したことや、その際に感じた日本の印象など、あれこれとお喋りをするのはA師のほうで、我は九割がた聞き役だった。

なかでも、いちばんの話題は、師がこの一、二年の間に、と考えている「還俗」のことだった。タイ仏教では、一時出家という言葉があるように、出家しても本人の希望があれば、一定の式を経て、いつでも俗人に還る（かえ）ことができる。それを近い将来に考えている、という。その理由については、かなり具体的に語ってくれた。

数年前のことになるが、いまの寺に移る前は、よくしてくれた住職がいて、充実した僧生活だったが、その住職が亡くなったことで状況は一変した。政権が変われば何もかもひっくり返るのがこの国であるが、それと同じで、何かにつけ拠り所を失い、しかも他の僧からイジメなるものを受けるに至って耐えきれなくなり、いまの寺に移ってきた。

だが、そこでもまた、正式な住職がおらず、近場に妻子のいる僧が代行しているような有様であるそうだ。しかも、その妻が昼前には寺の食堂へやって来て、僧のために布施された食べ物のなから、いいものだけを選んで家へ持ち帰ってしまうのだと嘆いた。数人にすぎない僧は皆、カネと女のことしか考えておらず、在家からの招待（「ニモン」という）には必ず外されるという（これもイジメの一種）。この国の仏教は終わっている、ときびしい批判を口にして憚らない。

聖域だけが、世俗と隔離されて存在するのではない。むしろ、世間の悪化、精神性の劣化が聖域にモロに及ぶ、と考えてよい。A師が受けたようなイジメは、我の場合、経験したことはないけれど、以前にいた寺では、未成年僧（サーマネーン）にタチの悪いのがいて、気苦労を強いられた憶えはある。おそらく問題児であったのを寺に入れて正してもらおうという親の意図があったのだろうが、大人の僧であっても、かつて犯罪をおかし、服役して出所したばかりの者もいるから、油断はならない。更生した人間である以上、（出家資格がない者以外は殺人犯であっても）出家を認めるのがタイ仏教であるからだが、人をいじめるくらいのことはやってのける者もいるだろう。

確かに、A師が出家した頃からいまに至る過程をみれば、タイ仏教は問題を積み上げてきたわけで、その言にも一理ある。現に、我が移籍した今の寺にしても、以前の住職が酒浸りになり、しかもよく聞けば、他寺の住職らとともに酒を酌み交わしていたというから呆れた話ではある。いまの時代、聖域までがタガを外してしまっている部分があることは、実にサンガの悩みとするところで、少僧化であるうえに、僧自体の質が問題になっている現実は、やはり危機的状況にあるというべきか。

この続きは、明日。

○老後をどこでいかに生きるかの問題　八月十四日（月）

今日は、母の日（王太后の誕生日）の振替休日。托鉢に出る刻限、六時過ぎは小雨、のち曇り、昼前には晴れ間がひろがる。蒸し暑さは相変わらずで、室温30℃（午前十一時）。

日本は今週、近畿、東海が台風に見舞われて、また災害の恐れありとのこと。このタイ国も、何年かに一度は大水害（洪水被害）に見舞われて、大勢の犠牲者が出るけれど、災害に関していえば、日本のほうがはるかに多く、規模も大きいことは確かだ。とくに「地震」なるものがわが国では頻発するが、この国にはほとんどない。バンコクにいた頃は、震度1か2くらいのものがほんのたまにある程度（体感はない）、チェンマイでは震度3くらいのものがたまにあり（わずかな体感がある）、仏塔が破損する被害が数年前に出たくらいのものだ。スマトラ沖の大地震（二〇〇四年十二月二十六日）ではプーケット島が津波で壊滅するなどしたが、例外であり、日常的に地震を怖がる必要がない。日タイの、その違いには大きなものがあって、日本からの移住者がメリットとするところだろう。

さて、話題を前日に戻そう。

そういうわけで、A師は僧として居ることに限界を感じているわけだが、還俗したあと、どこでどのように暮らしていくのか、という問題がある。長く日本を離れていると、いざ帰るべき段になって、それが整えられるのかという話だ。身を寄せるところは、とりあえず弟の家、ということらしい。が、七十歳からもらうことにしている年金にしても十分な額とはいえず、何らかの仕事をみつけなければやっていけない。ゆえに、この歳になって何ができるのか、問題はそこにある、という。いまのうちなら、自分には薬剤師の資格があるから、それを使って未だ可能な管理職を探そうと考えている、が、それも今のうちで、もっと老いてしまえば不可能となる。この一、二年のうちの決断が必要であるのはそのためらしい。

聞いていると、我もまたほとんど同じ問題を抱えていることを改めて思う。いまは出家の身であるから、何かと恵まれた面があるとはいえ、還俗してしまえばふつうの庶民、老人である。しかも、長く異国暮らしをしてきた者にとって、本格的に帰国するとなると、いろんな現実がつきまとう。それをどうやってクリアしていくかだが、我の場合、その目処は当分のあいだ立ちそうにない。

年金はあるんですか？

そう問われて、ほとんどない、スズメの涙、と答えると、ひどく驚いてみせ、それじゃ困るじゃないですか！　そう、困るんです、と応じると、じゃ、もうずっと僧のままでいるつもりですか、と重ねて問われたけれど、それには、う～ん、としか答えられなかった。

すると、A師は、あッ、そうだ、生活保護という手がありますね、と光明を見出したようにいう。この国はダメだけど、日本では……。これにも、うーッ……、としか答えられなかった。

僧のままでさらに老いていくにしても、問題がなくなるわけではない、という話になった。確かに、ふだんから老いた者への気遣いはあるけれど、いざ動けなくなったとき、助けてくれる者などゼッタイにいない、とA師は言い切る。身分が住職であれば、これは義務として手下が面倒をみるけれど（実際のところ、住職は時おり肩を揉ませたりしているが）、そうでないかぎり、およそ自分のことしか考えていない若い僧らが寝たきりの異国人僧の面倒をみるなどということは、夢物語である、と。

これはその通りだと、我も思う。病気になれば入院できて、費用はかからないが、そこで命を終えるまで過ごせるかどうかはわからない。例えば末期ガンで余命いくばくもなければ、それも可能かもしれない。が、寝たきりにでもなれば、十分な看護が望めない入院生活など続けられるものではない。第一、身内はむろん知人、友人が一人もいない異国で、どうやって孤独と淋しさに耐えて生きていこうというのか。一にも二にも、そのことが大きな壁、大敵だ。我の場合、異国暮らしを長く続けているうち、幾人もの知人、友人を亡くしてきた。いまはもう、同胞の知友はバンコクにひとり、ふたり、いるだけの心細さである。

従って、気持ちの上では還俗、そして帰国へと向かっている。少なくとも、年間の何か月かは日本にいて、残してきたもろもろの問題も処理していかねばならない。が、しかし、そのための条件が整わないかぎり、そうした望みも叶わない。そこに、やっかいな矛盾があるわけだ。

我との話がおもしろかったのか、また来ます、といってA師は背中を向けた。門のところで見送って、我もまた僧房へ足を向けたところへ、あのう……、とまた引き返してきて、絶対に病院へは行ってくださいよ、と念を押すようにいう。我が、めまいの症状を持っていて、一応、バンコクのチャイナタウンで処方してもらった漢方を飲んでいるが、病院での検査はしていない、といったことに対する忠告だった。西洋医学派と漢方派の違いを、A師との話のなかで感じたのだったが、別に医者嫌いというわけではない。むしろ、折衷派といってもいいかと思う。現に、数年前、原因がよくわからない発疹の症状（数年続く）に悩まされた際は、副住職（当時）を誘い、お金を払ってガン検査から何からすべてチェックしている。コレステロール値が高い、カルシウム不足、加齢による肝機能、腎機能の低下、などが指摘され、改善のための参考になった。

今回も、漢方でよくならないときは考えねばならない。スワンドーク（同区域にチェンマイ大学医学部付属病院がある）の僧のための病院で、血液検査と血圧など、基本的なチェックならタダでやってもらえるというから、そのうち行ってみよう。

○人事を尽くして天命を待つか待たぬか　八月十五日（火）

終日、曇りときどき晴れ、といった天候。蒸し暑さは相変わらず、しかし体調はわるくない。朝の托鉢時に気づいたが、ふらつきが少し緩和されたように感じる。出がけに、煎じた漢方を水筒に入れて携え、休憩時に少しずつそれを飲むことをくり返してきた。朝はそうして、夕方はまた同じ材を一〇分間ほど、グラス一杯半の水が一杯になるまで煎じて飲む。怠りなくやってきた効用が出てきたのかもしれない。

最近、「待つ」ということの大事さを思うことがある。待つことは、ある意味で「苦」である。何ごとにつけ、待つか待たないか、待つにしてもどれくらいの間か、といったことが問題になる。そして、もう待てない、待ちきれない、といったことが起こる。それには我慢が必要であり、忍耐強さのバロメーターにもなる。それは人によっても違うが、国民性を知る一つの指標でもあるように思う。

タイ人は、おおむね長く待つことが平気である。時間の観念も日本人とは違っているようで、二年、三年のご無沙汰など、どうということはない。五年ほども会っていない女性から、まるで昨日会ったかのような調子で電話がかかってきた、と笑う知友がいたけれど、時間などにこだわらない、悠長な国民性がそこに垣間見える。

わが国には、せっかちになりがちで、待てずにしびれを切らし、苛立っている人がいるけれど、ずいぶんとこの地に馴らされてきたはずの我にもその傾向がなきにしもあらず、折りにふれて反省する。待つしかない、といったことが人の世にはいくらでもある。人事を尽くして天命を待つ、という言葉があるけれど、それもすぐに結果が出るとはかぎらない。最近の我は、仏法に従えば、人事を尽くして天命を待たず、というのが正しいと思っている。待つというのは、そこに「欲」がみえているからだ。

先のA師との話に出た、先々の問題についても同じことがいえる。その難しい課題をどうすればいいのか、と問えば、できることはただ一つ、状況の変化を待つことだ。人間は一人で生きているのではない、他の存在があり、それとの関係性のなかでしか生きられない（というのが「無我」の意味合いの一つであることは先に記した）。ゆえに、他の変化を待って、それに応じて考えていく、判断していくほかに手はない。囲碁や将棋で対局の相手がいて、その差し手に応じて我が次の一手を考えていくようなものか。思いがけない手を打ってくるかもしれない相手の出方を待つようなもので、いくらこちらが独り足掻（あが）いてみたところでどうにもならない。

待っている間に、やるべきことはいくらでもある。日々、托鉢を続け、さらに仏法を学び、瞑想し、書きモノをすすめることだ。それが我にとっての修行でもあるだろう。

そうして覚悟すべきは、最終的には成るようにしかならない、という諦観だろうか。人事を尽くして天命を待った（いや待たなくても結果は出る）あとは、すべてを諦める、生への執着すら捨ててしまう（これが最高位の「悟り」の条件だが）、ということになれば、それはそれでけっこうなことだ。

しかし、ここで付け加えておきたいのは、待てば（時が経てば）必ずや変わっていく、という事実だ。人のカラダも同じ、「生」まれた瞬間から「老」いが始まり「病」にかかって「死」んでいく、この「生老病死」は基本的な無常の教理だが、その流れは押しとどめようもないのと同じで、状況は刻々と変わっていく。これは我が人生の来し方をみても、確かにいえる経験則であり、待つことだけが人生だったような気がしてくる。これは大袈裟でもなんでもなく、実感としてあるものだ。

そもそも、小説家の仕事自体がそうであった。日々、少しずつ書きすすめ、一つの作品となるまでの月日は、忍耐を必要とする待ち時間に相当する。しかも、完成したそれがモノになるのかどうか、これがわかるまで、また待たねばならない。その結果がよければ、待った甲斐があったといえるが、よくなければ、徒労に終わったことになる。そんなことのくり返しで、因果な仕事だと思ったことが一度ならず、よくもやって来られたものだと思う。その点では、我はずいぶんと忍耐強く人生を歩んできたといえるわけで、褒めてやってもいいかと考える。

しかし、そこにも問題はあった。モノ書きとして斜陽を迎え、窮地に陥ったとき、冷や飯を食っても本分を外さずに耐えていくことができなかった。食えなくなること、飢えることの恐れというのか、土壇場の肝心かなめのときに、その忍耐力がなかったことで、ただ生活がラクになる異国へと土俵を去った。耐えて待っていれば、必ずやまた状況は変わってくる、という確信がなかった。その裏付けとなる仏法も知らなかった。これが「無明」という、最もタチの悪い煩悩であることも出家してはじめて知ったことだ。

それもやむを得なかったこととして、いまは悔いていない。が、そのような経験を今後に生かす必要はあると思う。待った結果がよかったことも、惨憺たる結果に終わったこともあるが、とにかく変わっていくことは確かなのだ。よきにつけ悪しきにつけそうなのだから、いまは何も心配する必要はない。どうせ変わる、成るようになる、という理解は安心感に通じる。我が日々、どうにか眠りにつくことができ、托鉢の朝を迎えられているのはそのためだ。

気長に待つ。我慢して待つ、いや、待たないほうが心は安らか、身のためでもあるだろうか。そして最後は、命すらもあきらめる。

老いてくると、いよいよ大事な心得、かつ覚悟すべきことのように思えてくる。

○二二七戒律の精神　八月十六日（水）

今日は、新月のワンプラ（仏日）である。満月と新月のそれには、とくに大(ヤーイ)をつけて、ワンプラ・ヤーイ（大仏日）という。テーラワーダ僧として筋金入りの住職は、その前日（昨日）にも頭を剃る。従って、月に二度の剃り日（ワン・コーン）を持っているが、我は（他の僧も）一度だけ、満月の前日にしか剃らない。それもバリカンで刈ることは以前に記した。とかくラクをしようとする、人間の本性か。一つの堕落のカタチかもしれない。

昨日（十五日）は、台風17号が兵庫県の我が故郷を直撃した。関西を和歌山県から兵庫へと抜ける台風は珍しく、近年はない。災害のないところだと父はいっていたが、そこ（我の実家）に住む息子によれば、たいしたことはなかったという。やれやれである。

今年もお盆には帰れなかったことを思う。山腹の我が家系の墓地も放ったらかしである。父母の遺骨の一部が収めてある（ひとカケラは手元の小さな骨箱にある）が、異国に住んでも、そういう墓がある以上、故郷との縁は切れない。墓地というのは、檀家制度の一環として、住民をその土地に縛りつけるためにも都合がよかったのだろうが、代々を経るうちに、お参りする者もいなくなり、朽ち果てていく。

この前、帰国した折、ササクラ家の先祖に当たるウチヤマ家の墓を別の村に探し当てたが、ボロボロになった石碑は苔むし、色褪せ、見る影もない有様であった。が、それはまだマシなほうで、さらに古い代のものはもはや完全な無縁仏であり、地面から引きぬかれて敷地の隅に集められ、高々と積み上げられているのを見て、溜息をついたものだった。墓地もまた長い時を経れば、石塊（いしくれ）の山と化す。儚（はかな）いものだ。

この国、タイには墓地というものがない。荼毘に付したあと、遺骨は河へ流しておしまい、となる。むろん葬儀はあり、流骨式という行事も執り行われるが、わが国のようないわゆる共同墓地はない。あるのはキリスト教徒や中国人のもので、むろん各地にあるけれど、タイ人のものはない。

我はこれまで三度ばかり、その流骨式というのを経験している。それだけ大切な異国の知友を亡くしてしまった証しでもあるが、葬儀から百日ほど後に（直後のこともある）河へ流したあとは、これといった行事も、例えば何回忌といったものもない。ただ、遺骨への崇拝はあって、一部を家に保管して個々に拝んだり、お寺の壁に遺影を納めたりして（あるいは釣り鐘に名を刻んで）、命日など

パンオン寺本堂〈側面〉

布薩風景〈パンオン寺本堂〉

に故人を偲ぶといったことは行なわれている。崇拝され、各地、各国へと分骨されていったブッダの遺骨のように、それは大事にされるものであるようだ。いまの寺では、先代と先々代の住職の遺骨が壺に入れて保管されてあり、大事な行事の際は、それを本堂の遺影前に置く習慣がある。

ともあれ、お墓の問題はいまや日本人の多くが抱えているようだ。少なからぬお金が葬儀にかかり、お墓にかかり、残される者は大変である。釈尊はお弟子さんたちに、我の死に関わるな、と遺言しているが、葬儀はいらない、墓もいらない（遺灰は海にまいてくれ等）、と遺言する人がこれからふえていくのではないかと思う。樹木葬がしずかなブームであるというが、自然の成り行きのような気がする。どうせ数百年後には、地面から引き抜かれ、無縁仏として積み上げられるのだ。ああ無情、無常！

先にも触れたが、ワンプラ・ヤーイには、午後に特別なサンガ主催の行事がある。「布薩」なるもので、パーリ語では〝ウポーサタ〟といい、タイ仏教の慣用語では〝パーティモー〟という。すなわち「二二七戒律（パーティモッカ）」の詠み上げ行事で、二二七項目をすべて空で唱えられる僧が壇上に上がってやるものだ。

これが午後十二時半から二時間余り、薄い座布団に僧式の座り方で参加したのだが、もはや苦行になってきた。修行期間にある最もつらい時間であり、下手をすると膝を痛めてしまう。ために、何度も脚を組み替えて、やっとのことで耐え、それでも立ち上がるときはふらついて、危うく転倒するところだった。トゥルン（老僧）、大丈夫かね、と側の僧が気づかった。

この多数に及ぶ戒律については、その精神のみをかいつまんで記すにとどめよう。

まずは、人間の「欲」なるものを徹底して否定、もしくは抑制することが目的とされる。衣、食、住に関しては、質素倹約の極みまで節制し、最小限の必要性を満たせばよい、という精神の下に定められている。また、女性に関する条文も多く、徹頭徹尾、その性欲を否定する。実に細かい。テーラワーダ僧が生殖行為を禁じられていることはよく知られるところだが、女性に対する警戒のほどたるや、いささか行き過ぎではないかと思えるほどだ。女性は修行の妨げになる、として釈尊はその出家を当初は認めなかった。が、従者・アーナンダの説得によって翻意し、より厳しい戒を課して認めることにしたのだった。いま現在、スリランカなどはその出家を容認しているが、タイは単なる修行者として扱い、大きな寺院では僧とは別棟に隔離して住まわせている。が、近年は、スリランカで得度して帰国した尼僧がグループを作っており、男性の僧の寺に出入りを許されているケースはある。が、あくまで別住まい、別行動で、親しく接触することはあり得ない。

二二七戒律のなかにも、その尼僧を警戒して「禁」とする条項がいくつもある。縁戚関係でもないのに、尼僧に何かを命じたり、洗濯など身の周りの世話をさせたりすることを禁じている。いま現在のタイ仏教では、それらの条文は空文化して意味をなさないが、パーティモーの行事では、それを省略することもない。

また、律（集団を運営していくための必要な規律や規則）の部分についても、いまでは意味のない条文が少なからずある。が、それもまた省略せずに詠み上げる。ために、全部を詠み終えるには四〇分ほどを要する長丁場だ。

ただ、その会場が、以前に我が出家以来五年余りを過ごした寺（パンオン寺）の本堂であるから、なつかしさがある。世話になった住職の顔もみえるし、かつて仲間だった僧とも会える。以前の風景と異なる点といえば、参集する僧の数がめっきり減ったことだろう。わが住職によれば、かつては百人余りであったが、いまは六〇名ほどにすぎない、という。その日は、正確には五十七名、ということだった。従って、一寺あたり三ないし五名の僧しかいないことになる。七、八年前はその倍（本堂が満杯だった記憶がある）、十年前はもっと多かったと、住職は少僧化の実情を話した。

明日へ続く。

○戒律を守る僧の見返りは　八月十七日（木）

今日は朝から快晴。帰路には陽光が我の長い影をつくり、汗が滲んでくるほどだ。布施人とは、よい天気ですね、と言葉を交わす。この辺の挨拶は、わが国と似ている。

さて、僧の数が少なくなっていくのは、タイもまた少子高齢化社会になっていることが一つある。ここチェンマイでも、老人の姿が多く、ワンプラ（仏日）の顔ぶれと同様、布施人の八割がたはそうだといってよい。

今日も、初めの布施人は例の鯖（さば）（今日はマンゴスチン）をくれる老人（八十三歳）、次にいつも乳酸飲料を一本だけくれる老女（六十八歳）、次に転んで目にケガをした、今日はふかしたサツマイモ（マン・テート）だった老女（七十歳）、次にソイ・ミルクとムー・ヨー（豚肉の完全乾食）にたまに二〇バーツ紙幣（今日はナシ）を入れてくれるコンドミニアムを管理する老女（七十五歳）、次に、今日は惣菜ナシで缶詰、水、ソイ・ミルク、赤飯であった、老夫婦とその息子、コンドミニアムの売店の女性（この二人は四〇代）が待つ商家は夫婦がともに七〇代の半ばを超えている。以上がお得意様で、八人中六人までが老人である。その間に、飛び入りで二人ほど、モチ米と豚肉、炊いていないジャスミン・ライス（最上級の生米）一合ほど、ココナツのお菓子などを献上する人が現れたけれど、これも若いとはいえない女性だった。

＊ちなみに、タイでは相手が女性であっても年齢を聞くことは失礼ではない。

こうしてみると、布施人には高齢者が多いが、圧倒的に女性である。若い人にしても大方が女性であり、先に記したように、女性を警戒して遠ざけようとする仏教であるにもかかわらず、眼前に現れるのは女性であるという皮肉をどのように解釈すればよいのか、一考を要するところだろう。

「律」でもって女性の得度は認めていないが、その教えは男女差別をしているわけではない。女性でも修行者は認めているし、大寺院には宿舎もあって受け入れているから、これも差別というほどのことではない。むしろ逆に、基本的に女性を崇める社会、母系社会であり、その地位、権利は保証されている。家庭内では絶大な権力をもち、子供はその方針、意見に逆らえない。

いわば男女の役割分担が意識されていて、女性は俗世にいてしっかり働き、聖域の僧を崇めて布施して差し上げる役、といったところか。聖域と俗界は塀で仕切られていても、行き来は自由で、肌の露出した衣はご法度だが女性を拒んでいるわけではない。そのために、先にA師が嘆いたように、僧の妻（むろん別住である）がやって来て、子供たちのために食堂からよい布施食をかすめ取っていくようなことも起こるわけだが、戒とはまた別の風通しが用意されている。従って、理解の仕方としては、やはり女性のほうが男性よりも優秀で意識が高いタイ社会の現実が、仏教界にも及んでいるということでよいだろう、と思う。

少僧化の話題に戻れば、もう一つ考えられるのは、やはり現代社会における戒律と若者の意識の落差だろう。きびしい戒律と勝手気ままに欲を満たせることを望む大多数の若者とは、相容れないところがあるといわざるを得ない。いまの住職は、少年僧（十一歳時）からの叩き上げであるが、二十歳になって正式得度をする際、十人いた仲間のうち、九人までが還俗していった（残ったのは自分ひとり）という。サーマネーンといえども、守るべき「十戒」は大人僧の主なところと変わらないから、それなりの苦行であり、俗世に還って自由気ままに生きるほうを選んだわけだ。これは、たとえ二十歳を過ぎて正式僧になっても同じことで、我の知るケースは、例えば大学を出るやいなや世に出て行くなど、ほとんどがまだ若いうちに、適当な就職先があるうちに還俗していく。

これは、タイ仏教がいわゆる一時僧制度（長短にかかわらず還俗は自由）を持っており、男子たるもの一度は仏門をくぐるべきである、という社会通念があることによる。同じテーラワーダ仏教国でも、一度仏門に入れば還俗は許されないスリランカなどとは違う、タイ仏教独自の制度だ。それでも、タイが経済発展をとげる前は、物質的、経済的に困らない仏教界にとどまる僧も多くいたわけだが、いまのようにモノがあふれて、お金さえあれば何でも手に入る時代になってしまうと、そこまで我慢をして戒を守る者が少なくなっていくのは、当然の理（ことわり）ともいえる。単に異性に関する戒だけでなく、日常のすべてにわたって細かく、戒違反には程度に応じて罰則もある、見方によっては窮屈な、苦労を強いる世界であることは確かなのだ。

しかしながら、その苦に耐えていくことによる見返りというものがあることから、僧籍にとどまることを選ぶ者もいることは、わが住職をみていればわかる。その人の性格的なもの、生来的なもののもむろんあるはずだが、我のように長く俗世に染まった人間からみても、なるほど、これは得難いステータスである、と感じることがしばしばである。

自作の一節を引用して恐縮だが、アーチャーン（当時は副住職）と日本を歩いた紀行『ブッダの

お弟子さん にっぽん哀楽遊行』の後半部に、こう記す——

（前略）うらやましい、と私は胸のうちで呟いた。（中略）異性との性格の違いや意見の対立から神経をすり減らすこともないし、子供を持つことによる苦悩や束縛もない。過去の失敗、過ちにこだわり、先々に不安を抱くこともない。人知れず抱える悩みや心配のタネとて、深刻なもの、悪夢にうなされる因となるほどのものは何もない。在家と僧同士、当然のごとくに支え合い、人間関係に煩（わずら）わされることもない。さほどの歓喜もない代わりに耐えがたい悲しみもない、感情のいたずらな起伏とは縁のない、まるで凪（なぎ）のような日々……、波乱万丈とは対極にある、まぎれもない幸福のカタチ……。（後略）

見返りは他にもある。

自他とものために生き、人の尊敬を受け、（中略）常に身心の均衡を整えて日々を生きる……、僧といえどもむずかしいことだが、それだけに価値あるもののように思えてくる。（後略）

俗世の汚濁にまみれて生きてきたのでなければ、あり得ない感想であるかもしれない。その恩恵の一端を我もまた受けているわけで、ありがたいことではあるが、しかし、やはり俗世のシガラミを持ってしまった者にとって、いつまでも、というわけにはいかない。どうしても、責任の放棄、という負い目がつきまとう。いずれ、遅かれ早かれ、潮時を見定めねばならない、と思う。

夕刻、あッという間に雲が広がって、ザーッときた。よい天気なのでしばらくぶりに洗濯をして、房の外の、ラムヤイの樹のまたに渡したヒモに掛けていたものが、たちまち濡れてしまった。これを油断というが、降る気配もない空がこうなるのだから、ましてや人の世は、人生はたいへんだ。あッという間に変わってしまうことがいくらでもある、が、そのときに徒(いたずら)にうろたえない、落ち着いて対処することの大事を心得たい。今日は、とりあえず石段の足元に厳重注意であった。

○密告者は人格者でなければならない理由　八月十八日（金）

午前四時少し前に起床。近在の寺の鐘がその時間になると鳴り出して、それが一〇分ほども続く。その寺では、朝の勤行が始まる知らせだが、わが寺では、住職が就任したばかりの頃、張り切って早朝五時からの勤行を、たとえ我と二人きりであってもやっていた。

それがいつだったか（数か月後だった）、トゥルン（老僧）！　と呼びかけられて、明日からは、朝のお勤め、ナシ、と告げた。

正直にいえば、助かった。むろん、まだ僧の座り方をしていた頃（椅子はナシ）だったし、朝夕二度のそれはできれば一度にしてほしかった。住職にしても、早朝のその時間、他の僧は参加を強制されないものだから休んでいるし、在家の姿もむろん一つもないから、やめてもいいか、ということになったのだろう。これもラクの選択だったか。

戒律の話をもう少し続ければ（今後も折にふれて持ち出すことになるが）、在家の目というのを戒そのものが意識していることだ。むろん、日々の暮らしのなかで、在家が僧を見ている事実があって、その目にどう映っているかを非常に気にかける。だらしがない、たるんでいる、といった印象を与えないよう、細心の注意を促される。庭掃除一つにしても、住職は、だらしがない我に対して、やはりトゥルン！　と呼びかけて、僧房の周りはきれいにしておくように、とやわらかく注意する。

あるいはまた、日本を旅した際、まだ寒い時期だったので、ズボン下をはいてよいかどうかを尋ねると、在家には見られないように、と告げた。腰巻（サボン）の下には何もつけない、というのが一応の決まりとしてあるからだ。確かに、白い下着が裾からのぞいていたりすると、みっともないことは確かだから、要注意ではある。

僧は常に在家に見られている、という意識を持ち続けねばならない。これは実に細部に及んでおり、今日は、朝、やや伸びたヒゲを剃った。僧はヒゲをたくわえることがないように、という掟があるためで、無精ひげなどはもってのほか。この僧はだらしがない、と思われる。

身だしなみだけならまだいいが、女性の訪問客があったりすると、非常に気を使う。せっかくだから、その辺でお茶かお食事でも、といって気軽に誘うことは決してできない。女性と肩を並べて歩いている僧の姿は、これまで一度たりとも見たことがないのはそのためで、戒にふれることから在家に密告される恐れがあるからだ。その戒とは、やはり二二七戒律の中にあり、たとえ村と村の間であろうと、女性と並んで歩いてはいけない、というものだ。ほんの数十メートルの距離であれば、事なきを得るかもしれないが、百メートルほど肩を並べて歩き、ましてや人目につきにくい公園のベンチに二人並んで腰かけて、ひそひそ話をしようものなら、非常に危険である。つまり、それを在家が見とがめて、例えばサンガの事務所に報告したならば、必ずや何をしていたのか、と尋問されるだろう。たとえ、ただの世間話だったとしても、厳重注意を受けることは間違いなく、ましてや相手を口説いていたとか、恋人など特別な関係にあったような場合、ただの注意ではすまなくて、所属の寺を出て、二週間ほどの別住を他の更生寺で過ごさねばならなくなる。

ただ、密告する在家は、嘘をつくはずのない人でなければならない。誣告（ぶこく）という恐ろしいことをやる人間がいるからだ。我はかつて日本に居た頃、これにこっぴどい目にあったことがあるだけに、よくぞ戒に「但し書き」をつけてくれたと思う。人をわるくいって貶（おとし）めようとする者がどういう人間かを見定めてからでなければ、決してその言を信用してはならない、と釈尊にはわかっていた。上述の場合、周りの誰もが立派な仏教徒で、信心深い者であると認められている人の報告でなければならない、としているのだ。

それはともかく、僧は、托鉢で目の前に美人が現れることがあるくらいのもので、それもその場かぎりであり、異性に関しては極めて制約された環境で過ごしている。このようなことが若い僧にとっては、還俗を望む理由の小さくない部分だという見方は一理あるだろう。これも少僧化の一因であることは、いまの時代を思うにつけ、間違いのないところだ。

今日は、朝から雲一つない快晴。雨季の空とも思えない。夕刻にはまた降りだすのかと思っていると、雲が広がっただけで一滴もなかった。住職は、夕刻の勤行の代わりに、仕事（タムガン）と称して、他の僧とともに乾き切った庭への水撒きに余念がない。犬や鳩などにエサをやるのも善行だが、樹木や芝生へ水をやるのも同じ意味合いである。あらゆる生きものへの施しは、同じ徳とみなされる。かつて瞑想修行に出かけた寺では、毎夕、一時間ほどもかけて樹木へ水やりをする僧がいたものだ。

やはり、慈悲の仏教だと、つくづく思う。

○女性の布施人は聖母の如し　八月十九日（土）

はや週末。昨日と違って雲は少しあるが、快晴といってよい。朝、鉢を忘れ、頭陀袋だけを持って出ようとする。二歩三歩あるき、気づいて取りに戻る。こういう抜けたところが最近はしばしばである。こちらの仏教は、三度カクニンというのを大事とする。何かにつけて、三度、念を押す。一度や二度ではまだ安心できない。三度やってはじめて、大丈夫、となる。ところが、これを怠ってしまうのである。一度も確認しないで出ると、必ずや一つ、二つ抜けている。初心に返らねばならない。

托鉢では、食べたことも見たこともないモノをいただくことがしばしばだ。今日は、転んで目をケガして今はすっかり癒えた老女が、プロティーン・カセート、というものをミニ・パックで入れてくれる。これは何ですか、とわからなければ聞くのだが、その発音を耳にしてもその場ではわからなかった。そういう時は、折り返し点にいるLさんに聞く。およその疑問は、手すきにスマホでのネット解説を出してくれるのでわかるのだが、プロティーンは、タンパク質のことでタイ語もときに英語を使う。要するに、植物性タンパク質のことで、この場合は、大豆を加工して乾燥させたお菓子のこと。ゴマがふってあるが、完全乾燥食なので噛むとパリパリと音がする。栄養補助食品の一種か。

あと、たまにしか見かけない女性が、カノム・ソート・サイ、というココナツ・シュガーとココナツの果肉を加工したものをバナナの葉でくるんだ、南国菓子を三個。これは食べたことがあるが、ココナッツは栄養がある反面、脂肪分が多いので、我は、そのオイルしかいただかない。ココナッツ・オイルは不飽和脂肪酸であり、抗酸化物質でもある優れもので、これを小さじに二、三杯、かつては毎日、摂っていた。ビタミンE、A、Dなどの吸収をよくし、アンチ・エージングに役立つというのは、その通りだろうと思う。けっこう高くつくのでいまは控えているが、その影響がどこにどう出ているのか。わかったら苦労はしない。ひょっとすると、めまい症状はその欠落のせいもあるだろうか。カラダによいといわれることは、すべてやる姿勢が最近は欠けている。それくらいのお金をケチってどうするのか、と反省しきりなのだが……。

今日は、帰路にデキゴトがあった。

ふだん、パーリ語の経ばかり唄っている（まさに唄うように唱える）と、たまに日本の歌がなつかしくなる。二、三日前から、ふいと心に浮かんだのが、かつて在家の頃の日本で、カラオケをやったこともある唄だ。歌詞に「聖母（マドンナ）」なる語が入ったもので、それを托鉢の帰路に、鼻歌でやりながら歩いているうち、ふと、酢（ナム・ソム）が切れていることを思い出した。醬油はあるのだが、それを三倍から五倍酢にするにはそれがないとできない。大根おろしとカットわかめとパクチー（英語ではコリアンダー）をそれで合わせる、我の健康食。で、寺まであと三分というところにあるコンビニに入り（鉢は外に置いて）、あちこちウロウロして、やっと一リットルのプラスチック・ボトルのそれを見つけた。その間、一〇分余り。

それをレジへと運んでみると、たくさんな買物の会計をしている女性が先にきており、それが終わるのを待つつもりでボトルをカウンターに置くと、その女性がレジの男性に、我のボトルへ目を向けながら何かを告げている。その意味は、すぐにわかった。コンビニで買物をして、レジへ持っていくと、そこにいる女性（ほんのたまに男性）の客が、それはワタシが払うから、どうぞ（鉢に収めてください）、ということがこれまでの月日で数知れず、今回もそうだと察したのだった。三〇バーツほどのものであるし、ありがたく受けることにしたのだったが、それだけではすまなかった。その女性がどっさりと買物をしたのは、実は、我に献上するための品だった。僧姿が一つ、店に入ってきたときから、そのつもりであれこれと買い集め、我が酢を探してうろついている間に、大きな紙袋二つ分を品々で満杯にしていたのだった。

しかし、コンビニを出た時点では、まだそのことはわからなかった。いつもの「祝福の経」をあげるときも、二つの紙袋は、その人自身のためのものだろうと思っていた。ところが、寺までの道を一緒に帰ろうとするので、いささか困った我は、いつもの休憩所がそばにあったので、そこで休んでいくと告げたところ、いや、これをお寺まで運んでいくから、一緒に、といわれて初めて、はぁ？　となったのだ。それでも、ふた袋のうち一つはその人のものだろう、と思っていたのだが……。

見知らぬ女性と肩を並べて歩くのは、それまでの記憶にはない。途中で誰かに見られるとまずいかもしれない、などと思いながら、あと三分だから、とかまわず歩いた。日本人僧であること、チェンマイの寺にきて七年（前の寺で五年）になることなど、あれこれと問われるままに答えているうち、土曜日で朝が遅い街路ゆえ、誰にも会わずに寺に着いた。住職が境内で水撒きでもしているかと思ったが、その姿はなく、他の僧も房にこもっているようだ。やれやれと、仏塔そばの独りの房へ着いて一息ついたところへ、その人は、手にした二つの袋をその場に置くと、中身について

折り返し点の少年僧ら

簡単に説明してから、それでは……、と背中を向けた。まさか、と我は絶句して、次に思わず、ありがとうございます、と感謝の言葉を投げかけたのだった。すると、振り向いて、嬉しそうにうなずいたが、それきりだった。

何と「聖母（マドンナ）」が現れたかと、我は思った。帰路にやっていた鼻歌の歌詞に、……できるのなら生まれ変わりアナタの母になって……云々と願う一節があるけれど、いささか因縁めいている。およそのタイ人女性は、実際に僧の母になることを願っている。息子を僧にした母親は、寺院を建てることに次ぐ高い「徳（ブン）」を得る、といわれる。これまたテーラワーダ仏教の伝統だ。ために、その送別の会では嬉しさの余り泣き出す母親がいるのも道理で、在家の頃、盛大な催し（パーティ）の席で我は目撃している。

そんなことからすると、僧に対する女性の感情、感性は、ブッダの代弁者として尊敬（カオロップ）の対象であることとは別に、ある種の「母性」が介在しているのだろうと、これは今はじめて思うことだ。信者に女性が多いのも、そこに源泉があるような気がする。とりわけ高齢女性の場合は、どこか息子に対するような目で見ているのではないか。今日、我の前に現れた、いかにもやさしげな顔立ちの女性は、五〇の坂を越えたかどうかくらいであったが、同じことだろう。袋のなかには、大きな洗濯用の粉石鹸、食器洗い液、食器洗い（スポンジ）、歯ブラシ、ハーブ歯磨き、カミソリ三本セット、漢方胃薬（液体）、インスタント・ココアの大袋、健康茶（漢方）、胃薬（漢方）、頭痛薬、バンドエイド、消毒液（ミニ・ボトル）、洗顔石鹸、線香と蠟燭の束（それぞれ一袋）、等々。これだけをわずかな時間に買い漁っていたのだ。加えて、お酢の一リットル・ボトル。

してみると、我は日々、母性ゆたかな聖母（マドンナ）たちと出会い、命を支える施しをされているのだという、また新たな認識と感慨にひたされそうだ。母ならば、休みはない。Lさんをみていると、実にマドンナそのものだ。母ならば、子供の面倒を、ブッダの弟子の世話をするのは当たり前か。少年僧の場合は、まさにその恩恵を受けているといってよいだろう。Lさんたちがいる折り返し点へは、けっこう遠い寺からも子供たちがやって来る。持ちきれなくなった荷を受けとり、C氏があとで寺まで運んでやっている。

前述した、女性を遠ざけようとする戒などは、何ほどの役にも立たない。そんなものはモノともせずに、壁を越え、柵を破って乗り込んでくる女性たちが、しばしば僧を口説き落とし、我がモノにしてしまう（還俗させてしまう）現実は、これまたサンガの悩みのタネであるけれども、人の世はこれでいいのだという思いも一方ではある。長く俗世にまみれて生き、よい目にもさんざんな目にも遭ってきた我としては、それを押しとどめる手段はない、自然の成り行きであるように思うのだが……。

○お土産効果？　八月二十日（日）

世の中は休日だが、托鉢の休みはまだ来ない。ちょうど中日、月齢がだんだん半月へ、そして満月（二十四日）へと近づいていく。暗い夜が明るくなっていくわけだが、雨季なのでどうせ見えない。

寺の正門は、午後九時に閉まり、午前六時に開く。この開門は未成年僧の役目だが、時おり寝坊をして六時を過ぎても閉まっていることがある。今日もそうで、我が手持ちの合鍵でもって錠前を外し、カラダ一つが抜けられる分だけ、重い扉を引き開けて通りへ出る。

今日も早朝から晴れて日差しあり、布施人とはその挨拶、今日も暑くなりそうだという。いつものご婦人（目をケガしても休まなかった）の柿（よく熟れた甘柿）が懐かしくありがたい。チェンマイの山でとれる柿らしい。パッケージに一個ずつはいったのを2パック。他の僧には1パックだけ。やはり土産の扇子が利いているのかも。お札など入れてくれたことのないマンション管理人の老女は、この頃、時おり二〇バーツ紙幣をつけ加えてくれる。商家のご夫婦と息子たちは、老人向けにうんと薄味にした惣菜をくれるようになった。たった百円の土産だったが、気は心という。

昨日のような聖母は、最後まで現れなかった。ただ、途中の休憩場所、薬水店に、いつものご婦人がトーフ汁（ピリッと辛い汁にトーフを入れて食べるもの）を預けてくれていた。この方も、ふっくらした丸顔の、若い頃は美人だったにちがいない、いかにも聖母の面立ちになっている。ご主人が日本人（神戸出身）であるから、この僧の面倒は見ると思ってくれているのだろう。

○街のマッサージと女性の手　八月二十一日（月）

週の始まり。朝から晴れ、これで雨ナシの日が何日か。在家の布施人たちも雨季とは思えないと、雨を乞うようす。雨が降ると、確かに蒸し暑さはやわらぐ。日中の室温33℃を超える。

昨夜は、ナイト・マーケットの客が帰路につく深夜まで、街路がざわついた。コロナ禍の頃は死んでいたが、完全復活、観光客も戻ってきた。早くも夕方から、街路に出された長椅子に寝そべって足裏マッサージを受ける欧米人（「ファラン」というが、インドシナを支配したフランス人から来ている）の姿がぎっしりとある。めったに出歩かないが、たまに夕刻に出かけることがあるからわかっている。何ともマッサージが好きな人たちだが、その理由がよくわからない。考えられるのは、ヨーロッパやアメリカからの長旅に疲れ果て、飛行機のなかでエコノミー症候群にでもかかっているのではないか、というのが一つ。小金もちなので、一時間二五〇バーツなど安いものだ。これも一つ。心やさしいタイ人女性がかしずくようにやってくれることの快さ、これも考えられる。
が、その効用のほどたるや、巨体の欧米人には何の効き目もないのではないか、と思われてならない。よけいな気づかいだが、我が在家の頃、たまにそれを受けたけれど、しまいにはやめてしまった。なぜかというと、およそ女性の手になるそれは、たいして効き目がなく、かえってコリを誘うほどの役目しか果たさないことを自覚したからだ。それだけ凝(こ)り方がひどいときに受けたこともあるだろう。コリは自分でほぐす、と決めたのだった。むろん、出家後は女性の手が触れるマッサージをやるわけにはいかないので、さらに縁遠くなったのだが、以前の寺の住職は男のマッサージ師を僧房に呼んで施術を受けていた。それならいいというが、我はそうするつもりもない。日々の歩きと、適度な筋トレと、寝る前のふくらはぎ揉みとストレッチをしっかりやっていれば、そしてバランスをよくするよう（左右均等を）心掛けていれば、加えて背中にゴルフボールを敷いて刺激するなどすれば、凝り性の我であっても何とかしのげる。

　いまはもうこの世にいないが、戦場カメラマンでバンコクを拠点にしていた（細君もタイ人だった）馬渕直城(なおき)は、『わたしが見たポル・ポト　キリングフィールズを駆けぬけた青春』（集英社）などの著作もある人で、先にK君と記した（やはりカメラマンだった）日下部政三とともに我の大事な知友であった。折々に、バンコクの裏町の露店レストランなどで一杯やるのがたのしみだった。生きていてくれたら、我の出家をずいぶんと愉しんで、おもしろがってくれたはずだが、二人ともに逝ってしまったことが淋しく、残念でならない。彼らとの話題は、当局発表とは一線をひく（しばしば真反対の）一匹オオカミしか持ち得ないものだったが、時にはたわいのないマッサージの話などもしたものだった。

馬渕氏によれば、タイ・マッサージというのは、本格的なものは五時間くらいかけてやるそうだ。それくらいやってやっと本当に身体がラクになる、ほぐれてくれるのであって、そのへんの街でやっているのはお遊びにすぎない、というのだった。

なるほど、その通りとうなずけたのは、我が一時間や二時間ではちっとも満足しない、まだまだこれから身体がほぐれていくはずの段階で、ハイお終い、となっていたからだ。マッサージ師のことをタイ語で「モー・ヌアット」というが、モーは医者という意味であるから、いわばマッサージをもって身体を治す医師といってよい。ならば、そう簡単に人のカラダが女性のかよわい手指でもって何とかなるものではないだろう。馬渕氏のいう通り、観光客用のお遊びにすぎない、というのはわかる気がする。ある時、まだ街のマッサージにかかっていた頃、今日は五時間くらいやってもらおうかな、というと、ＯＫとうれしそうな顔をしたものだが、むろんいってみただけだった。やる人が中にはいるのかもしれない。

タイ古式マッサージといえば、ワット・ポー（在バンコク）のそれが有名で、免状を出す養成所もある。ポーは菩提樹の意で、古代インドはブッダガヤーのその樹の下で釈尊は悟りをひらいたのだったが、名刹ワット・ポー（菩提寺）がマッサージのメッカとなったのは、テーラワーダ仏教の僧たち（仏弟子）が拠り所の一つとして重視するクスリとも関連している。身体を健康に保つことを修行の条件とする仏教は、そのための施術にも研究を重ねてきた。むろん、人々にも健康を提供するのは当然であることから、ワット・ポーのみならず、方々のお寺で、その境内を使ってまで、

寺院境内のマッサージ店〈チェンマイ〉

今は亡き馬渕氏(左)と日下部氏〈バンコク路傍〉

マッサージ医師たちが店開きしている。我の寺の近くにも、それを常時境内の一角に開設している貧しいお寺があって、その水揚げの一部が寺への布施金となるため、寺としても大いに助かる、という仕組みなのだ。が、お医者さん(モーヌアット)のなかには、いかにも細い、かよわそうな女性もいて、およそ効きそうにもないように思えるけれど。しかも、女性はやがて指が疲れてしまって、堂々と手抜きをする。一時は携帯電話で長話をされ、その間、片手で揉むお姐(ねえ)さんがいて、呆れたものだ。我がマッサージをやめてしまった理由の一つ。

夕刻、ほんの少し、おしめりがあった。が、それきりだ。本降りの日はいつになるのか。地球規模で異常気象なのか、季節まで不安定で、行方知れずの日々。

○明るくても怖い「無明」の世　八月二十二日（火）

昨年から、夜中の街路が非常に明るくなった。街灯を取り替えたためだが、こんなに明るくしなくてもいいだろう、と思うくらいだ。朝、僧房の扉をあけて、天気を確かめるのが習慣だが（今日も降る気配ナシ）、前庭に傍(かたわら)の通りから橙色の灯が差し込んで、やはり明るすぎる。

過ぎたるを「非」とするのが仏教の教えであるのに、この国はどうもそれがしばしばで、仏教国とは思えないことがある。値上げはボーンとやって極端だし、音のボリュームは耳をつんざくようであるし、料理は極端に甘く辛くするし、車はスピードを出し過ぎて、巨大なモーターバイクの暴走は目にあまる迷惑だ（従って交通事故の多さは世界ナンバー3に入る年が多く、国の恥とする）。

こんなに明るくするくらいなら、光量を落として、その分、これも高い庶民の電気代を安くすべきだと思うが。せっかく日本の事故をみて原子力発電をあきらめたのだから、もっと工夫をこらしてほしい、というのは、電気代は自前の支払いである寺院にとってもいえることだ。公的資金は投入されず、すべて自力で運営しなければならない寺々は、人々からの布施にも限度があるから、それなりの苦労を強いられている。マッサージ所の開設がそうだし、以前にいた寺では、ナイト・マーケットの日には境内を露店商に開放しているし、わが寺ではその日、境内を駐車場にして一台あたりの布施金六〇バーツと決め、僧と寺男（デック・ワット）がその管理（キーを預かって車を整理する等）で忙しい。

夜の明るさなどは、必要最小限でよい、と我は思う。夜の時間はおよその人が寝ているから、通りは空いているわけだし、たまに通る人も足元さえわかればよいから懐中電灯で十分だろう。現代人が闇の怖さを知らなくなって久しいが、そのことの意味するところを考えてみても無駄ではないはずだ。それは大自然への畏怖、畏敬の念がなくなってしまった、つまり本来はちっぽけでか弱い人間が偉そうに、傲慢になってしまう一因となった、と我は思っている。

かつて、先の戦場カメラマンらとカンボジアのジャングルへ、ポル・ポト政権の拠点を訪ねて入ったとき、その草葺きのゲストハウスからトイレまでは外へ出なければならなかった。ほんの二〇メートルほどの距離で、道は直線だった。で、深夜、ハウスを出て厠（かわや）へと向かうために扉を開けたところ、そこは漆黒の闇で、思わず立ちすくんだ。やっと片足を出しただけで、異様な恐怖に包み込まれ、一歩も動けなかったのだ。やむなく、闇の中へと放尿してベッドにもどった憶えがあるのだが、おそらく空に月もない日だったたか、その歳（四十歳）になるまで完全な闇の怖さを知らずにいたことに、おどろき呆れたような心地になったものだ。

そのときのリーダーだった、日本カンボジア友好協会（代表・田英夫）の新谷明生氏は、ずいぶんと我によくしてくれた人だったが、先の馬渕氏らと前後して逝ってしまわれた。我が在家の頃のバンコクで親しくした日本老人もその仲間で、やはり我が出家して間もなく鬼籍に入ってしまわれた。そして、誰もいなくなった……、といいたくなるほどの寂しさ。目の前が暗くなるような思いだ。

仏教で、「無明」という語がある。煩悩の親玉、痴＝無知、を意味するが、あらゆる間違いのおおもとにあるのが、この最悪のボンノウとされる。確かに、無明は怖い、と思い知ったのがそのとき、カンボジアのジャングル体験だったような気がする。もっともその怖さを自覚して、その後の生き方に生かせたかというと、そうではなかったところに、間違いのもとがあったのだが、今頃になって気づいている。皮肉なことに、明るくなった世の人間は逆に無明になっているのではないかと、これはみずからを棚にあげた見解だが。

目が無い、という言葉もある。好きなもの、美味しいものに夢中になってしまうことだが、結果、肥満になったり生活習慣病に陥ったりする。これも無明ゆえだ。

ビルマ（現ミャンマー）の雨季の怖さを知らなかった軍人がいる。牟田口廉也（むたぐちれんや）という、はるかインドまでのインパール作戦を決行、指揮した旧日本陸軍の人（中将）だが、無謀な作戦の結果はジャングルに降りしきる雨で行軍もままならず、膨大な犠牲者を敗走の途上で出してしまった。これも無明ゆえだった。もっとも、かの戦争自体が米国の巨大さ、強さも認識しない無知蒙昧ゆえであったが。

映画に手を出して失敗したのは、それをよく知らない者が犯した過ちだった。結果はすべて必然であり、無知の怖さは計り知れず、数知れない。

今日の托鉢は、過ぎたる布施、供給過剰だった。鯖のご老人は、インタパーラム、という黄色い果実のいくつか。これはタイ人しか知らない？　案内書にも見当たらないもので、我もまたはじめて見るものだが、やや酸っぱい、渋い実で、あまり美味くないが、身体によいものはそうなのだろう。いつもの布施人のほかに飛び入りが多く、幸いにして、切れているので欲しいと思っていたもの——あまり辛くない茹でたナスの唐辛子合え（多くは激辛で食べられないナム・プリック）、大きな塊のカオニャオ（もち米）、それに丸いケース入りの混ぜご飯（チャーハンではない）などで、お得意様が定番とするものと大いに違っていることがありがたい。とくに鶏の混ぜご飯とカオニャオ（ナム・プリックを一口ごとに少し付けて食べる）は、どちらも食べたい、ゆえに半分ずつにして昼にいただいたが、それでも食べ過ぎていることが食後にわかった。八分目にしたつもりでいるが、実は、もっと減らしてやっと八分目になるらしい（漢方医の言によれば）。今日は満腹になっている。過ぎたる美味は食べ過ぎを招く。僧にはもってのほかの食「欲」なり。

必要最小限、はテーラワーダ僧が日頃から唱え、座右の銘としていることの一つ。それも極限まで小さく削るのがよい。つまりは、これも煩悩の親玉——「欲」を削り落とすということで、悟りの最終段階まで、偉そうにする性（さが）、慢心とともに残るといわれる。してみると、ふだんから傲慢な人間こそが、何かにつけて過ぎてしまうのは当然の理といえるだろうか。

今日は、無明ゆえの人間の弱さ、哀れさ、怖さを思う日——。

○瞑想歩きの心得　八月二十三日（水）

今日は、鼻歌をやめて静かに歩いた。およそはそうなのだが、むろんわが身にはそのほうが安全、無事であるからだ。お堀端を歩くときなどは、とくに要注意で、側をゆく暴走車にあおられてめまいを起こし、足を踏み外した日には〝カップ〈クラップ〉・バーン・カオ〟となること間違いナシ。

～しながら（何かをする）、というのはこの歳になると、非常に危険である。

瞑想歩き、と我は名づけている。これについては以前にも、薄型シューズを忘れたとき（七月二十五日）と、物事をゆっくりとやる意味について（七月三十日）記している。しつこいようだが、大事なことなので仏法がすすめる三度目、くり返すことにする。

ふつう、人は歩くとき、ほとんど無意識的に足を運んでいる。自分がどのくらいの歩幅で、どんなテンポで、上体と脚をどのように連動させて進んでいるか、ということは意識していない。足を折ってリハビリ中といった場合は別にして。

ふだん、それで事なきを得ていても、いつの間にか足先が開きすぎる歩き方になっていたり、上体の揺れる不安定な歩き方になっていたり、あるいはモノにつまずいて転んだりもする。

テーラワーダ仏教が真骨頂とする「瞑想」――〝ヴィパッサナー〟のなかに、この歩き法はある。動き自体はとくに変わったことをするわけではない。ただ動きの細分化でもって、それぞれのパーツを意識化していく。すなわち、足を上げる、運ぶ、（下ろして）踏む、という三つの動きを基本に、さらにそれを細かく、カカト上げる、足を下ろす、（地面を）押す、といった動きを段階的に加えていくことで、さらに細部に意識を行き渡らせる。ヴィパッサナーとは、詳しく観る、という意だが、欧米では大流行りの〝マインドフルネス〟というもの。気づきの瞑想、と訳されるが、まさに一歩ごとに気づいていくことで益するものが多々ある。座り瞑想とともに、最終目標は悟りまで達すること、という奥が深いものだ。

むろん、托鉢歩きのなかでは、動きを細かく分けるわけにはいかないので、三拍子のくり返しとなる。上げる、運ぶ、下ろす（踏む）、をできるだけゆっくりとやる。それでも唱えているヒマはないから、心のなかで順序を意識する。もっと基本をいえば、右、運ぶ、左、運ぶ、となる。瞑想道場では、これが基本中の基本で、右、運びます、左、運びます、と唱えながら、三〜五メートルの距離をゆるりゆるりと往復する。

これなら、托鉢歩きにも適用できて、左右の足を交互に上げ下ろしするだけでよい。が、むろんその動きは細かく分けられることを意識してやる。とりわけ、足を上げる動きをしっかりとやることが大事。前へ進むことばかり考えていると、上がっていないことになりがちだ。なので、進むことは考えず、ただ真上に上げることだけを意識する。それでも足は勝手に前へ進む（運ばれる）ものので、ましてや急ぐ必要もないのだから、上げる意識だけで十分だ。

そして、運んだあと、下ろしていくわけだが、この動きもしっかりと上下の距離感をもってやる。その距離がなければ、瞬間的に危険なものが目に映っても、それを避けることができない。我はそれでもって、救われたことが何度もある。足を下ろす瞬間に、ゴミや小石ならまだいいが、風化しきれていない犬の糞などは、とっさに除けることができなければ惨めなことになる。足を下ろす動きに無頓着であれば、その種の危険がいくつも待ち受けているわけだ。

最後に、足を地面につける。と、それで終わり、と思ってはいけない。その着地の（地面を踏む）

瞬間をしっかりと意識する、と同時に（地面を）押すことによって、安全を確認する。そこでやっと、右足（もしくは左足）の一歩が終わる。次の一歩も、カカトを上げることからはじまるが、やはりしっかりと上げて、運んで下ろして、地面を踏んで、押して、という、これは最終的な六段階の細分化になるが、それも道場での訓練になる。

ふだんの歩きではほとんど気づかないが、一歩ごとに上体が左右へ微妙に揺れながら進む。これは、ほんの一瞬だが、全体重が左右どちらかに乗るためで、両足の間隔分だけ揺れるためだ。鳩を見ているとよくわかるが、首を前後に振りながら、しかも左右に微妙に揺れながら歩いている。やはり瞬間的に片足に全体重が乗るためで、これが意味するところは小さくない。つまり、踏み出しから着地まで、動物は左右のバランスを絶妙に（本能的に）保ちながら進む。が、これを軽視する人、笑う人が多い。そういう人は、きっと雪道で滑って転ぶ。あッという間に転んでケガをしても、なぜそうなったのか、と問えば、きっと雪のせいにする。

違う。それは、アナタが、人間は二本しかない足で歩かねばならないことの、本当の意味を知らなかっただけのことだ。先に、地面を押す、という最後の行程を記したが、それは次の一歩への準備でもある。押すことでしっかりと（滑らないかどうか等を）確認し、そこでやっともう片方へ体重を乗せることができる。ふだんの平坦な道でも何が起こるかわからないのに、ましてや雪道では危険この上ない。このことをよく認識すれば、東京に雪が積もっても大丈夫だろう。転んでケガをする人はいなくなる？

と、そういう我は、出家して間もない頃、雨季のドシャ降りの日に、舗装道路で二度まで滑って転んでいるから、偉そうなことはいえない。いや、三度ある。三度目は僧房（以前の寺）の裏手の小路にて脳天を打ち、死にそうな目に遭っており、本格的に瞑想寺を訪ねるきっかけにもなったのだった。

ともあれ、今日はそんな歩き方でもって寺に帰着すると、いつもより三〇分遅い八時となっていた。時間はかかったが、安全度は倍であったはず。何事もゆっくりとやることの意味を改めて知るべし。

○お寺は正直な明朗会計　八月二十四日（木）

早やワンプラがめぐってきた。タイ暦九月上弦八日（半月）。托鉢は、例によってお休み。休みナシの布施人には申し訳ないが、老僧には必要な休日だ。従って、この日記もあまり長くしないでおこう。

朝の勤行にはいつもの十人ほどがやって来て、七名の僧（うち三名が未成年僧（サーマネーン））を養うに十分すぎる布施を置いていった。我が托鉢に出ない理由の一つでもあるのだが、毎回、欠かさずに開始時刻（七時半）の三〇分前には本堂に入り、準備をする在家の信心には感心する。その数は少ないけれど、僧も少ないのだから、これでよい、ともいえるか。

今日は、住職による会計報告があった。今月の締めでもあって、誰々からいくらの献金があり、ドネーション・ボックスにいくら入っており、日曜の駐車料金がいくらあり、云々といま現在の寺の経済状況はこうである、と告げる。在家への明朗会計である。もしも足りなくなれば、数は少ないがお金持ちが控えているから、心配はいらない。

そうした経済的な面では、電気代が高くてもやっていける。我が僧房に冷房をつけた（これは自前）ために数百バーツが加算されているはずだが、その分の請求はこない。トゥルン（老僧）、節電してちょうだいよ、というだけで、困った様子はない。但し、ゼイタクは禁。高くつく備品や改装費などは、必要ならば許しを得て自前でやることになる。

ワンプラの朝課に、仏法僧（三宝）の「徳」を唱えることは記したが、夕課においても（在家は一人か二人しか来ないが）、最後にそれを唱える。それも、仏塔の周りを歩きながら唱える。

〝イティピソー　パカワー　アラハン……〟住職が先導して唱えるのへ、後に続く僧と未成年僧（参加の在家があれば最後列に）が和していく。それぞれの徳については以前に記したが、スゥエイ・ドックマイ（菊や蓮の花〈蕾〉を線香と蠟燭とともにバナナの葉で円錐形（スゥエイ）に包んだもの）を両掌の間に挟んだまま歩くので、歩調にバランスをとる必要がある。仏塔の麓を三周する間に、三宝の唱えもまた三度くり返すことになる。

月が上空に見えた。上弦の半月。雲の切れ目から覗いたのだった。三周目が終わる頃にはまた雲隠れしてしまったが、月の齢とともに暮らしているのだという実感があった。いいことだという思いがある。

わが国は、明治五年に陰暦（太陰太陽暦）という心の財産を捨ててしまった。くり返したくはないが、それ以降の日本は、だんだんと砂漠化していったのではないかと、いま異国にいて思う。これを「月の砂漠」という。今日のところは、これにて。

白亜の仏塔〈パーンピン寺〉

仏塔正面

○一切皆苦と幸福の条件　八月二十五日（金）

朝、托鉢に出るのに、鉢を忘れた。頭陀袋（ヤーム）だけを肩に十メートル、門を出る手前で気づいて引き返す。どこへ、何をしに行こうというのか？　自問して苦笑する。こんな時、自分では意識していなくても、何かを考えている。何かしら、頭のなかに雑念があり、托鉢に出るいま、この時の気づきが薄れている。平たくいえば、うっかり、ぼんやりしていたからだ。

こういうことは、以前は（まだ六十代の頃には）なかったと思う。やはり、加齢による意識散漫か、身体を動かしたあとで、はて、何をしようとしていたのか、と一瞬失念して、短く考えてしまうこともある。親しいはずの人の名前がすぐに出てこなかったりもする。

ひと頃は、そういう自分を罵（のの）っていたが、この頃はやらなくなった。本格的に老いてきて、自分がカワイソウになってきたからだ。哀れな老人を怒ってはいけない、やさしくとりなさねばならぬ、と自覚しているためで、この点ではココロの成長がみられる。

ただ、大きなケガだけはしたくない、と念じている。そのためにどうすればよいのか、常に考えながら日々を過ごしている。平穏無事でありたい。身心ともにそうであるには、やはり心得というものが必要だ。何事もゆっくりやること、大事な行動の節目に二度、三度の確認を怠らない、自分を過信しない、無理をしない（肉体は精神を裏切ることを知る）、限界を知り他に頼る、バランスを失わない（危ないと感じたらモノにつかまる）、とくに足元に注意する、必要に応じてクスリやサプリメントに頼る……以上は身体に関すること。

そういえば、忘れていたが、バンコクのチャイナタウンで仕入れた漢方薬は、今月十六日をもって一か月分を終えている。さて、その効用のほどだが、やはりわからない。相変わらず歩行中のふらつきはあるし、左耳の奥が左側の歯でモノを噛むとヘンな音がするし、どのような効果があったのか、あるいはなかったのかは、天のみぞ知る。我のカラダであるのに我自身がわからない、これを仏法では無我というが、まぎれもない「苦」のうち、やっかいだ。

ただ、効き目がわからないというのは、その自覚、体感がないというだけで、実際は、わずかながら改善されているような気もする。少なくとも悪くはなっておらず、現状を維持していることは確かであって、漢方というのはそれでいいのかもしれない。それに、たった一か月の試しであるから、足りないマッサージと同じで、さほどの期待はできないし、すべきではないだろう。いずれ、根気よく続けることを考えてみよう。

次は、こころの問題。これがカラダよりも大変である。どちらが大事かというと、仏教では心の方だというが、大変さの面ではそうかもしれない。身体というのは、どうにもしかたがないものとして、例えば老いていくこと、病に陥ることなど、半ばあきらめるほかないところもある。が、心は肉体が老いていくように衰えてしまってはいけない、という考え方が仏教にはある。

もとより、釈尊の仏教が「一切皆苦」を唱えることはよく知られている。人間はその一生を「苦」に取り巻かれ、苛(さいな)まれながら過ごす、というものだ。しかし、苦の定義は幅広く、身もだえするような苦しみだけではなく、むしろその他の、願った通りにはいかないことの不満、不平、あるいは不安や心配ごとなど、心を煩わせ悩ませるもの（いわゆる「煩悩」がもたらすもの）すべて、ということになる。いわれてみれば、実にその通りで、我の来し方を見てみれば、七、八割がたはその苦に覆われて、そうではない二、三割がたにしても、ほんの一時的なもので儚(はかな)く過ぎ去ってしまったものばかりといってよい。いくらラクなこと、愉しいことがあっても、次の瞬間にはすぐに苦が立ち現れて、まさに四苦八苦してきたように思う。

人生はそういうものだとして、それで話はお終い、という教えならば、得るものは何もない。苦しんで人生を終えてください、というようなものだ。仏教はそうではなくて、だからどうすればよいのか、どうすればその苦をやわらげていけるのか、という問題を考えていく。それも徹底して、苦の対極にある「幸福」を追求する。そして幸福とは何か、どうすればそれを手に入れられるのか、という答えを提示する。そこに、我は仏教が哲学といわれる所以をみるのだが、結論を先に(我の解釈で)いえば、幸福は自他ともどものでなければならない、ということだ。

例えば「慈」と「悲」の心——、人を友として憐れみ愛し(慈〈メーター〉)、あるいは困っている人に助けの手を差し延べる(悲〈カルナー〉)、ともに他のためだ。他人の成功を心からよろこぶ「喜(ムディター)」の心、これもそうだ。何事も行き過ぎを戒める「中間(ウペッカー)」がよいとする心、これだけが自分のため。これら四点を「四無量心」というが、人が幸福に生きるための条件とする。無量心とは、量れないココロ、ゆえにいくらあってもよい、という意味だ。

幸福の条件は、奥が深い。「しあわせ」の語は巷にあふれているが、その中身はいかに?

信者に高齢者が多いのは、必然であるともいえそうだ。老いてますます教えに拠り所を求める、というのはよく納得がいく。ここまで生きてきて、なるほど、と思えるのだ。

○中間(ウペッカー)の教えが必要な理由　八月二十六日(土)

まずは、昨日の続き——。明るすぎる夜が明けても、まだ街灯がついている。今日も良すぎる天気だ。

幸福になる条件の一つに、中間（ウペッカー）というのが自分のためにあることを記した。その他は人のためであり、これだけが自分のためとして入っていることの意味は大きい。自他の比重は一対三であり、これでちょうどよい、とされる。エゴにとりつかれた人は、何をいっているのだ、と首を傾げるかもしれない。が、仏法はその声を間違っているとして無視する。

その代わり、中間というのを伝家の宝刀のごとくに置く。この刀さえあれば身を守れる、何よりも頼りとなるもの、とする。諺にも、過ぎたるは及ばざるがごとし、というのがあるけれど、そんな生易しい表現では満足できない。過ぎたるは不幸を招くがごとし、と言い換えたい。

それは、挙げればキリがないほどある。まさに日々の生活から、こころとカラダの様相、思想的なものまで、多種多様だ。非とされる過ぎたることは、これまでも書いてきた。食べ過ぎる、早食いすぎる、運動などをやり過ぎる、人を信じすぎる（これは『詐欺師の誤算』で書いた）、自己過信も以前に。甘辛すぎる（これも以前に）、暑すぎる、寒すぎる、溺愛（愛しすぎる）、激怒（怒りすぎる）、高慢（驕りすぎる）、声が大きすぎる（これはハタ迷惑）、過激な思想（これは極左、極右とも）、偏重、偏見も片寄りすぎの一種、……。

ざっと思いつくままに挙げてみても、ロクなことはない。こういうことを避けていくだけで、人生はずいぶんと平穏無事になりそうだ。が、これがなかなか上手くできない。人は生きていくだけで大変である、ということの意味がここにもある、と思う。

何ゆえに上手くいかないのか、ホドよく生きられないのかを考えるうえで、やはり仏法が役に立つ。釈尊（ブッダ）という人は、悟りをひらいて以来、人間というものを骨の髄まで知り尽くしたうえで、教えを説いていった。そのことが、仏法を学べば学ぶほど、我もまた骨の髄まで沁みとおるほどに解るようになる。すなわち、人間という生きものほどやっかいなものはない、ある面ではドウブツよりも調教が必要であり、野放しにしておくと手に負えない生きものになっていくことを、人間として超越した位置から見て、よくよく解っていた。ゆえに、弟子たちに、あるいは在家の帰依者に、法を説き、戒をさずけ、放っておいてはどうにもならない存在をどうにかまっとうに生きることができるようにして差しあげようとしたのだった。

中間の教え（中道、中庸ともいう）も、むろんその悟りの一部だ。且つ、後生がその教えを引きついで、悟りへの道の必須の条件の一つとして置くことにもなる。悟りとは至上の幸福（涅槃）を約束するものであるから、それが幸福の条件の一つとなるのは当然のことだ。

これまで、タイという国に暮らしてきて（そして出家して）、なぜ釈尊の原始仏教（テーラワーダ＝原始仏教を守る長老（テーラ）たちの言葉（ワーダ）の意）がこの地において受け入れられ、根づいていったのか、その理由のようなものがわかりかけている。以前にも記したが、街を歩くだけで、それでもなお法を、教えを守れずにいる人の多さがわかるのだが、そのことを裏返せば、この国にはそういう教えが必要であった、ということになるだろうか。せめてその戒と律を、その教えを説いて、人々を導くことをしなければ、この国は成り立っていかない、そのような民族なのであると、昔日の国王にはよくわかっていた。このことは、わが国における聖徳太子にもいえるだろうか。

然り、せめてもの教え、それを守れるかどうかはともかく、それが何らかの役に立つはずであると、国教にもして、寺院を建て続け、原始からの伝統を守ってきた。チェンマイの旧市街（およそ一・六キロ四方）だけでも、わが寺を含めて32の寺がひしめいている。まさに向こう三軒隣りはも

う お寺、といって過言ではないのだが、そういうことが（無駄ではなく）必要であったという、何よりも先立つ大前提があるように思うのだ。

ところが、近年にいたって、それがどうも上手く機能せず、役に立ちにくくなってきている嫌いについては述べてきた。もともと性格的に雑な人間が多く（とくに男性）、ヘン・ケー・トゥア（自分しか見ていない）という戒めの慣用句があるほどに利己的な人間が多い。その欲張りようは放っておけば天井知らずとなる（これは政治家にしばしば）など、少なくとも「五戒」くらいは（とても足りないけれど）置いておかなければ、どうにもならない、等と考えたブッダはむろん、その代弁者たる昔日の高僧は賢いが、現代社会の諸相をみれば、何というだろう。

仏法がすたれた世の中のことを「末世（まっせ）」という。いまがそうなのかと問えば、我は、その途上にあるようだ、と答えるだろう。放っておけば、これからだんだんと「末」へ向かっていく。それがどの段階にあるのかはわからない。その傾向を押しとどめる術があるのかどうか、それもわからないが、後生の英知を恃（たの）むしかない。むろん我は、わが国の「教え（調教）」の足りなかった戦後教育をはじめとする社会の重大な致命傷をも念頭に置いて話しているつもりだ。

放し飼いの犬が落とす糞を片付けずに放置する街（自分の家の前なら取り除く）と、煙草のポイ捨てに罰金を科すシンガポールのような国と、どちらがよいかの問題ではない。分別ゴミについて、わがタイ人の親友C君に、日本では（地域によるが）空ビンの色まで分けて出さねばならない、散歩中の飼い犬が落とした糞は持ち帰らねばならない、というと卒倒するほど驚いてみせた。タイ人にはとてもできない、と。街の収集用ゴミ箱からあらゆるモノがはみ出して散らかっている街も困るが、管理が過ぎて「禁」が多すぎる国もどうかしている。どちらも知らずと集積型のストレス

（苦）を招く。つくづく中間について考えてもらいたい、と思う。
今日の托鉢は速からずノロからず、「中間」の大事さについて考えながら歩いた。

○真の幸福は双方向性にあり　八月二十七日（日）

他所の寺の鐘の音（午前三時五十分から）とともに目が覚めて、しばらく瞑想。眠気がさめずにまた寝てしまうか、そのまま起き出すか、それを知るため、つまり自分をよく観察するための五分間だ。

天気予報は、今日も曇り時々晴れ、と出ている。スマホ（時代）は、我の世代には驚異的だ。ワンタッチで、画面には、スィプーム地区（Tambon Si Phum）——わが寺が位置するチェンマイの地域名——と出て、たった今、26℃、曇りがち、最高気温31℃、降水確率45％、そして12時までの想定される空模様と気温が出る。これが帰国すると、即座にその地のものに変わる。いったいこの世界は、宇宙はどうなっているのか、恐るべき時代というほかない。

ついていけない人が、我の世代（とその周辺）では半分ほどいる。三つ年下の知友の男性は、以前、なんとスマホも携帯電話も持たずにバンコクへやって来たことがある。いまどきスマホを持たずに旅をする人など見たことがない、と驚く人がいて、しかも電話（ガラケー？）も持っていないのだから、これには我もさすがに困った。連絡は、宿泊地にある電話だけで、五回ほどかけてやっとつかまる、といったところであったが、本人は平然として、べつに不便とは思っていない。いや、むしろそんなものは要らない、持たない、関係ない、といったふうで、落ち着いたものだった。このほうがずっと心安らか、わずらわしいモノは持たないほうがいい、というのだったが、それも一理ある。いや、昔はそんなものがなくても世の中はうごいていた。シンプルな時代があった。いまの複雑に多様化して情報が氾濫する世界（これも過ぎたるか）は、うるさくてストレスをもたらすだけ、というのはその通りかもしれない。

それについては、我にも思うところがある。出家して寺に入ると、それまでの情報の洪水から、にわかに静寂の世界へ入ることになる。スマホは持っているが、メールを見たり電話したり、必要なこと以外は使うこともない。テレビも見ない（持てない）ので、世俗の情報は、たまに知友がもたらすもので、ずいぶんと時間が経ってから知ることが度々だ。瀬戸内寂聴さんと石原慎太郎氏が亡くなったというニュースなど、帰国するまで半年ほど知らないままだった。そんなことは誰かがもたらしてくれないかぎり、知り得ない。世俗とは隔絶されている。それでもって、やはり心は安らか、（情報が与える）煩いも苦しみもなく、平穏に過ごしてきたことに思い当る。むろん、大事件、大災害のニュースは別であるが。

思うに、僧はおおむね世間知らずである。出家のことを「出世間」というくらいだから、それは当然ともいえる。わが国の大乗仏教の僧は、俗人と似たような生活をしているので世間通といえるが、テーラワーダ仏教の場合、ビジネスの禁止はむろんだが、俗世とは一線を画し、在家者的なものを遠ざけるのが基本姿勢としてある。パンツやズボン下の一枚も俗世間のものなのだ。

一時僧は、別である。数週間から数か月の、わずかな期間に僧であっても何ら変わるところがないだろうが、わが寺の住職のように、十一歳のときに得度して（七歳から可）以来、成人して正式僧（二十歳から）になっていま現在まで、俗世間に染まったことのない僧は、我の目から見て、実に平穏無事で世俗の臭い（におい）がない。ともに奈良、京都と（二度目は）東京ほかを旅したときなどは、

LCC便が安いチケットであるためにキャンセルできないことを理解できなかったし、ファーストフードの店や喫茶店に入るのも生まれて初めてだというし、方々の雑踏にはうろたえて（黄衣が女性の衣に触れるので）、まさに聖域の安全地帯に暮らしてきた人を思わせたものだった。以来、東京にはもう行かないよ、というのが口ぐせになったほどで、何かにつけ、わが国での俗世間ショックは大きかった。

人の幸福とは何なのか。それを考えさせられる旅でもあった。

いまの僧はむろんスマホくらいは持っているが、最小限の必要性を満たすだけで、情報の洪水にさらされてはいないし、いまのタイの政治情勢くらいは知っていても世俗の混乱に巻き込まれることもない。それでもって、世の悩める人々を教え導くことができるのかという問いには、何の問題もないとはいわないが、ブッダの教えがあれば十分だろう、と一応の答えは出せる。そこには、世の中がどのような状況にさらされようと、あるいはそこに生きる個々人がどのような苦境にあろうと、それを解決するための基本的な指針が、真理の教えには込められているからだ、と。むろん、すべてのケースに万能とはいかないだろうが、俗世にまみれて苦汁をなめてきた人間なら迷ってしまうことでも、シンプルでわかりやすい答えを提示できるように思う。それでオーケー、いずれにしても伝家の宝刀は相談者も望んでいないだろうから。

そうした個々の相談は、住職や中堅の僧のもとへはひっきりなしにある。むろん布施を携えてきて、しばらく居座り、僧よりも目線の低い場所でやりとりする。この「慈悲」のこころの実践は僧の大事な役割の一つだが、見返りは、布施よりもむしろ「尊敬」を受けるという一事にあるといってよい。人と慈悲のこころで接することがなぜ幸福の条件なのかというと、それによって感謝され、尊敬されるというお返しがあるからだ。モノやお金ではない、ココロのお返しを受けることの歓びがある、と住職はかつて我に話してくれたことがある。

以前の寺で、まだ副住職であった頃だが、週に二、三度、政府に割り当てられた近場の学校（中学・高等学校）の授業に出向いていた。仏法や瞑想を教えるためで、僧が教育現場に復権してから半世紀ほどになる。正式な教員よりもはるかに安い賃金でそれをやるのが義務とされたのは、二十世紀も半ばを過ぎて青少年の犯罪が急増していったのを食い止めるためだった。教育を俗人の手に渡してしまったことの反省から、政府は、かつて寺院が学校であった頃を思い出し、僧に助けを求めたのだった。

副住職（当時）は、それをやることを少しも厭（いと）ってはいなかった。とんでもない安月給ではないかと我がいうと、いいんだ、代わりに幸福（クワーム・スック）を得ているから、と平然としたものだった。生徒たちの尊敬を受け、親御に感謝され、それで十分だというわけだが、昔はわが国でも教師は聖職といわれて給料が安かった。聖なる職なのだから、お金のことはいいだろう、というわけだったか（我の両親がそうだったからわかるのだが）。

これまた、布施と慈悲のこころで他と接することの「見返り」が少なくないことの証しであるだろう。ここでの見返りとは、念を押しておけば、対価的な、商取引的なものではなく、あくまで精神的な双方向性のことをいう。それが幸福に生きるための条件に入るのは当然というべきか。我もいまは、托鉢という行為のなかでそれを感じさせてもらっているのだが、これまでの人生で心底からそのことを実感したことはない。いや、それを感じることがなかったわけではなく、我の作品を読んだ人がよこした手紙のなかに、死ぬのをやめました、と記されていたときなどは、その双方向性を感じていたと思う。あるいは、苦労の末に作品が完成した日には、達成感、充足感をおぼえたものだ。が、そうしたことはおよそ我独りのものであったにすぎず、いっぱしの文学賞にしても、みずからの希望が満たされた（これで当分は生活していける）ことの喜びであって、いわば我欲、自己満足の類であり、真の幸福とは言い難いものだったように思う。

むろん、だからといってモノ書きの仕事を選んだことを悔いているわけではない。それは確かに、波乱の人生の幕開けではあったが、それはその頃の我が望んで（恩師の薫陶を受けて）選んだ道だった。戦後の生まれ育ち、その社会環境や恩師との出会いなど、彷徨える青二才の時代からいまに続く、いわば宿命的なもの（不可避的なものも含めた因果の連なり）であったことを自覚している。そのうえで、出家後のわが身との比較において、あまりの違いに呆然とさせられる。出家してよかったと思う最大の理由は、その点にある、といってよいかもしれない。

仏法では、自分と他人を比較して云々することを非とするが、いまの自分と昔の自分を比較することについては一向にかまわない。人は変わる、変わることができる。無常は「苦」とされるが、これだけはそうではない。変化をよろこんで受容できる数少ないことの一つだろう。

真の幸福感とは、自他とものそれであり、双方向性をもってはじめて可能となる。托鉢における僧と布施人は、人の字のごとし。それは、四無量心のうちの一つ、「喜」とも関わってくる。他人の成功、幸せを心から喜んで差し上げられるかどうか。シットとは正反対のこころが幸せを呼ぶ。

これについては、また明日。

○一期一会の布施人たち　八月二十八日（月）

今日は午前三時に目覚める。が、瞑想中にアタマが前へ垂れてしまったので、寝不足を自覚して再寝。四時前の他寺の鐘を聴いて、今度は起き出せた。

朝の五分間の瞑想は、我にとって貴重なものだ。足の組み方はおよそラフなものだ。ミャンマー方式というらしい。両脚を組まずに平行に置く。このルーズな座りが、老僧には向いている。背筋だけはピンと伸ばし（緊張は禁）、リラックスした状態にして目を閉じる。そして、ゆっくりと呼吸をくり返す。呼気と吸気の反復だが、これを鼻先の一点、空気が出入りする所に意識を向けてやる。その際、ポーン・ノー、ユップ・ノー（日本語では、吸います、吐きます〈または、膨らみます、縮みます〉）と、心で唱えながらやる。呼吸のみに（鼻孔の一点に）集中して、ほかのことは考えない。すると、アタマがだんだん浄化されてくる。五分後に、すっきりした身心をもって立ち上がる。

この呼吸瞑想（アーナーパーナ・サティ）は、釈尊が唱えた最も基本的なものとしてあり、すべての瞑想はそれを基本に発展したもの。先に記した歩行瞑想なるものもそうで、ミャンマーの高僧によって開発され、後にタイへもたらされた。最終的には、仏法瞑想でもって悟りの域にまで達することを目標とする、大事な修行法としてある。とりわけ、老僧にとっては恵みの多いもので、我はこれでもって生き延びてきたような心地すらある。以前にも記した、ヴィパッサナー瞑想だが、欧米のように普及する日がわが国にも来るのかどうか。南アジアを「南蛮」とか「蛮人」と称して差別してきた歴史がそれを阻んできたような気がしてならない。それは実に不幸なことだと、この瞑想を知るとわかってくるが、先々はどうか。

週始めの托鉢。いつもの道をいくうち、ふと、長く会っていない布施人のことが浮かんだ。週に二度ばかり、手作りの「サラパオ」をくれていた若い男女（夫婦のよう）がこのところ、見えなくなった。もう一年以上にもなるか、実にすばらしいサラパオ（わが国語では一般に「肉まん」というが中身は肉ではなく小豆アンとクリームの二種）で、いつも仲睦まじく鉢に入れてくれ、我が他寺へ瞑想修行に出かけている期間、二度までその寺まで車で運んでもくれたのだった。

コロナ禍のはじめの頃も、まだ路上に姿を見せていた。女性のほうはほっそりとした、色白の美人であったが、ワクチンを二度ばかり打ってから、にわかに肌色がわるくなり、顔相も少し変わったようであったから、大丈夫、元気です、という言葉はお愛想であったか。男性も同じくやせ型の、やさ男で、こちらもワクチンを打ったというが、女性ほどの変化はみえなかった。

当時、中国製のワクチンを打って死亡する人が少なくなく、やがて誰も中国のものは打たなくなったのだったが、そんなことを思うにつけ、大いに心配になったものだ。どうしておられるのだろう、と今日、歩きながら思い出したものの、どこに暮らしている人たちなのか、さほど遠くはないはずだが、聞いていたわけではない。家の前の路上で布施する人ならそこが自宅とわかるけれど、二人はいつも車でターペー通りまで来ていたから、どこに家があるのかは知らないままに過ごしてしまった。コロナ禍の数年間が隔ててしまった、布施人との関係はこれだけにとどまらない。

我が出家して托鉢を始めた頃、すでに八十歳を超えていたがまだ達者だった老女もそうで、コロナ期を境に姿が見えなくなった。午前三時に起きて、十人分ほどの惣菜を作り、リッパな籐製の籠に入れて小路の自宅から大通り（ターペー通り）まで出、適当な場所で僧を待ち受けていた。手作りの惣菜は小ぶりながら味がよく（少し湯通しは必要だったが）、重宝していた。その方は、自宅がわかっていたし、待機場所がしばしば薬水店（前記）の前であったりしたので、その消息はいつもの小母さんに聞いてわかっている。もう歳なので料理を作ることも、通りまで出てくることもできなくなった、というのが理由だった。これもコロナ禍の数年間が隔ててしまった関係といえるが、消息がわかるのでまだしもである。

いつも十歳くらいの可愛い坊やと一緒に布施してくれていたご婦人も、いまは見えない。日替わりのいろんな食べ物に、必ず二〇バーツ紙幣を三枚つけてくれていた。これも車で乗りつけていたので、どうされたのか、一切の消息がわからないままだ。

まさに一期一会であった人も数知れず。はじめの日は二千バーツ、また会った二日目は千五百バーツを鉢に入れてくれた、リュック姿の旅の女性。宝クジにでも当たったのか、めったにない高額紙幣に仰天したものだが、以来、また会いたいと願うだけ。車を急停止させて現れた、びっくりするほどの美女も二度と現れない。何を布施してくれたか、いまは忘れてしまった。薄汚れた着たきりのホームレスから二〇バーツ紙幣をもらったときは、要りません、と返したくなったものだ。二〇ドル紙幣のピン札を通りすがりに鉢に入れてくれたアメリカ人女性は別格だった（これは両替して六〇〇バーツ以上になった）が、一〇〇バーツ紙幣を入れてくれる旅人（欧米、中南米などから）ならたまにいる。誰とも二度と会うことはない。

人生は〝めぐり合わせ〟である、とつくづく感じる。ほんの一歩違いで出会えたり、出会えなかったりする。その悲哀（男女のすれ違いなど）を描いた小説、ドラマは数知れずあるが、いまの我には実感としてあるものだ。我にできるせめてものことは、心をこめて経を唱えて差し上げること。

それだけである。

ここで、もう一つの幸福の条件——「喜（ムディター）」について付け加えておきたい。

それはいわば「嫉妬」と対極にあるこころ、といえる。シットなるもののタチの悪さは、誰にも経験があるはずで、いろんな犯罪にもつながるものだ。仏法では、悪質な煩悩として置いているが、これがあると決して幸福にはなれない、と説かれる。善い心とは、それとはまったく逆に、他人の成功を心から喜んで差し上げられること、をいう。

これはモノ書きからしてあやしいものだ。よく売れている作家を、ただそれだけでシットしたり、自分と他人を比較して優越感にひたったり、およそロクな精神ではない。我にもその傾向があったことに思い当るが、いまでは恥ずかしいことだったと省みる。そして、そういう自分は少しも幸福ではなかったことを思うのだ。

人は双方向のものでなければ真の幸福を得ているとはいえない、と記した。「喜」はそのことに関連するものだ。他人の喜びを自分のそれと同レベルにするのは相当な人格者か、高度の悟りを得た者にしかできないだろうが、少なくともそれに近い精神を心がけていくことで、自分自身もまた幸せな気分になれる、というのはその通りだろう。シットは、愚かな人間の心に巣くう邪悪な、いわば悪魔の仕業（しわざ）である。

それにしても、かつてよくしてくれた布施人の顔が見えなくなったのは寂しいかぎりだ。コロナの罪は大きい、とつくづく思う日々——。

姿をみせなくなった老女と筆者

○不思議な夢は潜在意識か　八月二十九日（火）

相変わらずよい天気。雨季はどこへ行ってしまったのか。午後遅くなっても照りっぱなし。室温は、弱冷にして30℃、我にはちょうどよい温度。熱帯の気温に馴れてしまったのかもしれず、27℃前後では少し肌寒い。体感温度というのは個人差があり、かつ年齢によっても違ってくるようだ。もとより寒さ嫌いの我は、30℃くらいが適温で、すると日本の四季は夏場しか合わない、ということになる。が、その夏が近年は暑すぎるので困ったものだ。

ともあれ、昨夜の話だが、妙な夢をみた。長く会わない布施人を案じていると記したのだったが、その中にひとり、漏れている人がいた。人のよいトゥクトゥクの小父さんで、よく薬水店に立ち寄るついでに、我には立派な淡水魚を油で揚げたのと、二〇バーツ紙幣を必ず付けてくれていた。サバほど立派な魚ではないが、その昔（一九六四年）、昭和天皇の名代として皇太子・明仁親王が訪タイされたとき、当時のラーマ九世（プーミポン王）にその稚魚を献呈して養殖をすすめて以降（これは有名な話でタイ人は皆知っている）、みごとな適応ぶりで繁殖し、いまやタイ人の食卓をかざる非常にポピュラーな、いわば日タイ親善を象徴するような魚（プラー・ニン）になっている。

その小父さんの姿がここ一年ばかり見えない。が、すっかり忘れていて、昨日は記しそびれてしまったのだが、何と夢に現れたのだ。あッ、小父さんだ、とその横顔をみて気づき、何やら水を汲んでいるところへ近づいて、お元気ですか、と声をかけた。振り向いた小父さんはしかし、キョトンとして、反応を示さない。長くお見かけしなかったですね、と我は言葉を重ねたが、それでも相手の表情は変わらず、何の返事もない。そこへ、薬水店の小母さんが近づいてきて、この人はアナ夕を忘れてしまったのよ、という。はァ……と我は当惑し、痴呆でも始まったのかナ、などと勝手なことを考えて、そのまま目が覚めた。

何とも不思議な夢だった。小父さんを案じることを忘れていた我が、その夜の夢で、オレのことを忘れたのか、といわんばかりに現れて、思い出して声をかけたが、今度はその小父さんが我のことを忘れてしまっていた、という話で、まるでシッペ返しを受けたようだった。

もう遠い昔の知人で、これまで思い出したこともないような人がなぜか夢に現れることがある。人間のアタマというのは、たぶん沢山な何層もの記憶の襞で出来ていて、何かの拍子に、そのうちの一つ、ふだんは隠れている一つが顔をのぞかせることがあるのだろう。潜在意識というのはそういうものらしく、決して無視できない、こころの構成要素であるにちがいない。

というわけで、今日、薬水店に立ち寄ったときに小父さんのことを聞いてみよう、と思いながら出かけていったのだが、立ち寄って、たまたま居た人から布施を受けるうち、すっかり忘れてしまった。小母さんからは、いつものご婦人（夫君が日本人）が届けておいてくれた惣菜と薬水（ナム・ヤー）を受け、休んでいきなさい、と出してくれた椅子に腰かけて、一息ついている間も、小父さんのことは忘れていた。聖母は憶えていても、聖父は忘れるのか。明日、聞いてみよう。

今日は夕刻、勤行が終わったあと、住職に、カラダ洗い用のタオル（泡立ちがよい百円ショップもの）を差し上げた。シャワーをするときはどうしているのかと尋ねると、手に石鹸をつけて肌をこするだけだというので、それじゃ、日本から持ってきたものが一つ余っているから、それを献上する、といい、住職の僧房へ持っていった。すると、それを見て、ほぉ、という顔をする。こんなものが世間にあるのか、といったふうで、たいへん喜んでもらった。

僧は世間知らずだと、以前に書いた。むろん、チェンマイにも百円ショップ（ではなく六〇バーツ〈約二四〇円＝円安レート〉ショップ）はあるが、住職がそんなところに立ち寄ることなど、決してない（俗世の長い我はたまにエアーポート・プラザの店をのぞく）。なくても暮らせるが、あれば便利というものはいくらでもあるわけだが、そこまでは在家も気をきかせてくれない。ほしいものは自分で買いそろえるしかない。お金の献上はそのためなのだが、スポンジ・タオルなど、在家も思いつかない。ゆえに、ほぉ、という顔になるわけだが、アリガトゴザマシタ、と日本でおぼえた日本語で一言、ニコニコ顔であった。

◯習慣化に要する時間と維持の心得　八月三十日（水）

ワン・コーン、つまり剃る日がやって来た。朝、托鉢前にバリカンを充電機に置く。さて、始めるか、というとき、きっと充電するのを忘れていて、また一時間ほど待たねばならないことをくり返してきた。やっと、気がついてとる行動だ。

人は、一つの習慣を身につけるまで、それ相当の時間がかかる。くり返し、同じことをやってはじめて、それがクセとしてわがモノになる。ブッダの教えもそうだ。

明日、仏日に来る在家信者は、ほとんどが高齢者であることは前にも記したが、くり返し、くり返し、年がら年中、同じ経文を唱えている。私たちはもうわかりましたから、これにてお暇をいただきます、などとは決していわない。「ブッダ」への敬礼と帰依、「法」への敬礼と帰依、「僧（サンガ）」への敬礼と帰依に始まり、最後はまたそれをくり返してお開きとなるのだが、よくぞ飽きずに、懲りもせず、月齢が巡りくる度に、そのようにできるものだと感心する。

　しかし、人間というのはそういうものだろう、という思いもある。一つの教えにしても、一度いっただけでは聞かない、わからないのは、子供だけではない。大人にもそれがわかるまで、つまり心から理解して従うつもりになるまで、何度もくり返さねばならない。そして、ある程度それが身についたとしても、油断をするとすぐに怠ったり、忘れてしまったり、あやふやなものになってしまう。ために、常に再確認、再認識といったものをやっていく必要があるのではないかと思うのだ。この書きモノ、日記でも、再三くり返すことがあるのはそのためかナ。

　何事も習慣化するというのは、それなりの時間がかかる。その過程では、試行錯誤というのもあるだろうし、一つのよい習慣に辿り着くまでには、事と次第によっては何年もかかる、というのが我の経験則からもいえる。そして、これがよい、という確信を得たとしても、例えば何かの事情でお留守の間をながく置いてしまうと、以前がどうであったかを忘れてしまって、また振り出しに（悪習に）戻ってしまう、ということがあるのだ。そして、ながく途切らせると、元通りにするまでまた時間がかかる。何事も維持するには連続性が求められる、ということだろう。

　この（〈精神的〉生活の）習慣というのが、何かにつけてクセものだと、改めて思う。

　托鉢もれっきとした習慣である。怠けグセがつくと、出不精になる。先の日本人僧A師は、托鉢だけは決して欠かさない、僧の義務と心得るといっていたが、そういう覚悟がなければとても続かないことは確かだ。

　今日、薬水店の小母さんに、プラー・ニン（日タイ親善魚）の小父さんのことを聞いてみた。ここ一年ほどは姿を見ない、が、この近くに家があって、元気であることはわかっている。ただ、もう七十歳を超えて、トゥクトゥクの運転もあまりやっていないようだ、とのこと。

サラパオの男女のこともよく憶えていた。そう、この頃は姿を見せない。家はずっと遠くにあって、この通りへは車で来ていたから、その後のことは知らない。その美味しいサラパオが欲しいのね、といわれて曖昧に頭をゆらした。サラパオより彼女たちの消息が知りたいのだが。

コロナ禍は、人と人を隔てた。それも重大な罪状の一つだ。


以前はよく、剃る日を忘れていることがあった。はッ、と気づいてあわてて夜中に剃る、ということがあったけれど、それはもうない。バリカンの充電もしっかりできた。九分九厘が白髪のアタマが刈るといくぶん若返る。やはり、ケはよけい、ないほうがいい。これはよい習慣のようだ。在家の頃は、出家するまでマル坊主など考えたこともなく、髪型に気をつかい、散髪、洗髪などに時間をとられていたことを思うと、何とすっきり、さわやかであることか。

若い僧は剃ると青くなるが、我はくすんだ土色である。やっと青二才ではなくなったと考えたい。

○スポーツ解禁はムリな修行精神　八月三十一日（木）

月末である。タイ語で、八月は〝スィンハー・コム〟という。月の名に、コムと付くのは三十一日まである月で、ヨンと付くのは三十日までしかない月のこと。従って、来月九月は〝カンヤー・ヨン〟という。タイ語は説明的、論理的にできている。そして、仏暦と月齢をガンコに守っていることは以前に記した通り。

今日は二五六六年、九月（タイ暦）十五夜、満月日、ワンプラ（仏日）です！　と、メディアは告げる（我の場合はラジオ）。西暦に直したい人は、仏暦から五四三年を引くことになる。つまり、キリストの生誕より、ブッダの入滅（仏暦はここから数える）のほうがそれだけ遡る、ずっと古いのですよ、と誇らしげに告げているようなものだ。

伝統の維持――。

タイは、これを何よりも大事にする。むろん仏教社会はそうでなければならないわけだが、問題はそれが危うくなりつつあること。若い人たちの仏教離れがいわれて久しい。これを何とかしないといけない、という危機感が仏教界（サンガ）にはあって、それなりの努力をしている。半世紀ほど前からの教育現場への復権がそうだが、これがあるために、どうにか若者は仏教と縁をつないでいる、というのが住職の言だ。

実際、近在にある中学・高等学校（中高一貫のマンモス校）の場合、毎日（週に五日）の朝礼でも高僧の説法があり、それが毎回ながながと続く。授業はその後から始まり、そこでも中堅僧による仏教の授業がカリキュラムにある。何はさておき、数学より英語より、そっちのほうが大事とする精神は徹底している。そうした教え、こころの砦がなければ、人間はまっとうに生きていけない、ゆえに国家の基盤も危うくなる、数学も英語もへったくれもない、というわけだ。青少年の犯罪が急増した半世紀前と比べて、格段に改善されたという話だが、たまに聞く恐ろしい話は、多民族社会らしく他国の狼藉者の仕業であったりする。

しかし、学校の朝礼や授業だけで十分かというと、そうでもないことも確かだろう。昨日述べた、教えの習慣化には遠く、日常的に教えが身につくには足りない、といえそうだ。社会そのものの、例えば政治（政争や汚職の問題も含め）の悪化や経済の成長欲のほうが進行して、若い人たちの心をむしばんでいるように思えてならない。仏教が、ブッダの教えがそれに勝てるのか（ブッダが悪魔に打ち勝ったように）という問題だろうが、とても楽観はできない。

伝統の維持には、お金も必要だ。公的資金の投入がない各寺は大変であるという話をしたと思うが、どうやって寺の経営を維持していくのか、それから確保していかねば、伝統もへったくれもない。我が前に所属した寺は、先頃、ついに両替商に門先の一画を開放した。まさか両替商が店を出すとは、ナイト・マーケットで露店商に境内を貸すのがせいぜいだろうと思っていた我には驚きだった。わが寺は境内を駐車場に、ある寺はマッサージ店に敷地を貸して、何かと入り用な経費に充てている。しかる後の伝統なのだ。むろん、少僧化と信者の高齢化（どんどん亡くなっていく〈ゆえに布施が減る〉）などと連動する問題である。

わが国も事情は似たようなものか。人間国宝などと名付ける前に、どうやってその伝統を守るのか、為政者は真剣に考えるべきだろう。文化予算はフランスの十分の一？　くらいだったと思うが、とにかくお寒い状況で人間国宝も、文化勲章もあるまい。真の文化は高くつくもの、にもかかわらず……。わが国の政治家は、こころの砦より武装のほうが大事なようだが、アメリカの言いなりになった戦後体制の延長だから仕方がない、というのはこれまでの話。ロクに歴史を持たない国の僕（しもべ）になりさがった悲劇がいつまで続くのか。ノーと言えない日本、を書いた気骨ある政治家兼作家はもうこの世にいない。

今日の仏日（満月日）も無事に終わった。本堂での布施、献上品は半月（上弦、下弦）のときよりも多い。以前の寺の常連で、当時、副住職のファンだった年配女性（五十代）が満月日にはやって来るのだが、その度に大量の布施品を携えてくる。今日は、ひと箱七九〇バーツ（約三一六〇円）もする朝鮮人参と冬虫夏草入りコーヒーのパック（十包入り）を僧のアタマ数ぶん、抱えて壇上の住職の前に置いた。こういう方がいるおかげで、いまのところ「食」だけは十分すぎるほど確保できている。我には、老僧のための健康食だとして、リッパな生姜漬けの大びんが一つ、老齢の女性から献上された。たぶん三か月くらいはもつだろう。

その過ぎたる食のおかげで、僧のカラダが危うくなっている話は以前に記したが、太りすぎた未成年僧（サーマネーン〈十九歳〉）がこの頃、やっと縄跳びと夕刻の歩きを始めた。人は真に危機感をおぼえなければ動きださないものなのだろう。もう一人の、僧座りができない僧は、今日、布薩（パーティモー）の会場で、やはり胡坐をかいて、入口で供される甘いジュースのボトルを二本空にし、戒律の詠み上げ行事中にアタマをこっくりこっくり縦に振っていたが、こちらはまだ動きだそうとしない。

金銭所持の可など、現実に即して戒律を変えてきたのだから、スポーツくらいはやってよろしい、という改定がなされてもいいように思うのだが……、それは無理だね、と住職はいう。確かに、それを許すと、タイ式ボクシング（ムエタイ）が好きな者はそれに熱中し、サッカー（フットボン）の好きな僧は競技場に入りびたり、僧修行どころの話ではなくなるだろう。独り房にいて、座る（瞑想する）ことに喜びを見出すべし、とする教えにも違反してしまう。

スポーツの修行は、それはそれでまた別にあるという気がする。むろん、その修行に仏教の精神（瞑想など）をとり入れることはふつうに行われているけれど。

聖域と世間との境をどこに置くか、手綱をどこまで緩めるか、少僧化に歯止めをかけるための妙案が出せるのかどうか、タイ・サンガがむずかしい時期にきていることは間違いない。

第二部 寒季へ

九月　タイ文化を月とともに歩く

○僧の教育現場への復権とその意味　九月一日（金）

カンヤー・ヨン（九月）。月が替わって、今日は下弦・一夜。ちょうど太陽暦の一日と重なることはめったにない。朝から相変わらずの晴天。雨季はどこへ行ってしまったか。

早朝の街は静かだった。布施人の数も休まない人たちを除けば少なく、しかし、それくらいでちょうどよい。帰路も荷が軽く、その分、脚がラクであった。

昼には気温32℃、数時間後にはさらに1℃上って最高気温33℃との予報。暑季の37、38℃、たまに40℃となる気候と比べれば格段に過ごしやすい。ただ湿気が多いので、ドライ設定の冷房がありがたい。

昨夜は、夕刻からどんよりと曇って、ついに満月が顔をみせなかった。これから、だんだんと月が欠けてゆき、八日に下弦の半月となる。そして十四日に新月となり、十五日からまた月がほそい姿を見せ始める。わかりやすい月だ。

月の光、月の恵みを忘れてしまった明治以降のわが国が、その精神性の根底において砂漠化していったという話は前に触れたと思う。月をないがしろにすることは、すなわち仏教の精神を冒瀆することだという（実際に「廃仏毀釈（はいぶつきしゃく）」という暴挙をやらかした）、当たり前のことが欧米に媚（こ）びることしか考えていなかった明治の元勲たちにはわからなかった。果ては、国家神道を標榜し、神風が吹くと信じてか、愚かな戦争の時代（満州事変から太平洋戦争終結まで＝十五年戦争）へと突入していった。その根底にある精神性の欠如は、こっぴどい敗戦後には一層倍加して、我ら団塊世代をはじめとする戦後世代の、その誕生から青少年期に多大な（およそ善からぬ）影響を及ぼした。人が月へ行くことに膨大な精力を費やす大国の尻ウマに乗って、それによって失われるものに目を向けなかった。残念な、哀しいことだったと、改めて、くり返し、いっておこう。

昨日は、僧の教育現場への復権について触れた。タイが近代化していく（していかねばならないとした）過程で、二〇世紀に入って間もなく、初等教育令というのが発布され、それまでは学校であった寺院がお役御免となった。代わりに、各地に公教育のための学校が設立され、大学を卒業した教員が雇われ、カリキュラム教育が始まったのだった。

ところが、二〇世紀も半ばを過ぎて、タイが経済発展を始め、モノが巷に溢れだし、お金さえあれば何でも欲が満たせる社会になるにつれ、青少年の犯罪がウナギのぼりとなっていく。このままでは社会が成り立っていかなくなると危機感をつのらせたタイ政府は、教育を俗人の手に渡してしまったことを反省し、現場に僧を戻すことを考えた。それを実行に移したのは七十年代に入ってからのことで（我がタイを初めて訪れた頃）、以来、半世紀余りの歳月が経つ。

その効果がやっと近年になって現れたというのは、わが住職の言として前に記したが、一つの政策が効を奏するようになるには、何とも長い時間を要するものだという感想を抱かざるを得ない。とりわけ国家の基盤となる精神性を培うには、世代をまたぐ必要のある、並大抵のことではないということだろう。

ここで、非常に大事なことを（誤解を恐れずに）いうと、タイ政府が、教育を俗人の手に渡してしまった、と反省したことだ。そこには、いかにも仏教国らしい、伝統への回帰がみえている。タイがもとよりブッダの教えを国家の基盤とした国でなければ（そして寺院が学校であった歴史がなければ）、出てこない発想であったろう。数学や英語のカリキュラムであれば、大学を出た俗人で十分だろうが、青少年のこころの問題となると話はまったく違ってくる。それを扱えるのは、生徒たちが（その親とともに）尊敬すべき対象としてみてきた僧しかいない、と政府は考えた。ブッダの教えの代弁者としてある僧だけが、人はいかに生きるべきか、まっとうに生きるための心得を授けることができる、と。いくら道徳のテキストがあったところで、それを誰が教えるのかによって、生徒たちの信頼度が違ってくるのは当然のこと。俗人ではダメだと判断されたのだった。僧だから、ブッダの代弁者だから、その言う事を聞く、生徒たちも真理の教えを信じてくれる、という意図があったといわれる。

誰が（いかに）教えるのか、という問題は、公教育の現場では常に議論の的となる。個々の教師の才覚と努力だけが頼りであり、それによって子供が幸いであったりなかったりするのは、どこの国においても同じだろう。俗人ではダメといわれては、せっかく道徳の授業が復活したらしいわが国の場合、立つ瀬がないことになってしまうが、テキストだけは立派な道徳教育（官製道徳）の限界をいかに越えていくか、実にむずかしい話だ。テストをして点数をつけるような、まさに一般のカリキュラムと同じレベルで考えているようでは、この先、半世紀でもって何らかの効果があるのかどうか。タイのようにイジメがほぼ根絶できるのかどうか、心もとないかぎりだと、老僧は案じておく。

○ナットウ吉日と不運の記憶　九月二日（土）

午前三時に目が覚めると、明らかに雨とわかる音が聞こえた。かなりの降りで、やっと来たか、と呟いて歓迎した。雨音を聞いているうち、また寝入って、起き出したのは四時過ぎ、相変わらずの雨音が聞こえていた。本格的な雨季の雨だ。

出発の時が近づいても雨は降り止まず。今日の托鉢はムリかな、と考えた。この分だと、道は相当に荒れている、老僧は控えたほうがいい、と。しかし、六時を過ぎてやや小降りになった。帰路は上がっているかもしれない、と考えて、出ることに。いつもの布施人は休まないことがわかっていたこともある。待ってくれている、と。

往路は、すでに足の運びを乱す水溜まりと所々の洪水。重々に用心しながら、いつものコースを辿る。まずは、鯖のお父さん。今日は何か、と鉢に入れられたものをみると、なんとナットウである。小ぶりながら二個のプラ・パック。おう、と我はよろこんで、パッケージにある納豆の文字の意を問う父に、これは大豆（トゥア・ルアン）を発酵（ファーメント〔英語〕）させたもので、日本では非常にポピュラーな健康食品だと説明する。これをどこで手に入れたのかと問うと、いつも来て何かを置いていく商人が昨日はこれをどっさりと置いていったのだという。

それはありがたい、と我は応えて、思わず、ありがとう、といってしまった。僧はふつう、献上されたものに感謝の言葉を口にすることはない。禁ではないが、それに近い。経がすでにその役割を果たしているから、必要がない。以前の鯖のときもそうだったが、しばらくぶりの納豆には目がくらんでしまったのだ。

大雨の日に出てきたご褒美だったか。いつもの休まない布施人は、ふだんの倍の献上（出てこない僧が多いため）で、商家の御夫婦と息子たちは軒先にテントまで張って待ち受けていた。折り返し点のLさんたちがいなければどうするのか？　その心配はしかし、無用であった。しっかりと建物の軒先に接してピックアップ・トラックを駐車し、荷台には大きな傘をさしかけて布施品を守り、バイクのC氏ともどもカッパを着て、数少ない僧に対応している。

折から、雨はドシャ降りとなって、しばらくトラックの傍の軒先で雨宿り。帰路はサンダルを履きなさい、とLさんは心配してくれる。以前に献上してもらったクロックス（ブランド）のサンダルはまだ丈夫で、滑らないすぐれもの。頭陀袋に入れてあるが、濡れそぼった薄型シューズから履き替えるのが面倒で、そのまま帰路についた。

できるだけ、水溜まりを踏まないようにして歩く。水に沈むと見えない危険ブツがあるためで、かつて苦い経験をしたことを思い出す。以前の寺にいた頃で、やはり雨季の雨降りの日、ひとりの老女が、両側から若い女性（娘さんかお孫さんか）に支えられて、我の行く手に現れた。こんな日に、老いて歩けないほどの老人がなんで？　と気をとられたせいで、足元の水溜まりが目に入らなかった。そして、布施を受けようとして一歩を踏み出した瞬間、足の裏にグサッと刺さるものがあった。しまった、と内心で呟きながら経を唱え終え、足元をみると、裸足の指の間から血が噴き出している。幸い、その頃から消毒液と絆創膏を常備していたので、それで応急手当をし、そのまま寺へ引き返した。以来、三日間ほど托鉢を休むことになったのだが、その老女もまた、以降、二度と姿を見せることはなかった。一期一会。その出来事が何かの暗示であったのか、身の安全無事、無病を願う経を唱えた僧の不運をみて、ひょっとしたらそれを境に……、と思ってしまう出来事だった。

そんなことを思い起こして、いっそう足元に注意を向けつつ、薬水店に来ると、やはり日本人の夫をもつ聖母から、パプリカ（赤と黄）の炒めものが届いていた。休んでいけという小母さんと二言三言――、毎日少しずつ降ってくれればいいのに、一度にバシャっと来る、困ったものだね、と小母さんは笑う。経を聴いたあと、真っ白の髪を両手で撫で上げる仕草は相変わらずで、それは経のシャワーを快く浴びたことの表現だと、わが住職は教えた。

やっと寺に帰り着くと、境内が水浸しで、ちょうど顔をのぞかせた住職が、トゥルン、洪水だよ、と流れを指していう。ナム・トゥアム（水が溢れる、意）と、タイ語はわかりやすい。僧房の前に来ると、重い荷が届いていた。C氏が豪雨の中、運んでくれたものだ。

その日の昼には、さっそく納豆を賞味した。他で献上されたジャスミン・ライス（最上級のタイ米）と合わせると、絶賛の味。プラのミニ袋には、正田流・納豆のたれ（こちらがわのどこからでもきれます）、とあり、もう一つのミニ袋（プラ）には、からし、の表示。まぎれもない日本流だ。

今日は、さすがに子供僧の姿はナシ。その裸足が最も危ない日。我には、危険をしのいだご褒美、ナットウ吉日――。

雨でも休まないＬさんと僧房に届いた荷

○美味よりも大事なものがある　九月三日（日）

日曜の早朝は、いつもより静かだ。昨日とは打って変わって、快晴。東の空は太陽がのぼる気配をみせて赤みを帯び、振り仰ぐと西方の淡い青空に満月から三日だけ欠けた月が浮かぶ。さわやかな朝だが、暑くなる気配もある。

学校が休みのせいもあって、子供僧の姿が昨日のゼロ人から大勢になった。折り返し点のLさんたちも忙しい。朝日が昇りはじめると、車を移動して日陰へ。預かった布施品のなかには太陽の熱を受けないほうがいいものがあるためだ。

我は何日かぶりに市場へ、仕入れによって荷が増えて三袋に。いつもの大根、人参、玉ネギ、ブロッコリ、トマトなどなど。それに味噌。日本から持ってきた白味噌が切れたので、それを売る高級マーケットへは行かず、今回は細長いビンに入ったタイの味噌にする。わが国のものとは違う、もっと粗い、大豆の半身がそのまま残っているもので、発酵度も低いためか、非常にしょっぱい。が、これでもって、布施品に食べられるものがない日、野菜の味噌煮込みができる。

食の油断、手抜きは、絶対に禁。老いてきてそれをやると、たちまち坂を下る。かつて発疹に悩まされ、数年をかけて克服した経験からわかっていることだ。体によいといわれることはすべてやり、それを徹底させること、そしてカラダの自然治癒力に期待して、時が経つのを待つ。

いまのめまい症状もとりあえず、それをやるしかないと心得る。漢方もあくまで補助であって、メインはやはり「食」である。それでどうにもならないときは、先のA師の忠告（ゼッタイに病院に行ってください！）に従うことになると思うが……。

むろん過去には、検査の経験がある。四十歳のときに一日ドックでチェックして、医者に褒められて以来、七十歳になる年（発疹と闘っている頃）に当時の副住職（現住職）とともに、チェンマイ大学医学部付属クリニックで、生涯で二度目の検査を受けた（既述）。が、幸い胃にも大腸にもガンの兆候はなく、ただ腎臓とともにその機能が衰えているのは加齢ゆえのやむを得ないことだ。異国に渡った頃から、病気になっても保険がないことを自覚していたから、身体のことは何よりも優先して気を配ってきた。むしろ、出家前のほうがその点では健全であったような気がする。布施されるタイ食（甘辛の過ぎる）を摂るようになってから、それが数年のうちに蓄積し、ある日から発疹に悩まされるのだが、数年かけて悪くなったものは治すのに数年の歳月を要すると覚悟して、手抜きなしの「自分食」を徹底させたのだった。今回もそれでもってやっていくしかない、と心得る。

昨日、納豆について触れた。それをすこぶる美味に感じるのは、我の身がすでに日本における長い暮らしのなかで、細胞のすみずみまで日本化しているためだと、これは確信する。ある漢方医にいわせると、我の身はどうしてもタイという異国の食には馴染まない、基本的に違和を持ってしまうものなのだという。東京住まいの頃は、タイ料理が好きで、たまに新宿あたりの店へ出かけていたが、それは甘さも辛さも日本人向けに穏やかなものにしてあって、それによる影響は少なくとも悪いものではなかったはずだ。

ここチェンマイにおいても、外国人向けの店は、ビーガン食はむろん、タイ料理店にしてもホドホドの甘さ辛さにしてあるから、大勢が、美味しい、と思えるのだろう。が、地元民が作る料理は、タイ人の四大好物、砂糖、ナンプラー（魚露）、唐辛子、油をふんだんに使うものが多く（我が行くワロ－ロット市場で売っている惣菜もこれ）、要するに味の濃い、いまの我がたとえ二度、三度と湯通ししてもなお食べられずに廃棄せざるを得ないものまである。人はどうも過ぎたるものに惹かれる性質があるらしく、それに馴れてしまうと何とも感じなくなってしまうものなのか、ホドホドでは物足りなくなってしまうのだろう。我もまた、いつの間にか濃い（濃すぎる）味がおいしいと感じるようになっていたのだ。中間（中庸）の大事を今さらのように想う。

そういうわけで、今日は、あと一個ある納豆はしまっておいて、布施されたトム・カー・カイという、トムヤム（有名なタイ・スープ）の鶏肉入り、を、ニンニクとギンナン、それにトマトを足して飯のおかずにした。これはトムヤムといってもココナツミルクを入れて辛さを弱くしたもので、しかも薄味であったから、こういったよいものは実にありがたい（辛すぎるモノは食べないというタイ人が作ったものかもしれない）。房では、香菜（バジル）やコブミカンの葉（バイマクー）、レモングラス（タックラーイ）、などを入れる面倒くさいものまでは作れないからだ。

けだし、テーラワーダ仏教では、美味しさは敵、とみなす。それは「欲」なるものに通じるからにほかならず、おいしい、という言葉自体が禁句である。世間にはオイシイという名の店まであるけれど、僧はむろん入らない。従って、納豆の美味を愛でる我などはまだ修行が足りていない、という証拠でもあるわけだ。が、これがなかなかむずかしい、難関であることが、最近はわかりかけている。それをよくわかることがまずは大事かと、この頃は思う。

今日は、美味よりも大事なものがあるのだ、と改めて言い聞かせた日。

○転々する人間の運命　九月四日（月）

昨日、書き漏らした話から始める。

托鉢の最中に、娘（次女）から電話があった。長く住んだ東京から奈良へと引っ越して間もない日、奈良に家を持つ長姉と朝食を共にしている最中のこと。なんでまた関東に馴染んだ娘が関西へ、それもわが母の故郷に住むことになったのか、これがよくわからない。一つだけいえるのは、我の血を引いていること、つまり風来坊、旅ガラス、勝手気ままな男の女版ということだろう。

看護師の資格を持っているが、非人間的な過労働の現場で声を上げる同僚が一人もいないことに失望して辞めてしまった。その後、パン屋さんに職を得ている間に出遭ったヨーガにめざめ、単身インドに渡ってそれをきわめ、人に教える資格を得たけれど、それにも飽き足らず、古都に住んで、壊れた器を修理する技術を身につけたいという。わが母親は学校の先生だったが、短歌誌の主宰をしたり、彫刻をやったり、三味線をひいたり、最後はヨーガに凝ってみたり、なんとも多芸、多趣味の人で、その祖母の血も受けているのだろうか。

長姉の持つ奈良の家は、三条通りの裏手にある母の生家で、長く一人住まいであった伯母が亡くなったあと、相続権者にお金を払って自分のものにした。いかにも奈良らしい、間口は狭いが奥行きのある、長屋風の建築だ。そこへはたまにしか来ないけれど、人が来ればいつでも暮らせるよう、万事万端が整っていて、かつてわが住職（当時は副住職）を連れて奈良、京都を旅したときも使わせてもらった。姉は大学時代の四年間をそこで過ごしたが、我は小学一年から六年生のとき（祖母〈母の母〉が亡くなる）まで、毎年、きっちりと夏休みの三十日間を過ごしたところだ。

長姉は今回、身体の弱った夫を伴っていて、引っ越しのすんだ娘と合流し、モーニングを食べている間の電話であった。かつての企業戦士（姉の夫）は老いるのが速いのか、八十一歳にして歩行がおぼつかない状態であり、愛知県から奈良までの道中が心配なくらいだったが、どうにか一泊して、家の掃除、整理もして帰っていった。家をもう一つ持つということは、若いうちはいいが、歳をとってくると、なかなか管理が大変である。近場であればまだしも、だが。

それにしても、不思議な縁だ。まさか、長く放ったらかした娘が、わが母の故郷、わがなつかしの第二の故郷に来るとは思わなかった。我の元妻は、兵庫県の我の故郷にはついに来ることはなかったけれど、廻りめぐって、娘がわが母の故郷に移り住み、長姉とも交流が始まった。

人の運命なるものを思う。

姉は、母の母校である奈良女子大（当時は女子高等師範学校）の受験に失敗、浪人を拒んで奈良学芸大学へ、その学生時代に、いまの夫（大阪市立大に在学中）と出会う。奈良女を落ちたショックの余り、一時は寝込んでしまった姉は、六つ下の弟（我）の手紙（励まし）が効いたのか、立ち直り、いまの奈良の家を住み処として学生時代を送った。高校時代に姫路の私学へ越境した我とは、西宮（兵庫県）の中学校で英語の先生をしていた時代、加古川の一軒家でともに暮らしたこともある。得意の英語を生かして、夫の米国（ケンタッキー州）赴任を支えた。

かたや、その弟は、高卒後、京都大学（経済学部）の受験に失敗して浪人し、その京都暮らしの間に、京大よりも早稲田に行きたくなって、東京へ出てからはまったく進路が変わってしまった。経済学部を出て銀行員か商社マンになるはずの人間が、一転、海外放浪を機に、住み処も定まらない、本当の放浪者になってしまったのだった。

そんな正反対の生き方をした姉弟が、いまや老いて、また新しい縁を持った。風来坊だからできることがある。憎にもなれて、人の幸福とは何かがわかりかけている。死ぬまで元気でいたい、というのが口グセだった母親は最後に認知に陥ったけれど、シアワセな痴呆だった。どんな形になろうとも、死期を迎えたときは幸福でありたい、とこの頃は思う。むろん死は「苦」とされるが、母が静かな最期を迎えたように、ある種の幸い、救いを得ることもあるだろう。それじゃ、困るじゃないですか、とA師がいう我の場合、果たしてどうか……?

夕刻、短く驟雨がきた。再び晴天がつづく気配だ。夜の気温、28℃、で蒸し暑い。

今日は、鯖のお父さんは、椎茸の表皮を模様にした小豆アンのサラパオだった。これも見たことがない珍しいもので、試してみると確かにシイタケの香りがした。

手作りのサラパオをくれていた若い男女のことがまた思い出された。コロナ禍に引き裂かれた布施人との関係は、ほとんど修復不可のようだ。失われてはじめて、僧と布施人の細からぬ絆を思う。それが長くなればなるほど、切っても切れなくなるようなところがある。七年をとうに過ぎて、還俗するのは大変だな、と思うのは、生活がタイヘンになることだけではない。休まない布施人たちと、どうやって別れるのだろう、と思ってしまうからだ。折り返し点のLさんたちとは、まるで一蓮托生のようなところがある。最後の托鉢では、ちゃんと経をあげられるのかどうか、いまから心配になってしまう。

○タイ文化のキーワードは水と月　九月五日（火）

下弦五夜。だんだん月は欠けていくが、その月齢はタイのカレンダーにしっかりと刻まれている。人々は月の巡りとともに生きてきた、その伝統は仏教の根幹にある貴重なものだ。人間が失ってはならないものを、平然と人類を殺戮する国家は失ってしまっている。そのことを古代インドのア

子供〈男・女児〉を連れた布施人

ショーカ王は猛反省をして、仏教に帰依した。平穏無事の平和が、何よりの幸福の条件であると、この頃はとみに思う。その平和を得るための条件が「四無量心」というものだ、と。

今日は、久しぶりに子供連れの布施人を撮ることができた。鉢を抱えて経をあげながら、スマホを片手に撮るのはなかなか大変である。下手をすると布施品が入った鉢をひっくり返しかねないし、スマホが手をすべって地面をたたきかねない。

〝アピワー　タナ　スィーリッサ　ニッチャン　ウッタパチャイノー……〟

（親をはじめ）目上の者を敬う者には、次の四つの法の恩恵がより多く与えられる。それは、長寿、美、幸福、力である。

いつもの経は、こういう親子連れにはぴったりのものだ。布施品のオムレツ（カイ・チヤオ）は、母親の手を借りて、坊やの手から鉢に入れられた。たぶん市場で仕入れてきたのだろう、プラ（スチック）・パックにはカイ・チヤオと（タイ文字で）記されていて、その下に30とあるのは値段（バーツ）だろう。今日は聞くのを忘れたが、こういう場合、子供の誕生日に通りへ連れて出る親御が多い。別れ際、ありがとうね、ホク、と声をかけると、チェンマイ美人の母親が坊やを抱きしめて、いかにも嬉しそうな顔をしてくれた。布施人、僧ともに幸福を感じるときだ。おそらく、一期一会だろう。

子供から布施されたものは、必ず食べることにしている。ムー・サップ（豚肉の細切り）入りのそれは大きく分厚くて、昼に半分だけいただき、美味ゆえに残りは冷蔵庫へ。

ところで、タイ文化のキーワードは、「水」と「月」だというのが我の考えだ。これは在家の頃から思っていたことで、いまも変わらない。人々の水への思い入れは格別なものがあって、他国の追随を許さないところがある。ナム・チャイ（水のようにやさしい心）にはじまり、人の名前（男女とも）にもあるし、河（川）のことをメー・ナム（水の母、の意）と呼ぶ。体液のあれこれ、涙はナム・ター（目の水）、鼻水はナム・ムーク（鼻の水）、また、飲料水のさまざま、ジュースの類はほとんどに〝ナァム〟をつけて、ナム・ポンラマイ（果物ジュース）の「果物（ポンラマイ）」に当たるのを入れ替えるだけ。食品にも代表格のナム・プラー（魚露）をはじめ油（ナム・マン）の類にも使う。さらに、自然界のさまざま、滝はナム・トック（落ちる水）、洪水はナム・トゥアム（溢れる水）、泉はナム・プー（湧く水）〈従って温泉は熱い湧き水、ナム・プー・ローン〉、そしてまた、仏事の大切なつくりもの「聖水」は、ナム・モン（経〈ブッダの言葉〉の水）、という。そして、水はまた、「滴水供養」が象徴するように死後の世界にいる人たちとのパイプ役、橋渡しの役目も果たしている。

水にまつわる国民行事は、タイ正月に当たる「ソンクラーン祭」（これは太陽暦に基づく四月十三、十四、十五日）が別名、水掛祭りとして有名である。他にも「ローイ・クラトーン（灯籠流し）」というのが、これは太陰太陽暦（満月日）に基づいてある。今年（二〇二三年〈仏暦二五六六〉）は、太陽暦の十一月二十七日（タイ暦では十二月の十五夜）である。

それは措くとして――、「月齢」なるものについても、少し触れておこう。

先ほど、水とならんで「月」がタイ文化のキーワードだと記した。人が月面を踏んだらしいニュースがあって以来、すっかり神秘性が薄れてしまったが、この仏教国においては、そんなことはどうでもよく、古来〝プラ・チャン（お月様）〟と敬称で呼ぶ、そのままの感性でもって日々を過ごしている、といってよい。それは、仏教と深く関わっていて、月に四度の月齢にしたがって（前述）、それぞれの節目を仏日と定めている。

わが国では、明治五年までは優秀な天保暦（中国の農暦をベースに改良を加えたもの）が人々とともにあった。農作物の作付けほかその年の天候予測はむろん、四季の区分と季節感（文学上の表現、俳句の季語などもこれに基づく）、春分、秋分とそれらに伴う仏教行事なども大事な生活の（こころの）拠り所であったのだ。大自然、宇宙の原理は、これを無視すると人間界によからぬことを引き起こす、というのが言い過ぎであれば、非常な不利益を被ってしまうものだと、我は思っている。そして、これを葬り去ってしまった明治政府は、廃仏棄釈という暴挙とともに、取り返しのつかない間違いを犯してしまった、というのが我の考えである。西洋に媚び、へつらうにもホドがある、明治の元勲たちがなしたことは、仏教（ここでは古来の日本仏教）を遠ざけたことの非も含めて、後には愚かしい戦争へと突入していく素地をつくったとしか思えない（このことは前述したが、大事なことなのでくり返しておく）。彼らが犯した過ち、その大きなツケは、日本人から貴重な神仏習合の伝統を奪って神国へと偏らせ、いまに通じる物心ともの欠落、損失をもたらしたことは強調しておいてよい。開国の明治時代を讃美する風潮（近年は相当に批判的な論考もあるが）には大いに偏りがあるように思う。

わが国の一部に旧暦を復活させようとする動きがあるのは歓迎すべきことで、ながい民族の歴史の財産を「旧」の名のもとに放置しておく手はないだろう。なぜ、タイ国のように、太陽暦と併存させなかったのか。併存させてアタマが混乱するほど頭のわるい民族ではあるまい。その思慮の浅さは、以降のわが国の命運を決するほどのものであったと、（大きな国民運動となって旧暦が復権する日を願いつつ）、くり返し思うのである。

○歌姫が逝ったホテルを訪ねて　九月六日（水）

朝、起きて外を見ると、夜中に雨が降ったようだ。よく眠ったらしく、雨音は聞こえなかった。まだ少しパラついていたので、一応、傘を持って托鉢に出た。

足が軽いので鼻歌が出そうになったが、抑えて歩くうち、ふと、この街で亡くなったテレサ・テン（中国名：鄧麗君〈デン・リージュン〈北京語〉〉）のことが思い出された。そこで、折り返し点でLさんたちに、その歌手を知っているかと尋ねると、即座に、もう二十年以上も前になる、云々という答えが返ってきた。知っているもなにもない、タイでも超有名な歌手だった。そして、亡くなった場所も即座に、メーピン、という名をC氏が告げた。

そこまでは知らなかった我は、その場所を聞くと、この先の十字路を左折して、一〇分ほど歩いたところにある有名なホテルだという。すると、場所的には、我がたまに買物に出かけるビッグCが入ったマーケットの近くだ。マッサージ店や飲食店が目白押しにあって、タワンドゥアン、メリディアンなど巨大ホテルが建ち並ぶ繁華街である。寺から歩いて三〇分ほどで、往復で一時間だが、トゥクトゥクや乗り合いトラック（ソンテゥ）などは使ったことがない。そのうち行ってみるか、と思いながら房に帰ってくると、スマホの充電ができないトラブルにあった。バッテリーの故障か、それとも……、と考えてみて、次には、その日のうちに出かけることに決めた。

朝の軽食を済ませたあと、少し休んでから身支度をした。

道すがら、我が台湾に出入りしていた頃のことが思い出された。一時、高砂族の女性と知り合い、その故郷である南澳という町へ、彼女の家へ招かれて、何日かを過ごしたことがある。それは我のエッセイ『超恋愛論』（講談社）に映されているが、その高地で、ある黄昏どきに、どこからか何人かの女の子の（合唱する）澄んだ歌声が聞こえてきた。その瞬間、あッ、テレサ・テンの声だ、と思った憶えがある。何ともきれいな、透き通った大気のような、そのような環境でしか生まれないような……。その歌声に、しばし、うっとりと聞き入ったものだった。台湾生まれのデン・リージュン（鄭麗君）が、タカサゴ（かつての日本支配に最も従順だったといわれる「山胞（サンパオ）」なる高地族）の出身であったかどうかは、知らないけれど。いつか、我の命があれば、その故郷、雲林県褒忠郷田洋村へ行ってみたい。

Lさんが出してくれた当時のインターネット配信には、その死因が喘息の発作（呼吸困難）による、とあった。市内のラム病院に搬送されて死亡が確認されたというが、その死については、いろんな噂が飛び交った。我の耳に入ってきたものだけでも、二つ、三つ、エイズ説、暗殺説……など、いったいどれが真相なのかわからない、謎に包まれていた。

その後の医師や親族の証言では、子供の頃から喘息の症状があり、死の何か月か前にもその発作を起こしていたという。が、あれほどの歌声（肺活量も十分な）を持ち、プロとして健康管理もしっかりしていたはずの、まだ四十代に差しかかって間もない女性が、そう簡単に喘息による呼吸困難に陥るのだろうかという、我の疑いは拭えない。ホテルの一室（最上階のスイート・ルーム）での、独りの死であったそうだが、これも何だか信じられない気がする。チェンマイへはたびたび旅行（保養）に来ていたというが、ホテルでは恋人のフランス人カメラマンも同宿していたという。ならば、なおさら、その夜のデキゴトがそうだったとは思えないのだが、当局発表とは別の親族

チェンマイの動脈・ピン川

ホテル・メーピン

（兄）や掛かり付け医師（ラム病院）の断定的証言によって、死因は気管支喘息の発作、ということで落ち着いている。

ただ、政治活動もしていたという話はよく知られている。超がつく著名な歌手（わが国ではテレサ・テンの芸名だが世界では鄭麗君）であるから、その言動が影響力を持つのはもちろんのこと、それをけむたがる権力者がいたとしても不思議ではない。我の勝手な思いは、人々に愛される歌手として、それだけでいてほしかったというものだが、やむにやまれぬ思いというものがあったのか。あまりに若い、残念な死であった。台湾での我の記憶と重ねながら、なつかしい『空港』の鼻歌が出そうになるのを抑えて、雨上がりの薄日がさす街を歩いた。

スマホの故障は、幸い、バッテリーではなく充電器だった。それを新しいものと取り替えて、定価の一九〇バーツを支払おうとして、一八〇バーツまで出したところで、店員の女性は、ストップをかけた。一〇バーツは、僧姿ゆえのディスカウント。そのこころが、我に次もここにしようと決めさせる。

ホテル・メーピンは、改修工事の最中で中には入れなかった。その意は近くを流れるチェンマイの動脈、ピン川（メーナーム・ピン）のこと、メーは「母」の意。そんな名のホテルで、テレサ・テンは逝ってしまった。数えると、二十八年前（一九九五年五月八日没・享年42）のことだ。光陰矢の如し。実に遅ればせながら、ホテル傍の街路から掌を合わせた。

○ゆく川の流れは絶えずして……　九月七日（木）

今日も、昨夜のうちに降って早朝はさわやかだ。マスクをすると、メガネが息でくもるほど。我の場合、マスクはコロナ禍以前から、街路の排気ガスがそれによって和らぐためにつけていたから、いまもそうしている。布施を受けて経をあげるときは、声がくぐもるのでおよそ外すことにしているが。

出家してからこの方、みずからの過去がよみがえること、三千回といってよい。幼い頃の思い出から始まって、六十七歳で仏門に入るまでのことだ。そのうち、七割がたが悔恨を伴い、わずか二、三割が、まだマシ、たまによい記憶が混じる程度のもので、人の一生は「苦」に覆われている、というブッダの教説はその通りだと思わせる。

これが俗世間にいて、日々の煩いにまぎれていれば、時は知らぬ間に流れ去っていくのだろうが、その流れをいったん堰き止めて、世間とは別のしずかな環境に身を置いていると、不意に昔の出来事がよみがえり、それを悔いたり悲しんだりすることが数知れずある。これは実に思いがけないことで、聞けば我だけではなく、出家者が往々にして陥る、困った有様として指摘されている。

とくに我のように、在家の時代が長かった者にとっては、それもモノ書きというシゴトを選んだ我のような放浪的な（むろん定住型の真面目な作家もいるけれど）、世界をうろうろして放埒をくり返してきた者は、まるで罰当たりのように、悔いの記憶に悩まされることになる。

先のテレサ・テンにまつわる追憶にしてもそうだ。台湾の高砂族の村で聞いた歌声は、振り返ると、坂になった石段の上方で、数人の幼い女の子たちが唄っていたのだったが、この村で沈没してしまってもいいかと思えるほど、きれいな歌声だった。しかし、それなりに忙しいシゴトがある我は、そういうわけにもいかず、南澳の鉄道駅で見送ってくれた彼女と別れたきり、三年ほどの歳月が経っていたと思う。

あれからどうしただろうかと、未練をよみがえらせた我は、再び台湾へと飛んだ。そして、台北から列車でその町へと向かい、よく憶えていた道筋を辿って、彼女の家へと着くことができた。日本語の達者な（日本時代にその教育を受けた）父親は、我のことをよく憶えていて、娘はいま、隣の家で暮らしており、いま居るはずだから会っていくように、という。

その家は、父親に建ててもらった、いわば「試婚家」で、出てきた彼女は、我の顔を見るなり、驚いてみせるふうもなく、倉庫からバイクを引っ張り出した。そして、我を荷物もろとも後部座席に乗せ、誰もいない海岸までひと走り、五分ばかりのドライブだった。砂浜で、海を眺めながら何を話したのか、もう四十年以上も前のことで、おおかた忘れてしまったが、ただ、彼女はいま、試みの結婚中で、夕方には仮の夫が帰ってくる、というのだった。

これから六か月間ほど、その男性と暮らす。そして、本当に夫として、妻として、適切な人かどうか、お互いに試してみて、確認して、その上で、正式に結婚するかどうかを決めるのだと、率直に彼女は話した。実によくできた土地の風習、知恵ある慣習であった。

そのときは、指一本ふれることなく、幸せになるように、とだけ告げた。また鉄道駅へと送ってくれた彼女とは、今度こそ永遠の別れになるのだと思った。実際、女性誌の『FraUフラウ』（講談社）に一編のエッセイ（『超恋愛論』はその連載をまとめたもの）を書いてから、こうして僧院で思い出すまで、眠っていた記憶だ。いまはもう老齢の、お婆ちゃんになっているはずだと、これはまだしもなつかしく回顧できるものの一つだが。

ゆく川の流れは絶えずして、しかも元の水にあらず……。

『方丈記』（鴨長明）の出足が今さらながら身に染みて、それもこれも無常の歳月を想う。

○「慈愛の経」の意味深さ　九月八日（金）

今日は、半月（下弦八夜）のワンプラ。ここ二、三日は、夜中に雨が降って朝にはあがっている。ために、よいですね、と休まない布施人たちは口をそろえる。が、我には定休日。この日に出てくる僧は、在家の信者も僧の数も少なくて仏日が持てない（存続が危うい）寺のものが多く、わが寺のように、かろうじてそれが開けて、在家の目を気にすることができるのはまだいいほうだ。

前庭のラムヤイの落葉が濡れている。それを箒でかき集め、プラスチックの桶に入れ、裏の通用門にある大きなゴミ箱に捨てに行くのが我の朝の仕事だ。仏塔の際（きわ）にある二本のプルメリアの樹が白い花を落とすので、それも大きな落葉といっしょに囲い（花壇）の芝生からかき集める。在家が来る前の労働で、二〇分ほどで済む。

ワンプラの式次第は、いつもと変わらない。僧が全員揃ったところで、まずは在家の三拝から始まる。音頭をとる在家の代表（年配の女性）の掛け声――、クラープ・ヌン（第一礼）、クラープ・ソン（第二礼）、クラープ・サーム（第三礼）、に合わせて在家全員が合唱したまま頭を下げる。この三拝はどんな場合にも必ずやる仕来りで、正式には五体投地で行なうが、ここでは簡略にやる。

そして、ブッダ（仏）ほか法、僧への帰依（三帰依）の唱えが続き、五戒の唱えが住職の先導によってあることなどは、以前に記している。

その後、在家の布施があり、それに対する返礼が、僧の説法という形であり、それがすむと、「祝福の経」が滴水供養を含めてある。この祝福の経（アヌモータナー）は、托鉢のときに唱えるものと同じで、ここでも唱える。そして、その後に、僧だけの読経がある。まずは以前に記した、仏の九徳、法の六徳、僧の九徳、と続き、それが終わると、その日によって住職が決める経（いくつかのパターンがある）をしばらく唱える。

今日の出足は、「慈愛（メータ）の経」と名付けられるもので、住職はしばしばこれを好んで選ぶ。〝メータン　チャ　サッパローカッサミン　マーナサムパーワィエー　アパリマーナン　ウッタンアトー　チャヤ　ティリヤンチャ　アサムパータン　アウェラン　アサパッタン……（この世のすべてに対して慈しみを持つ者は、上限のない心を培い、何ものにも妨げられることなく、悪意や憎しみもなく、健全に生きる。また、一挙手一投足に油断なく、用心深くあれ。人は、その心を今ここに留める集中力と注意深さをもって、物事の解決をはかるべきである。独りよがりの感情や偏見を排することによって、すぐれた洞察力が身につく。感覚的な快楽を制御することができるなら、人は閉鎖的な暗い場所に居続けることはない）〟

パーリ語は長々と〝カッパセーイヤン　プナレーティーティ〟まで続く（そしてまた別の経が始まる）が、省略する。意味内容は上記の如くで、ブッダの教えの非常に大事な部分、といってよい。瞑想（ヴィパッサナー瞑想）の果たす気づきの大事さ、煩悩なるものの抑制など、それらを詳しく説明するのは「論（アビダンマ）」の役割となるが、「経」と一体となってブッダの教説をなす。

その奥深さは、一つひとつ時間をかけて読み解いていくほかないことを思えば、どこかモノを書く作業と似たようなところがあって、我には好都合としてよさそうだ。

○葬儀と遺骨の自由な弔い　九月九日（土）

昨日の夕刻、ワンプラの後で住職に告げられた。明日は、午前十時から「タンブン」がある、だから忘れないように、と。在家の「徳積み（タンブン）」のことだが、今回は、百日供養、といって死後百日ほどが経ってから行われる儀式を指す。

　タイの場合、葬儀はおよそ寺院で行われる。各寺に、いわば檀家としている在家信者が亡くなれば、ふつう四日ないし五日間、礼拝所（サーラー）（ここにもブッダ像がある本堂とは別の館）に棺が置かれて、関係者はそれぞれ都合のつく日にやって来る。葬儀の期間が長いのは、そのような便宜をはかるためで、およそ夕刻から。最も大事な日は最終日（火葬の儀式〈パオ・ソップ〉）で、その日は午前中に式があって、午後には火葬場へと向かう。わが国のような立派な霊柩車ではなく、飾りつけた2トントラックの荷台に乗せられる。僧が伴う場合もあれば、在家の関係者だけのときもある。大きな都市の大寺院には、境内の一画に炉塔（底辺が四角形の高い建築）がそびえているが、チェンマイの場合はおよそ市営の火葬場がその役をする。

　新しい寺に来てからも、その種の行事は何度かあったけれど、火葬されて遺骨が拾われた後、百日くらいが経った頃に執り行なわれるのは「流骨式」なるもので、遺骨を河へ流す行事だ。過去に三度ばかり経験しているが、今日の人たちの場合、聞けば、火葬後に空へと打ち上げたのだという。これはタイ全土にあるらしく、川でなければ空中へ散布する。保管してある遺骨を灰にして（あるいは火葬後に日を置かずして）、花火のようにスカイロケット（プルという）で打ち上げるというが、未だ見たことはない。それには、天の人、つまり天人（テーワダー）に生まれ変わるように、との願いが込められているというが、ブッダの頭髪（出家時の）を預かっているといわれる天人への挨拶（つまりブッダへの帰依、敬礼）の意味もあるそうだ。これは、ローイ・クラトーン（灯籠流し）の日に、川に流す灯籠のほか、コムファイというものを空へと放つのだが、この灯の籠もブッダへの挨拶の意が込められており、まぎれもない仏教的行事といえる。

タイ人には、いわゆる墓地がない。代わりに、遺体、遺骨を大事にすることは行われている。

ふつうの人は、葬儀の最終日に火葬されるが、高貴な人となると、百日ほど遺体を保存して、火葬はそれから、ということになる。我の親友だったタイ人が七〇年代の終りに交通事故で亡くなったときは、その恩恵を受け（本来は事故死には適用されないが特別な計らいを受けた）、およそ百日目の火葬となって、このときはバンコクのメナム・チャオプラヤー沿いの火葬場をもつ寺で火葬の儀が執り行われ、遺骨は河へ流された。日本から葬儀に駆けつけた、当時の我の体験は、『愛闇殺』（早川書房）というミステリー小説に生かされている。

国王などは一年間の遺体保存がふつうであるし、タイ・サンガのトップ、大僧正（プラ・サンカラート）などはもっと長く保存された後に、正式の葬儀（火葬の儀）となる。我が行くはずだったワット・ボウォンニウェートの大僧正（スワッタノー比丘・享年100）の場合もそうで、終日、全局ネットのテレビ中継があった「火葬の儀」は、すでにその崩御から二年余が経っていた。

そして、墓地はないけれど、その遺骨はしっかりと保管されており、国王などはその誕生日に、やはり遺骨の一部を灰にして花火にしかけ、空へ打ち上げたりもする。もとよりブッダの遺骨も宝物のように大事に扱われ、各地、各国へと分骨されて無数の仏塔が建てられ、しまいにわが国にまで来たことは、住職（当時は副住職）とふたりで日本を旅した紀行のなかに記した。その最終ゲラがちょうど今日、メールで送られてきて、そのチェックにしばらく時間をかけねばならない。今日日（きょうび）、海外にいても、こうして編集者とやりとりをして本にできるというのはありがたいことであり、ネット時代の非のみをいうわけにはいかない。

ともあれ、わが寺での百日供養だが、二人（男女）の元在家信者の供養で、近在の寺（三か所）の

葬儀場の案内と会場（正面に棺）〈パーンピン寺〉

住職も呼ばれて執り行われた。わが寺の僧だけでは定められている九名に足りないためでもある。式の内容は、ふだんの仏日とほとんど同じで、ただ、先導する住職が他寺から来ていたので、その流儀に少し違いがあったにすぎない。

供養のあとは、在家が用意した食事がふるまわれ（十一時から）、境内では在家がテントの下のテーブルでそろって食事をする。これには我も参加しなければならず、托鉢でもらってきたものは冷蔵庫に眠らせることになるが、明日以降、消費しきれるかどうか。この頃は、保管しておいても傷んでしまうことが度々で、廃棄処分となるのが心苦しい。できるだけ食堂に運んで、若い僧に食べてもらうようにしているが、それでも供給過剰か。脂ぎった肉などは、本当は肥った僧に食べさせたくないのだが、今日も彼らは目がない豚肉料理にスプーンとフォーク（これがタイ・スタイル）を使っていた。太った身体がそれを求めてしまうようだ。

それにしても、花火に遺灰をしかけて空へと打ち上げる、などというロマンチックなことは、日本では決して許されない、と思うのは、それだけ民族の感性、文化、風土、すべてが異なっていることの証しだろうか。原子力発電の崩壊によるプルトニウム処理水を海へ放出することが許されるなら、わが国の人間の埋葬に関わる法も自由なものに変えていくべきだという感想を抱かせる、今日の百日供養であった。

ちなみに、主催の在家からの布施は、籠に入った一式（ティッシュ・ペーパー、柔らかいフランネル・タオル、天然ハーブ入りシャンプー、歯磨き、香料、カップ麺、水など）と現金五〇〇バーツ（約二千円〈現レート〉）。これ以外は一切かからない。葬儀のときは、この倍ほどの布施だったが、いずれにしてもわが国における経費とは雲泥の差。

○ポー・ディーの法と漢方の効き目　九月十日（日）

今朝の空は、薄曇り。雨が降るでもなく陽が差すでもない。布施人たちと、ちょうどよいですね、と言い交わす空模様。ちょうどよい、はタイ語で、ポー・ディー、という。これは、マイ・ペン・ライ（いいのよ、気にしないで）に次ぐほどの日常語といってよい。過度を排して適度をよしとする、仏教（釈尊）の教えの根幹の一つで、非常に大事なことだ。

パーリ語では、ウペッカー、という。数ある仏法のなかで、もっとも頻度が高く、くり返し出てくるのは、それだけ言ってもまだ聞かない人間が多いことの証しでもあるだろうか。

この「悟り」への道にも置かれる大事な真理を守らずに、過激に走って身を滅ぼす例は数知れず、とくに我の世代にはそれが多かった。この教えを守らないタイ料理などの卑近な例から、思想的な分野の話まで、すべてに適応できる納得のいく教え。ポー・ディーは、我の口ぐせにもなっている。それだけ言い聞かせないと聞かない愚者（おろかもの）である証しだろう。

実のところ、バンコクで仕入れた漢方の包み（処方）が切れてからは、日本で仕入れた「五苓散」という漢方を飲み始めている。朝夕、一包（二グラム）ずつ。今日で、もうすぐ四週間ほどにもなる。その間、どういう変化があったかというと、毎朝、托鉢に出る前に必ず便通（つうじ）があることだ。

これまでになかった変化である。およそ規則正しい食生活をしていても、その日によって、托鉢前であったり、托鉢中であったり（これはホテルのトイレが頼り）、午前中にはなく午後になったり、あるいはその日はなくて翌日の朝だったり、二日もなかったり、実にさまざま、バラバラであったのだが、不思議なことにキチンと出る。

人体には、水分代謝というのがあるらしい。水分をかなり摂っているのに尿量が少ないとか、ビールを飲んでもあまりトイレに行かないとか、身体によけいな水分を上手く処理できないとき（これを漢方では「水滞」というらしい）、例えば浮腫（むくみ）や頭痛、めまい、下痢などの症状が出るという。このクスリは体内の「水（すい）」分を調整して、よけいな分だけを排出する働きをするらしく、酒呑み（二日酔い）によいものであるというが、考えてみれば、夕食をとらない我は、代わりに飲み物をずいぶんと摂っていたことに思い当る。まさに、水分過多（コーヒーやソイ・ミルクなど）の状態がずっと続いていたように思うのだ。

慢性的ともいえる今のふらつき、めまいは、ひょっとすると、その水分代謝が不十分で、体内の水が揺れていたせいではなかったか、と考えてみた。実は、三半規管の不全（メニエール病）などではなく（鼓膜の衰え〈難聴〉は進んでいるが）、まさしく僧の生活習慣病——、夕食を摂れないせいで起こる「水分過多」が原因ではないのか？　またしても、過ぎたる……？

むろん、そうと断定できたわけではない。が、もしそうだとすれば、食べ過ぎ、飲み過ぎで肥っていく僧を笑ってはいられない、実に我が事であったということになる。かといって、今すぐに生活習慣を変えられるわけでもない。ひよわな老僧の身ゆえ、徐々に改善していくことを心得ながら、当分はポー・ディー漢方に頼って様子をみていこうと思う。そういえば、この頃は、托鉢中も、ふらついてお堀へ転落するのではないかという不安はなくなったような気がする。あくまで気がするだけで、油断は禁物であることに変わりはないけれど。

今日のサンデー・ナイトマーケットは、ちょうど客足が繁くなる七時頃、突然の驟雨に見舞われた。雨脚はすぐには衰えず、八時を過ぎてもまだ降り続いた。露天商には恨めしい雨。傘をさしては危なくて歩けないため、およそ屋根のある店に逃げ込む。レストランは満杯となって、ほくほく顔だ。しかし、コロナ禍の数年間は、街そのものが死んでいた。よくぞ持ちこたえて復活したものだと思う。田舎へ帰れば、とりあえず食べていける、飢えのない国の底力だったか。植生のゆたかな南国ならではの返り咲きのように思える。もっとも、廃業してしまった商店、ホテルの数も多く、かなりの部分が新しい顔ぶれに変わっているけれど、街そのものは復活したといってよい。もう二度と、奇怪な伝染病はナシにしてもらいたい、と祈る日。

○「幸福の経」は教えの根幹　九月十一日（月）

早や九月も中旬に入った。タイの暦（こよみ）では、十五日から十月初一（新月〈ワンプラ〉の翌日）となる。太陽は遠くにあって、人間の手には負えないものだが、月は逆に、人間に近しく、ともに歩むにふさわしい。人のこころを映してホドよく輝いている、こんなところに人間の足跡をつけてはいけない、と我は思う。欲深い、大国のエゴで汚されてはならない、と……。

宇宙の果てのことなど、どうせわからない。ゆえに、それは放っておけ、と釈尊は説いた。そして、この地球上に生きる人間だけに焦点を当て、そのまっとうな生き方を法によって示した。ただ、人間の住む地球のような星が、この宇宙にどれくらいあるのでしょうか、と弟子が尋ねると、このガンジス河の砂の数ほどある、というのが答えだったそうだ。物事の本質、真理がわかるというのは、そういうことではないかと、この頃は思う。人は、本当のところ、大事な核心がわからずに、迷い、右往左往しながら暮らしている。そこには、こころの静けさ、安らぎがない。暗闇に閉じ込められて暮らしているのと変わりがない。それではいけない、ということで法を説いたのがブッダという人だった。今日日、大国同士、宇宙戦争ともいうべき競争をはじめて、さらに人間を恐ろしい顔に変えていく……。

今日から、托鉢時の経を変えてみた。折り返し点でLさんたちの世話になっていて、会えば二言三言、ことばを交わす、我より十歳ほど若い老僧が（といっても杖をついてよたよたと裸足でやって来るのだが）、年がら年中、同じ経を唱えていないで、少しはバリエーションをもたせたらどうだ、と勧めてくれたのがきっかけだ。

〝アローカヤー　パラマー　ラーパー
サントゥッティー　パラマン　タナン
ウィッサーサー　パラマー　ヤーティ
ニッパーナン　パラマン　スッカー〟

その僧はこれだけをサラっと唱えておしまいにする。我が唱える経（約五〇秒）より、十五秒ほど短くてすむ。労力の節約にもなるので、住職に確認をとると、ダイ、ダイ（可能だ）、というので採用を決めた。あくまでバリエーションとして、相手によって、その日の気分によって選ぶことにする。

その意は——病のない（健康な）身体は最高の果実である、心の静けさと安らぎは最高の富（財産）である、信頼できる友（親友）は最高に貴重な同族である、涅槃（ニッバーナ）の境地は無上の幸福である——

これだけの経にも、教えの根幹、本質的なものが込められている。「幸福の経」と名付けられる経の一部、最終節に当たるものだが、住職がワンプラ（仏日）のなかでも好んで唱えるものだ。

すべての病が去りゆきますように、と始まる「祝福の経」と出足は似たようなものだ。カラダは無我、すなわち我の意のままになるものとして在ってくれないものだが、これは放っておけというわけにはいかない。こころのほうが大事とはいえ、身体はどうでもいいといっているわけではない。無病はめざすべきもの、努力すべきもの。なかなか大変であるが、努力（精進）をもって獲得すべきもの、としている。それで僧の食べ物を古来、精進料理というのかな？

次の心の静かさ（安らぎ）については、これを外しては何も語れないくらい、テーラワーダ仏教が大切にするものだ。いろんな仏法がこれに通じている。先に記した、ホドのよさ、中間（ウペッカー）もそうだし、悪質な煩悩（三大煩悩の一つ）である「怒り」も、静かさとは対極にある。口数が多いのも非とされるが、これもムダと雑音を排する（静かさを求める）意が込められている。まさに悟りへと向かう途上で、瞑想とも関わってくる、重大な要素ゆえに、それは最高の富、財産だとうたっている。

次に、信頼できる友（親友）は最高に貴重な同族である、と告げる。

これもよく納得がいく。俗世では何かと不埒な生き方をしてきた我であるが、この親しい友人には恵まれてきた。振り返れば、むろんよからぬ人とも会ってきたけれど、数は少ないながらも信頼できる友人、利害関係のない、何でも話せる友人は存在した。それがいわば我の取り柄であり、七割がたはうまくいかなかった人生の、残りの三割のなかにあるものだ。が、それがだんだんと歯が抜けていくように、この世を去っていく。七十年代の終りに交通事故で逝ってしまったタイ人の親友を皮切りに、指折り数えられるほどに先立たれて、いまはほんの数人が残っているにすぎない。苦に覆われた人生にまだしもの救いがあるとすれば、その存在こそがそうであるという思いが、いまの我にはある。先に逝かれると、わが身が磨り減っていく心地がする。この先、そうして我の命も前後して終わってしまうのだろうけれど。

四番目に、ニッバーナというパーリ語（タイ語はニッパーン）が出てくる。日本語（漢語）では「涅槃（ねはん）」という。わが国では、死後の世界を意味するようだ。こちらの仏教では、むろん来世のそれ（もはや輪廻しないとされる界）をいうけれど、現世においても「悟り」に達した結果として、「苦」のない生へ、すなわちこの上ない至福の境地に達することをいう。一切皆苦とは逆に、寂静の世界であり、仏道修行の最終的な目標とされる。やはり静かさこそが最高に豊かなこころ、ということか。修行完成者（阿羅漢（アラハン））が達する最高位の「悟り」と、その結果として得るものが「涅槃」とされる。

○ぶこく事件の信じられない体験　九月十二日（火）

今日の托鉢でも、何か所かで先ほどの経を試みた。

ところが、いまひとつ上手くいかない。昨日の初日でも、口ごもったり、とちったりで、記憶しているはずのフレーズが流れないのだ。

これは、まだ身についていないことの証しだろう。暗記したつもりでも、本番ではダメ、唄い込みが足りないのである。従来のものは、七年以上もの間、くり返し唄っているから、もはや流れが滞ることはない。パーリ語には独特の音程と節回しがあって、音痴では正しく唱えられない。我の場合、幸い、鼻歌も得意であるから、薬水店の小母さんなどは、上手だと手を叩かんばかり、これまではうっとりと聴き入ってくれていたのだが、今日の唄いには笑いを浮かべて、まあ、疲れているようだから休んでいきなさい、であった。

何事も熟練が大事。歌手もそうで、歳をとって枯れてくると、格段に味が出てくる。若い時代には勢いはあるが、やはり青二才。パーリ語の経もそう、子供僧は声が大きいだけで、可愛さはあるがやかましいくらいのものだ。声は、それだけで多くを語る。

先に、親友は最高に貴重なものだという話をしたが、これを広くいえば人間関係ということになるだろう。人は、これで人生の大きな部分を悩みという名で過ごすことになる。よい友人の存在とは逆に、他人というものが存在する以上、つまり人は他との関係性のなかでしか生きられない以上、避けられない「苦」の因がそこにはある。

我にも、俗界にいた頃は、実にそれでもって苦汁をなめた経験が数知れずある。その極めつけのものは、手を出した映画づくりのさなかに起きた。

その日は、我の長年の知友であったあき竹城（いまは故人）が新潟入り（ロケ地のホテル「華鳳」）をする日に当たっていた。安い出演料で承諾してくれた、いわば友情出演であったが、ホテル側が最高級の特別室を用意してくれたこともあって、せっかくだから、これも知友にお願いをして来てもらった踊りの（芸者に踊りの振り付けをする）先生を夕食の場に呼んであげようと考えた。そこで、やはりその日に新潟入りをしたそのFさんの部屋を訪ねたところ、風呂にでも行かれたのか、留守であったから、一枚の用紙に、かれこれしかじかであるから、お待ちしています、と書いて、ドアの底から差し入れておいた。

ところが、何の音沙汰もなく、最後まで夕食の場に来られることはなかった。当然、喜んで参加してもらえるだろうと思っていた我は、不審に思いながらも放っておいた。

その翌々日のこと、監督（後藤幸一）が我と顔を合わせたとき、ちょっと困ったことが起こっている、といってデキゴトを話した。それは、Fさんが昨日、出発する間際のロケバスに乗り込んでくるなり、一枚の用紙をふりかざし、ああ、恐ろしい、ササクラさんが私を追いかけて、こんな誘いの手紙までよこした、云々と、皆に訴えたというのだ。恐ろしさに震えるような仕草までして、怖い、怖い、と叫ぶようにいったというので、我は呆然として、何が起こったのかと頭が混乱した。

もちろん監督には、こういうことがあったと話して、どういうつもりなのかわからない、と苦笑して返したけれど、監督は、あれほどの演技をされると、皆ほんとうのことだと思ってしまうだろう、という。ロケバス騒ぎは次の日も続いて、おお、怖い、いまササクラさんが私を追いかけて、やっと逃げてきたところ、などと叫ぶようにいったという。以来、スタッフ、出演者ともに、我に対しては冷たくなって口をきかなくなったから、相当な効果があったとみてよかった。むろん、我のほうがそれに抗議して騒ぎを混ぜ返せば、映画そのものが崩壊してしまうであろうから、黙りを決め込むほかはなかったのだけれど。

Fさんがそうしてストーカー被害を吹聴していた頃、我が何をしていたかというと、資金が足りなくなって日払いだったスタッフにストライキを食らい、慌てて寝台特急「日本海」（当時はまだあった）に乗って兵庫の故郷へと走っていた。そして、余命いくばくもなかった父親から、足りない五百万円分の預金通帳二冊をもらい受け、また新潟へトンボ返りしたのだった。こちらも自腹切りに等しい恐ろしいことをやってのけていた、その最中のことだったから、まさに踏んだり蹴ったりの事態であったのだが、映画になど手を出さなければよかった、と後悔した理由の一つともなったのだった。

人間関係のむずかしさ、恐ろしさは、いろんな人間がいるかぎり、誰の身にも降りかかってくる可能性がある。Ｆさんがどういう性格の女性であったのかは、後で彼女を紹介した知友から聞けば、日本舞踊界でセクハラ問題を起こしたこともあるというから、その品格は推して知るべしであったか。が、その来訪時に新発田駅まで誰も迎えに行かなかったという不手際に怒りを発せられていたらしく、それがヘソを曲げてしまわれた原因であったかもしれない。それにしても、まだ顔も見たことのない我が、いきなりストーカーをするという奇怪な話がまかり通ってしまったわけで、これほど恐ろしい話もない。

釈尊（ブッダ）は、そのようなことを見越して、よほど信用できる人間のいうことでないかぎり、信じてはいけない、という教えを説いた。例えば、僧の行為、行動の非を見咎めて、それを告発する人がいたとすると、その告発者がどういう人なのか、この人ならば嘘をいうはずがない、と確信できる場合のみ、その言を信じるという原則を、戒律の但し書きに置いた。いわゆる人の悪意による「誣（ぶ）告（こく）」というものがインドの昔にもあったことの証しであるが、現代において、我はその最悪のものを経験したということだろう。それはまるで、映画に差しかけた暗雲を予兆するような、質の悪さも度を超したデキゴト、いや事件であった。

○「自」らの「業」を省みて思う　九月十三日（水）

昨夜は、ロクでもない記憶を呼び覚まして眠れず。我のなかに未だ怒りが眠っているためで、修行が足りていないことを意味する。

人は、みずからの過去と無縁になることはできない。それは自分の影であり、どこまでもつきまとう。人のカタチをしているが、相当にゆがんでもいる。

その影を見ながら帰路を歩くこともあるが、今日は曇り。天気予報は九〇パーセントの雨だが、傘は置いていく。降ったら降ったときのこと、雨などは恐れるに足りない。人間の怖さと比べれば何ほどのこともない。ただ、こういう日は、足元が非常に危ない。例によって時間をかけ、ゆっくりと歩くしかない。

我が人生の七割がたは思い通りにいかなかったと前に記した。その原因の大きな部分は、やはり人間関係にあったことに思いが至る。そこには、むろん自己責任もあるが、どうにもならない他人という存在があったという、言い訳とも慰めともつかない事実がある。それだけに、その怖さの対極にある、良好な人間関係、すなわち先に記したこと、信頼できる友（親友）は最高に貴重な同族である、という言葉がさらに意味を増してくるように思える。

うまくいった部分、三割のなかにそれがある。ために、どうにか泥の川のごとき俗世で生き永らえてこられたのだという確信がある。泥の池に咲く蓮の花が仏教の象徴であるのは、そういうことではないかと思えてくる。泥の水のなかでもきれいに咲くことができるものに大きな価値を見出したのではないか、と。

托鉢帰路の著者〈ターペー門〉

わがモノ書きの活動も、大方は上手くいかなかった。およそ七・三の割で、常にぐらつきながら、我にもあった取り柄のおかげで、どうにかやってこられたのであり、その大きな部分が肉親はむろんだが、その他は友をはじめ支えてくれる人のおかげだった。とはいえ、七割がたは不調と困難の連続であり、何度も生活苦に直面しながら、最後は母国までも去ることになった。七割のなかには、他の存在とその影響があったとはいえ、かなりの部分が自己責任に帰すべきものだった。

ただ、問題は、その自己責任の部分を理解して、納得できるかどうか、引き受けられるかどうかだけであったことに、異国へ落ちてから気づいていった。そもそも、モノ書きの仕事をめざしたこと自体が波乱の幕開けであったと、わが拙作（前記）に記したけれど、いまもその思いに変わりはない。よくも、こんなしんどい、何を書いても評価は人まかせの、やっかい極まる仕事を選び、続けてきたものだと、我ながら呆れるのだが、それがあらゆる意味での我の「業」というものだった。

遠い日のことだが、ある女流・新人作家と会う機会があって、彼女いわく――、ワタシは書くことが辛くてつらくてしかたがないんです、といい、ササクラさんは辛くないですか、と問われたことがある。映画監督であった父親（中平康）との交流を描いた、みずみずしい作品『ストレイ・シープ』で月刊誌『文藝』の文藝賞を得た中平まみさん（我とデビュー年〈一九八〇〉が同じ）、だったが、う～ん、それは辛い仕事だけれどもね、う～ん、と言葉を濁したことを憶えている。

その頃は、我もまだいっぱしの賞には届いておらず、それを目指してやっていたから、辛いも何もない、ただ書くしかない日々であったけれど、顧みれば、ずいぶんと放埒をくり返してコヤシにしていたことに思いが至る。我の場合は、仏法に違反する世俗の煩悩にまみれ、「苦」でしかない波乱へ身を投じた。やはり泥の川中を流れなければ咲かない花のようなものだったか。いま、中平さんから問われれば、そりゃ、辛いよ、と答えるのだが……。

　むろん、そんな仕事を選んだことを悔いてはいない。怖い女性にも遭ってきたけれど、大方は心やさしい、あたたかいコヤシになってくれた女人たちであった。なかには、その存在がなければ一行も書けなかったものや、とても完成には至らなかったはずの作品もある。いわば「業」の罪を積み上げながら書いてきたようなものだったか。およそ別れてしまい、サヨナラだけが人生だと書いた詩人の心持ちだが、心残りな別れもあった。が、ある親友はいう。それでいい、アンタのような人と別れてよかった、心配しなくてもちゃんと誰かと幸せになっているよ、と。そのほうがよかったと思わないといけない、と。

　おっしゃる通りであってほしいが、それではすまないシガラミもあって、出家してからもその影をひきずらざるを得ない。その解決まで、命がもつのかどうか、おそらく死ぬまで続くのだろうと、いまは覚悟しているが。

　ある先輩作家が、モノ書きというのは不義理を書くものだ、といったのを憶えている。

　先に我の取り柄として、支えてくれた人たちの存在について記したが、残りわずかとなった親友のほかは、すっかりご無沙汰を続けている。ながく生きてくると、人付き合いの構図が少しずつ違ってきて、昔に世話になった人がかすんでしまうことがある。我の場合、言い訳をすれば、これもタイヘンな仕事を選んでしまったことによる必然の不義理である、ということになるだろうか。

　とりわけ、いっぱしの賞に届くまでの大変さを支えてくれた人たちが、それ以降に待ち構えていた大変さのなかで、遠い存在になってしまった例がある。ある日、長くご無沙汰をしている恩師（暉（てる）峻（おか）康隆・元早大名誉教授（故人））に電話をかけてそれを詫びると、オレになんか会いに来なくていいよ、君は忙しいんだから、と寛容に応えてくださったものだ。が、なかにはその不義理をこっぴどく咎めた人もいる。実際、何年もご無沙汰をしていることに気づいても、急いで連絡をとるには忙しすぎて、というより生活を考えるほうが先で、また何年かを過ごすうち、気がつくと二十年が経っていたりする。申し訳ない気持ちはあるけれど、わが身のほうが先、一行でも多く書かなければ明日がないという現実の前に、やはり義理を欠いてしまうのだった。

それらは、まさしく我の「業（カルマ）」にほかならない。宿業、という仏教語があるが、前世における行ないではなく、現世での行為、行動は、善悪いずれにしても、その結果が後にきっちりと出てくる。因果はその意味で正直だ。我の場合、ひとりのモノ書きがやらかした、あらゆる行為、行動の果て（結果）は「出家」というものであったが、その辺のことを、いつか瀬戸内寂聴さんと対談でもしてみたい、と思っていた。残念ながら先立たれてしまい、願いは叶わなかった。

その「業」については、住職が、夕刻の僧だけの勤行で定番としてうたう経だ。人はすべてみずからの業を有しており、出生の業、血の業、生きる拠り所としての業、それらがいかなる結果をもたらそうと、それを引き受けて生きていかねばならない、というのである。

業の結果の引き受け義務、と我は解釈する。

出生（誕生）の業とは、日本人に生まれるか、タイ人でも何という族（タイ族、中国系、山岳民族のリス、アカ、ヤオ、モン、タイヤイ等、身分証に記される）に生まれるか、王族に生まれる人もいれば貧しい家に生まれる人もいる、といったこと。日本人として生まれたがゆえに、我の業、行為、行動が定められる部分がある。それは、広い意味での生まれ育ち、環境も含まれる。

血の業とは、祖父母、両親から受け継ぐもので、その影響もある。

生きる拠り所としての業とは、生後の環境や職業（生きていくための業）を指している。これがどういうものであるかによって、その者の行為、行動も違ってくる。そして、それらが善い業であろうと悪い業であろうと、もたらされる結果は、いかなるものであろうと引き受けていかねばならない、と経は続く。

〝カンマッサコームヒ　カンマターヤートー　カンマヨーニ　カンマパントゥ　カンマパティサラノー……〟

つまりは、日本人として生まれ、モノ書きとして生き、横道にそれて映画に手を出した、その業の結果として、どれほどの困難に直面しようと、いかに恐ろしい出来事に遭おうと、人に誤解を受けようと、すべてを潔く引き受けねばならない、ということだ。我が映画で膨大な借金を背負い、それがもとで海外へ逃れていかざるを得なかったという、とんでもない誤解がまかり通ってしまったのも、先の怖い女性の誣告もそうだが、話をおもしろくしようとする人間の魂胆、欲なる業の結果（脚色）であり、その苦もまた引き受けるほかはない。

そして経は、そうしたことを日頃から常に心に留め置かねばならない、と締めくくる。いわゆる「常習省察（アピンハ・パッチャヤウェーカナ）」と称されるもので、その冒頭には、生老病死の避けられない宿命と、あらゆる享楽的なもの（渇愛）から離れることを誓う章句が置かれるが、僧の大事な心得として、一日に一度は唱えるべきものとされる。美醜こもごも、善、不善の混交する、奥の深い人の業について、トクと考えさせられる経である。

◯わが同郷の天才画家と父母　九月十四日（木）

またワンプラ（仏日）が巡ってきた。ワンは「日」の意だが、プラには幅広い意味がある。ここでは「仏」つまり仏僧、仏教の意。また、高貴な人や物にプラをつけて呼ぶことが多い。

北部タイ、チェンマイを中心とする地方は、ラッタナコーシン（バンコクの一部・昔はここが中心であった島の名）の現・チャクリー王朝よりはるかに古いラーンナー王国の誇りがあるため、バンコクなどとは違った、一線を画す面が多々ある。バンコクでは、正式僧のことを「プラ」と呼ぶが、チェンマイでは「トゥ」と呼び（従って我はトゥルン〈老僧〉と呼ばれる）、プラは未成年僧に使う。子供が出家すると、親はこれまでのように（アキラとか）呼び捨てにすることができなくなって、トゥ、とか、プラ、と呼ぶようになる。子供のほうが偉くなるということだろう。大僧正などは王様と並ぶ偉い人で（必ず一時出家する王様の指導者だからむしろ格上〈先のワット・ボウォンニウェートのスワッタノー比丘〈大僧正〉はラーマ九世・プーミポン王の若き日の出家時の先生だった〉）、王族はその前にひれ伏して（五体投地で三拝して）敬意を表す。僧のステータスは、仏弟子、ブッダのお弟子さんであるから高いのである。

この辺が、わが国とかなり違うところで、帰国すると、その落差にとまどうことがある。副住職との旅がオロオロ道中となったのはそのためで、行く先々でウロウロ、おろおろしてしまった。チェンマイのほうがいいね、トゥルン（老僧）、と幾度か口にしたものだが、むろん日本初体験をたのしんでいた。

この頃は、また行きたい、と口にするようになった。ナラ、ナラがいい、とくり返すので、我もとうとう観念して、来年の春、暖かくなってからね、といってしまった。五年、いや六年ぶりであるから、そろそろいいか、と考えた。命があるうちに、もう一度、こんどは前とは違った旅をしてみたい。拠り所は、わが第二のふるさと、母の里、長姉の空き家がある、奈良しかない。

スマホをいじっていると、ネット配信で、横尾忠則「寒山百得」展が東京国立美術館で開催されているニュースが現れた。寒山拾得[*1]を百得としてあるのは、多数の作品の意だそうだ。ほう、と我は氏が八十六歳にして元気であられることだけでなく、短い期間（コロナ禍のさなか）に、102点もの作品を描かれたという話に感心してしまった。

横尾氏とは一度だけお会いしていて、もう半世紀以上も前、我がまだ会社に勤め（広告プロダクションで電機製品のコピーを書いていた）海のものとも山のものとも知れなかった頃、父親に連れられて西脇市民会館（兵庫県）の個展を見にゆき、そこで、これがワタシの息子だと紹介されたことがある。同窓の井幡松亭（書家）という、当時、京都で大きな筆を手に走り回って字を書くことで有名な方（テレビのコマーシャルにも出演されていた）との共同個展だった。インターネットで調べてみると、それは昭和五十年十月十五日から十七日まで「二人展」と称された催しで、主催が西脇高校童峰会、とある。地元、西脇高校の教師だった父は、教え子たちの出世をわが事のように誇りに思っていた。

一方、母親もまた、西脇中学校で教師をしていた戦後間もなくの頃（その後は小野高校へ）、横尾さん（たぶん十三か十四歳時）の担任だった。その生前、氏の卓越した才能を思わせる絵をほめて、がんばりやー、と励ましたという話を聞いたことがある。まだ街に不案内であった横尾さんの買い物にも付き合って、同行した長姉（まだ九歳の頃）は、氏にバッグを選んでもらった記憶がある、などと話した。遠い過去の点描にすぎないが、我にはおもしろいエピソードだ。この先、機会があれば、横尾氏が母や姉のことを憶えておられるかどうか、聞いてみよう。父（薫）のことは、高校時代であったから憶えておられるだろうけれど。

母（道枝）は、女学校が皮切りの教職を奈良の女高師（女子高等師範学校）時代に叩き込まれた人間教育第一を心得て、教壇を降りてからの付き合いも大事にした。それが戦後の教育制度のなかで押しつぶされていくのだが、戦後間もない頃はまだ戦前の延長が可能であったのだろう。大阪の女学校時代の教え子らは、母が惚けてしまうまで、生涯の師として慕ってきたもので、我がいっぱしの賞に届いたときは、お祝いまでもらった憶えがある。戦前の公教育における師弟の絆の太さには、我にも思うところがあるのだが、なかなかの女教師（当時はまだ少なかった）であったのだろう。

そのように、両親が教師だったという環境が我の「業」に与えた影響は、やはり小さからず、しかし、それを読み解くのは容易ではない。母の並外れたやさしさは、父のきびしさでもって緩和され、どうにかバランスを得ていたと思うが、世間の怖さ、世渡りのむずかしさ、といったものとはおよそ縁が遠かった両親の下では、やはり柔な、人に騙されたり利用されたりの、甘っちょろい人格ができてしまったのだという気がする。わが人生の行きづまりは、その根っこに、生まれ育ちや血の業があったのだという、大雑把な見方ができそうだ。それはやはり引き受けていかねばならないことで、もとより悔恨を抱くべきものではない。

大事であるのは、今この時、この瞬間からの自分であり、過去はあくまで反省材料としてあるものと心得たい。偉大な同郷人と比べることも、してはならないことだ。自分は自分でしかなく、人と比べて何とかなるものでもない。仏法は、それを「マーナ（慢）」という（悟りの最終段階まで残る）悪質な煩悩として、その消去を修行によってなせ、と告げる。しかし、他人の成功をよろこび、みずからの励みとすることはオーケーである。十歳以上も年上の、父母の教え子、横尾忠則氏の快挙を祝福して、我もまた、柔な人格は返上して、ひと踏ん張りするか、と決めた日。房の壁には、がんばらない、無理しない、と標語が貼り付けてあるけれど。

＊1　寒山拾得：中国は唐の時代、寒山と拾得（じっとく）の二人の僧。寒山が経巻を開き、拾得がほうきを持つ図は、禅画の画題。

○作家の今昔とワセダ組三様の貌（かお）　九月十五日（金）

新月のワンプラが終わり、今日は、初一、上弦一夜である。パンサー期はこれで早や半分が過ぎたことになる。朝から昼間、午後遅くまでは晴れ、夕刻から雨がしとしと。雷も少々。

知友がアマゾンで予約注文してくれていた我の本が、昨日届いたというので、その写真を送ってくれた。『詐欺師の誤算』のタイトルをもつ表紙が縦ではなく横向きになっている。これはミス印刷？　と思ってみていると、どうもワザとそうしてあるようだ。我の本は売れないと相場が決まっていて、しかも本が売れない時代であるから、何とか目先を変えて人の目をひく工夫でもしないと……、というわけだろう。

あとがきが面白い、と知友は書いてきた。考えてみると、この本の不運を境にして（むろんそれだけではないが）、暮らし向きが急を告げ、我は異国へ落人となって逃れていく。編集者の急死によってお蔵入りとなったのは、ちょうどそんな時期に当たっていて、ある意味でなつかしい。それがまさか十七年ぶりに復活するとは……、人の運命を思う。

わが国に、本が非常によく売れた時代があった。戦後、まだメディアが多様化しておらず、書が人々の知の源泉であった頃のことだ。例えば、我の親友が店主の、大阪の江坂にある天牛（古）書店（先代の頃は道頓堀に店があった）の場合、深夜にも、店を開けてさえいれば猫の子一匹入り込む隙間もないくらいに人が入り、二階の床が抜けてしまったことがあるという。東の岩波、西の天牛、といわれた時代のことだ。

我の父も師範学校（池田）を出て住吉中学（旧制）の教師であった頃は、その顧客で、本の虫だった。いっとき、デパートを買ってしまおうか、という話もあったほど、先代（「天牛のおっちゃん」と呼ばれて親しまれた〈著作もある〉）の頃は羽振りがよかったそうだが、道頓堀の店から移転を始める頃（昭和五十年代）から下火となって、いまや古本よりも古美術とか骨董的なモノへとシフトせざるを得ない状況であるという。

作家という職業も従って、昔は極めて恵まれていた。鎌倉などの豪邸に住まうことができたし（川端康成など）、東京でも高級アパートを何棟も持てるほどに羽振りがよい人もいたし（川口松太郎など）、そうでなくても愛人のひとりやふたり、持つのはどうということもなく（檀一雄など）、いまの貨幣価値からすると、びっくりするような収入であった。新聞小説もまた読者が多く（いまは読む人がいないといわれるけれど）、例えば司馬遼太郎の場合、氏が産経新聞の文化部長から分厚い札束を目の前に置いて作品を依頼された際、なんでこんなにもらえるんだ、と吃驚したというエピソードを我が産経新聞で連載小説『にっぽん国恋愛事件』（文春文庫）を書いたときに聞かされたことがある。

それでも、我が『海を越えた者たち』（集英社）という作品ですばる文学賞（純文学系の小説誌『すばる』）の佳作をいただいたとき（一九八〇年＝昭和五十五年）は、佳作なのに本にしてもらって、それも増刷するくらい、まだかろうじて売れた時代だった（と編集者もいっていた）。それから、十年ほどの歳月が流れ、サントリーミステリー大賞や直木賞を受けた作品だけはまずまず売れて、我にも羽振りがよかった時代が（むろん昔の作家の比ではないが）あるわけだけれど、その後は、まるでバブル後の日本経済と歩調を合わせるかのように、売れないモノ書きとなっていく。出す本はことごとく初版止まり、その初版もだんだんと部数が先細りして、檀一雄とはまた別の意味で「火宅の人」となっていった。

この世界と同業者を見渡せば、むろん我にかぎらず、多くが四苦八苦のようすで、かつて仲間の作家たちと会えば、文学の話などより先に、食えているかどうか、生活は大丈夫か、ということであったのを憶えている。それについての愚痴や不満が吐露されて、それがお互いの慰めになっているようなところがあった。人が本に知の拠り所を見出さなくなって久しく、しかしパイがなくなったわけではない。ただ少なくなっただけで、それがどう分配されているか、と問うならば、相当に片寄ってしまっている、といえる。突出した売れっ子がいる一方、鳴かず飛ばずでかろうじてやっている者、我のように異国に落ち延びた者、教授などの地位を得て生き永らえている者、その顔はさまざまだ。

大学時代、同じクラスにいた三田誠広は、我とは正反対といってよい真面目な、賢い生き方をしてきた作家だが、本はさほど売れない代わりにその実直さでもって教授や理事の役職を得て生き永らえてきた。あるとき、我らがクラスの隣に、村上春樹がいたという話をしたことがある。さすが学生時代から頭角を現していた三田氏らしい記憶だが、いやはや、同じ早稲田出身の同輩作家といえども、これほどの出世差があるものだという、ある種の感慨をおぼえたものだ。

むろん比べてはいけない。比べることはシットに通じ、排すべき悪質な煩悩である。在家の頃はこれがあったものだが、いまはすっかり無い。出家して成長した証しか。我は我でしかないわけだけれど、村上氏が『風の歌を聴け』という作品で「群像文学新人賞」を受けたとき、この人は売れっ子になるな、と予感した。我とはまったく違う感性で、かろやかに時代に適応しているように思えたからだ。かつて、やはり超売れっ子であったタレントの小泉今日子（キョンキョンと愛称された）が深夜のラジオ番組で、『ノルウェーの森』おもしろいよぉ、と呼びかけると、本が書店から消えていったというエピソードが物語るように、何らかのキッカケがなければなかなか翔べない時代だ。社会派小説などはもはや流行らない時代に入っている。松本清張がいまの時代の人ならば、さほど注目を浴びなかったような気がしないでもない。といって、我は別に自己弁護しようとしているわけではない。ただ、モノ書きというシゴトは、スポーツ選手のように、ただ強ければよいというものではない、その者が生きた時代性、人まかせ的な部分、運不運といったものが大きく影響する、やっかい極まる職業であることを、いま振り返って思う。わが大学時代の恩師（前記）は、作家はいい職業だから、ぜひ頑張って成るように、と直々に説法して我をその道に導いてくれたのだけれど、掛け値通りとはいかない、波乱と苦難の道であった。むろん悔恨などではなく、引き受けるべき現実として、いまに続いている。

超売れっ子のノーベル文学賞候補作家と、まじめ一筋、堅実に生きている芥川賞作家と、異国で出世間（出家）しながら俗世のシガラミを断ち切れないでいる落人直木賞作家、この三者三様の同輩ワセダ組は、人の世の現実を饒舌に物語る人生絵図といえるかもしれない。

それにしても、スマホ時代だ。知友の元小説誌編集長の校條剛（現作家）は、やはり同世代のワセダ組だが、雑誌が衰退してしまったことだし、この先はますます専業作家がいなくなってしまうだろう、と予想する。

そういえば、同世代の文学部にはもう一人、芦原すなお（直木賞作家）がいたことを忘れていた。立松和平、多島斗志之（この二人は政経学部ですでに他界）も同世代だったから、校條氏を合わせて、団塊（世代）七人衆といったところか（まだ誰かいるかも）。かつてのワセダには、昭和ヒト桁世代の五木寛之、野坂昭如、後藤明生、宮原昭夫といった人たちが七人衆とか七人のサムライといわれて豊饒の時代があったけれど、なかでも五木氏（いまもご健在）がダントツの売れっ子であったのと、どこか似ているような……。この上は、いっそ村上氏にノーベル文学賞でもって華を咲かせていただいて、そのおこぼれをちょっと頂戴するようなことになればいいのだけれど。

○ネーンに見るわが子供時代になかったもの　九月十六日（土）

驟雨がやんだ早朝は、すがすがしい。つめたくて気持ちがよい、イェン・サバーイ、と布施人たちは口をそろえる。空模様も、照ることなくホドよく曇っている。これも、ポー・ディー、と機嫌がよい。

いつもの鯖のお父さんが、今日は、ナットウの別種を入れてくれた。大豆の粒ではなく、それを練って柔らかな固形にし、バナナの葉でくるんだもの。これはいい、と我は感心して、トロピカル納豆、と名付けた。あまり辛くない大柄な青唐辛子のスライスと、漬けて柔らかくした生姜のスライスが添えてある。納豆を唐辛子と生姜を合わせて食べる法は、我の経験にはない。昼に試してみたが、納豆そのものにも唐辛子が入っていて、やや辛さがすぎる。以前にいただいた本格派、日本納豆のほうがやはりわが身にはマッチしている。

土曜日の街は静かだ。週休二日はこの国も同じで、車の数が格段に少ないので助かる。休みなので布施人の数が減るかというと、そうではなく、休日なので出てくる人が加わるため、いつもより多いくらいだ。出てくる僧も、とくに昨夜の驟雨で道が荒れているため、子供僧、つまり十歳前後のマルコメ僧は出てこない。寺によって異なり、ほんの数人、それぞれが一人で歩いている。その姿はいささか感動的で、この国はまだ大丈夫だと思わせる。

サーマネーン、略してネーンといい、ふつうはこの略称を使う。おい、ネーン、と大人僧の我らは呼び捨てる。法名はまだなく、およそは俗名、それもニックネームで呼ばれる（もっとも、大人僧もお互いにニックネームで〈我はトゥルンだが〉呼び合っているけれど）。正式僧と比べて地位が低く、食事のときもテーブルを異にして、寺の仕事（雑用）も率先してやらねばならない。が、家庭では父母よりも偉くなって、プラ（大人僧はトゥ）、と呼ばれる。バンコクなどでは、プラは成人後の僧に使われる。古都チェンマイ（北部タイ）は南に対抗的か。

サーマネーンの得度は、その寺の住職が行なうだけで、簡略化されているから、およそ誰でもなれる。寺に入れば生活費がかからないことから、貧しい親御には大助かりで、同時に徳を積めるわけだから、得度してくれると嬉しい。が、子供たちにはそれなりの修行であることも確かで、出家式では十戒を守ることを誓わされる。これは二十歳以上の僧が出家するとき、その得度式で唱える十の基本的な戒と重なるものだ。二二七戒律はそれを含めて、別途、守るべきものとして説教されるけれど、基本はその十戒なのだ。

先に、在家に与えられる「五戒」について述べたが、十戒のうち半分はそれに相当する。ただ、浮気など性的不義の項目だけは、非梵行（性交渉）の禁、と格段にきびしくなる。あとの五項目は、非時の食事の禁（その日の午後からは原則として食べてはいけない）、歌、踊り、演奏等の享楽的なものは禁、香水や装飾品で身を飾ることの禁、高い、大きなベッドに寝ることの禁、金銭の授受の禁、となる。

このうち、ネーンにとってつらいのは、やはり夕食がとれないことだ。とくに十歳前後の子供僧は、空腹の余り倒れてしまう子もいるくらいで、そんなときは大人僧がしっかりと、ヨーグルトとかチーズ（酪製品は大人僧も許される）を与えて翌朝まで持たせることになる。金銭の授受などは、先に述べたように、いまはお金も布施されて、それで買物もできるので、問題はない。が、総じていえば、子供僧も大人僧とほぼ同じ戒を守っていかねばならないわけで、自由に欲が満たせる俗界へ戻っていくのはしかたがない、と住職はいう。

とはいえ、子供時代に、そのようないわば精神修行の時期を持てるというのは、それがなかった我にはうらやましいかぎりだ。むろん我も、奈良の仏寺が出自であった祖母と、その教育を受けた母親から、ある程度の教えは受けてきたはずだが、とても十分とはいえなかった。母は晩年、聖職の心得から他人の子供の面倒ばかりみて、足元がお留守になったことを詫びたものだが、戦後の公教育の現場じたいが、子供たちに精神性を培うための有効な何かを持っていたかどうかと問えば、それは実に希薄であったというほかないだろう。かつては小乗仏教（ヒーナーヤーン）などと呼称して蔑（さげす）まれた仏教が、七歳からの得度が可、という古来の（釈尊の時代からの）システムを堅持して民衆の間に根を下ろしているのは、歴史の皮肉といってよいかもしれない。

今日は、ひとりの子供僧の元気のいい声高な経（サッピーティヨー……）が、我の新しい、未だ唄い込みの足りない経（アローカヤー……）を圧倒した日。

○狂音酒場を説得した住職　九月十七日（日）

今日は体調がわるい。昨夜、近くの酒場から響いてくる音のせいで、よく眠れなかったからだ。心地よい音楽ならいいのだが、それは大音響で、しかもメカニックな低音が腹の底をえぐるように響く、とんでもない騒音なのだ。

在家の頃から、何かの祝い日におけるその音には閉口してきたが、タイ人の音に対する感性というのは、どうも日本人のそれとは違っているようだ。はっきりいって、かなり鈍い（音痴という意味ではない）。よくもこんな狂音に耐えていられるものだと、耳が遠くなりかけた我でさえも思うのだから、まだ元気な日本人で逃げ出す人がいるのは当然である。その最悪のケースがタイ正月のソンクラーン祭（水掛け祭）で、この期間のドンチャン騒ぎにはそれこそ音をあげて、もう二度と行かない、ごめんこうむる、と旅を避ける人が少なくない。昔のことだが、我の知友もそうで、お祭りが始まると頭痛を訴えて（水掛け祭が終わったあとも深夜まで街に響き渡る）、旅を後悔するほどの嘆きようだった。

実のところ、いまの寺に移籍して以来、我はその種の騒音に悩まされていた。寺の近く、十字路の角にある音楽酒場から、午前一時くらいまで、我の房に響いてくるので、とても眠れたものではなかった。睡眠薬を飲めばいい、などとバカなことをいうネーン（未成年僧）がいたけれど、馴れてしまえる若い僧と違って、我はいつまでも眠れなかった。せっかく（栄転した）住職に誘われて寺を移ったにもかかわらず、そうした環境には耐えられそうになく、いっそ還俗することも考えながら過ごしていた。実際、帰国を長めにしたり、ついでにタイの友人C君が所有するチュンポーン（南部タイ）の海辺の邸宅を訪ねたりして、ながく寺を離れて過ごした。

＊もっとも、あまりに静かな潮騒しか聞こえない環境は、まだ老いきっていない身には淋しすぎて、これにも限界というものがあったのだが。

ところが、久しぶりに寺へ帰ってみると、あれほどひどかった酒場の騒音が小さくなっているので、どうしたのかと住職に尋ねてみた。すると、低くするようにお願いした、という。以前は、やはり近場の寺の住職がいくら苦情をいっても聞かず（ついに数年前に亡くなってしまうのだが）、平然と騒音を住宅街に撒き散らしていた。それなのに、わが寺の住職は説得に成功したらしいのだ。わかる気がしたのは、アーチャーン（我の呼び方）ならば、決して怒りをみせず、寺には若い僧だけではなく年寄りの僧もいる、眠れないといって寺を出ていってしまった、なので少し音を低くしてもらえないだろうか、といったふうに説いたにちがいないからだ。あくまでも穏やかに、僧だからといって頭を高くせず、相手がひるむくらいに控えめに話せば、相手がどれほどの権力者だろうと（実際その酒場は何者も恐れない警察と軍の経営〈この国ではよくあること〉であったのだが）、屈することになったのだろう。さすが「ブッダのお弟子さん」らしいアーチャーンの勝利であった。

というわけで、ふだんは大丈夫なのだが、昨夜はひどかった。また別の酒場が（こんどはさらに房に近い）、週末にその種の音を撒き散らしたからだ。今日は、従って疲労困憊、そろそろ休むことにしたい。

○老いて枯れ落ちていく幸せ　九月十八日（月）

早朝から本格的な雨、傘が要る空だ。帰路も止みそうになく、しかも荷の多さに足裏が痛みだし、いつもの薬水店で一休み。雨の日のゼイタクな悩みを少し軽くすべく、小母さんに布施品の数点を献上する。いったん布施されたものを、その僧がどう扱おうと意のままである。なかには、腹を空かした人が手を差し出すこともあって、差し上げるかどうかも僧の自由だ。たまに、鉢をはみだした布施品を入れた手提げの袋から、二、三品を取り出して渡している僧をみかけるけれど、我の場合、きっと次も期待されるようになるから、Lさんたちに任せて控えている。かつて何度か、とても持ちきれず、へとへとになって、路傍に寝ているルンペンの傍に水や惣菜を置いていったことはあるけれど。

折り返し点のふたり（L&Cのコンビ）は、そういう飢えた人がめざすところでもある。荷のなかの不要なものを寺へ運ぶ荷とは別にして置いていく僧がいるし（我も時おり）、慈悲深いLさんは、僧への布施である乳酸飲料や、なんと二〇バーツ紙幣まで与えることもある。これがクセになって、二人のまだ若い男女（仲がよい）などは、いつもその周りをウロウロしている。元気なのに働かない、とLさんは笑っているが、そういう若者がこの国にふえている、という。自力で食い扶持を稼がない、他に頼って食べている若者は、わが国でもみかけるが、同じような現象だろうか。ただ、この国には、そういう人間にも情けをかける、何がしかを恵んでやる人が必ずいることも、飢えのない国といわれるゆえんだろう。昼時に、お寺の食堂へ行って掌を合わせれば、何かしらの食べ物がもらえることは誰も知っている。我の房へも、朝、ドアを開けているとやって来るのがいる。そのときは、カップ麺などを差し上げるけれど、ドアを閉めていると、さすがにノックまではしない。

慈悲の心は、前にも記したが、仏教精神の根幹である。それは、修行（完成者＝アラハン）及び知恵と並ぶ三本柱の一つ。教えのなかで、日常の経のなかでもひっきりなしに説かれる。人が幸福に生きるための条件であると教えられるから、これを大幅に外す人は少ない。つまり、他者との関係性で最も重要なもの、人間関係を円滑に運ぶための潤滑油でもあるだろうか。

老いた者をいたわる精神もこれに相当する。それが親ともなると、決して捨てておくことはできない。昨日は記せなかったが、寺では午前十時から「百日供養」（前記）というのがあった。こんどは以前のような大勢によるものではなく、ほんの三人、ひとりの老女とその娘と婿だけのものだった。そのことを、薬水店での休憩時に話題にして、老女が九十六歳だったというと、小母さんは、とっても長生き、タイ女性にはめずらしい、と感心してみせた。

もはや目がみえない。聴覚もほとんどなく、足はやっと踏ん張れるが、娘さんに支えられなければ足を運べない。まるで、かつて我がガラスの破片を踏んでケガをしたときの老婆を支えていた布施人たちのようだ。それなのに、椅子から何度も自力で立ち上がろうとして、その度に、非常に危ないので、壇上の僧たちが、あッ、あぁ～、と座を離れた娘さんに聞こえるように声を上げる。手足の細さはまるで枯れ木のようで、それでも娘さんがやっと支えて布施品に手を触れさせ、住職の前に献上する。とても他の僧らの前までは行けない。それほどに大変な身体でも、亡き人（夫と先立たれた息子）の供養に付き添ってくる、その娘さんの精神が立派というか、いかにもこの国の親子の姿に、ふだん見なれているとはいえ、感動する。

この国では、施設になど入らなくても、また年金などなくても、子供さえいれば、しっかりと老後をみてもらえる。育ててくれた親の恩はゼッタイであり、それを裏切ることは、よほど非情な（あるいは生活に窮した）子供でないかぎり、決してない。なので、安心して老いていけるわけで、我などには実にうらやましい。かつて、メイリンの寺のA師は、我には年金がほとんどない、というと、それじゃ困るじゃないですか、と驚いたようにいったけれど、そう、長生きをすると困るのである。べつに長生きをしたいとは思わない、などという人（およそまだ若い）が多いのは、年金問題と親子関係のあり方もからんでいるのだろうか。が、そういう人ほど、意に反して長生きをしてしまうだろうから、年金はやはり払っておいたほうがいい（掛け捨てのつもりで）、とこれは老僧の私見。

薬水店の隣の商家に、やはり超高齢の、九十四歳になる老女がいる。その方が昨年まではほぼ毎日、扉を入っていったところの台所で、息子夫婦の手を借りて布施してくれていた。いまもほんのたまに扉が開いていて、その椅子に腰かけた姿がみえるのだが、この方もほとんど枯れかけている。か細い手では布施の品、惣菜や飯などをのせた皿を持ちきれず、息子たちの助けをもって鉢に入れてくれる。目はまだ見えるが、耳がほぼ完全に聴こえず、経の声は届かない。それでも合掌して、経が終わると、決まって、自分はいま九十歳だとにこやかにいう。もうずいぶんと前から、その年齢を超えることはなく、それはこの三、四年来、変わらない。元気だね、お婆ちゃん、と声をかけると、そばから息子さんがその耳元へ大声で、我の問いを吹きかける。と、にっこりと笑って、もう一度、九十歳（カオシップ・ピー）、とくり返す。

枯れ落ちていく人は幸せだと、この頃は思う。それも身内の世話で、お婆ちゃんの場合は、好物のミルク・ティーをそばにおいて、僧たちへの徳積みをして過ごす。時おり、経をあげている僧の黄衣に手を触れるのは、天人（テーワダー）に生まれ変わりたいためだと、住職は教えた。もう先が長くないことだけはわかっているにちがいないが、おそらく枯れ木が自然に折れていくように命を終えるのだろう。仏教が長寿に価値をおくのは、そのような自然のままの命の終焉がよいとするからではないかという気がする。

人は、どのようにして人生の幕をおろすのか。万人に課せられた難題であるが、むろん人それぞれにこうありたいと願うところがあるはずである。が、いくら願ったところで、その通りにはいかないことも多い。この続きは明日へ。

○いかに最期の時を迎えるか　九月十九日（火）

この頃は、雨がまたよく降るようになった。降る時間帯はまちまちで、まったく予測がつかない。雨季の空は「無常」そのもの。わが人生の、いや万人の生のごとし。

午後七時にはすっかり暮れて、つかのまの晴れ間から、上弦五夜の月が西側の空にくっきりと浮かび出た。するどい鎌のカタチをしている。明後日で半月となり、その後、満月へと向かう。トントンと日が過ぎていくさまが、手にとるようにわかる。『ブッダの海にて三千日』と、そのうち出る（はずの）ものに仮タイトルをつけた（海はブッダの教えの深さ、広さ）。出家当初はまさか三千日（八年と八十日）も過ごすとは思わなかった。膨大なブッダの教説を前にして身動きがとれなくなったのと、還俗したところで生活の目処も立たず、とくに行く当てもなかったからだが、来年にはその日がやってくる。やはり人生は予測がつかない「無常」というほかない。

わが母は、死ぬまで元気でいたい、というのが口ぐせだった。が、最後は意に反することが起こ

雨の日の托鉢僧と老女（九十四歳）

る。八十五歳を過ぎた頃からだったが、進行性の認知を患い、施設に入らざるを得なくなった。それでも、静かでおだやかな痴呆であったから、介護人もさほど手を煩わされずにすんだ。九十四歳（数え）の死は、施設に隣接する病院で眠るように息を引きとったから、ともあれ仏教が価値を置くものを実践して終わったといえる。

かたや、父の場合は一考を要する。身体にメスを入れない主義を貫いた母と違って、七十五歳にして（今年の我の齢）ガンに侵された片肺を摘出する大手術を受けた。それから十五年ほどの歳月を同じ市に住む次姉の助けを借りながらもほとんど自力で生きた。惚けることはなかった代わりに、八十五歳を超えた頃から、手術のキズ痕が痛みだした。そのことを我が帰省する度に訴えて、我もまたできるだけ長く田舎にいて食事などの世話をしたのだったが、ひと月ほどが限度で、あとは独りに耐えて生きねばならなかった。が、ついにバランスを崩して倒れたのは、自力で台所に立ち、食べものを作っていた最中のこと。そして、やっと電話を手にして次姉に助けを求め、病院へ運ばれたまま、家には帰れなかった。

本来は、我がまっとうな結婚をして妻子とともに傍で面倒をみるべきところ、それができなかったことを今頃になって省みている。なぜ、それができなかったのかは、因果が込み入っていて解き明かすのは容易ではない、が、大雑把にいえば、このタイ国のような、親はゼッタイである、という社会通念を背景にした教えがなかったことだろう。戦後の日本社会は、核家族化だとか、家族や親子関係の危機が云々されてきたが（それはいまも続いているが）、我の場合もそれは例外ではなく、不義理をかくのがシゴトだった我というモノ書きの特殊性などは三分の言い訳しか通らない。何か、人生における大事なもの、骨肉の中心をなすべき教えがぜい弱で希薄だった、それゆえの悔いにほかならない、というのがひと頃からの変わらない思いだ。

我にはひと言の苦言も口にしたことがない父であっただけに、気の毒なことをしたという思いで眠れない夜がある。もし我が老いた父の傍にいて、妻や子供も傍にいて、面倒をみることができていれば、もっとラクに余生を生きられたはずだ、と。そんなことを、托鉢や寺での親を敬う光景に接するたびに思うのである。

むろん、我自身のこの先の命運についても思いを向けることがある。モノ書きなんていうのはネ、最後は野垂れ死にするくらいの覚悟がなければ、やってられるもんじゃないんだよ、と、いつだったか娘（次女）に話したことがあった。かなり乱暴な言い種で、むろん野垂れ死になどはしたくないけれど、それくらいの覚悟はしておけ、と自分に言い聞かせてきた通りのセリフだった。少しは面倒をみなければ、と思っているらしい娘に、その必要はない、心配するな（自分の心配をせよ）、といったときのことだったと思う。これがタイ人ならば、そんなことをいうはずがない。当然、面倒はみてくれると信じているからだ。そこが大いに違うところで、とりわけ、娘たちを放（ほ）ったらかしてきた我には、その権利がない、という自覚からの言葉でもあった。

歴代の作家を見渡せば、これまた実にさまざまな幕引きをしている。川端康成はノーベル文学賞まで受けながらガスによる自死をとげた。その弟子格でもあった三島由紀夫は思想に殉じて割腹して死んだ。太宰治が玉川上水に入って女性（山崎富栄）と心中したのは、昭和二十三年六月十三日。その五か月後（十一月十四日）に、我は生まれる。後には、東京は同じ三鷹に、それも太宰が住まわれていた所のすぐそば（下連雀）に住んだ。何かしらの縁があるのだろうか、と思ってわが身を顧みれば、ひょっとしたら似たような性質（たち）の、自分ではどうにもならない「苦」に取り巻かれて生きていたのではないか。という気がするのは、今さらながら、モノ書きの、いや我という男の「業」の深さをみることがあるからだ。

むろん正常に長生きをした井伏鱒二のような人もいたけれど、思いもよらない決断の時を迎える可能性は、ある、というしかない。もし、我が駆け込み寺すらも持てないでいたならば、おそらく異国で孤独死、すなわち野垂れ死にしていたか、それとも何らかの形で自分を始末していたかもしれない。とりわけ青天の霹靂（へきれき）であったコロナ禍の日々（とくに帰れない異国の老人を苦しめた）を思うと、寺に護（まも）られていなければ、生きていけなかったことは確かだという気がする。

が、安住するわけにはいかない日がやがて来るだろう。その時こそは、年金がなくて困るどころか、野垂れ死にの「覚悟」を決めねばならない、と思う。願わくは、死ぬまで元気に旅をしていたい。最後まで筆を手に、（松尾）芭蕉や釈尊（ブッダ）のように、旅に病んで没することができるなら本望であり、それが我自身の「業」のまっとうな終わらせ方なのだろう。問題は旅先であり、行く当てがあるのかどうか、だが？

○大敵の「美欲」を排せるか　九月二十日（水）

ほどよい曇り日。だが、一つとして同じ空はない。托鉢も同様に、一日とて同じ日はない。その日ごとのドラマがある。だから、やっていられるのか。人生も同じ、無常は苦であるが、反面、だからこそ元気に生きていけるようなところもある。苦に耐えてこその人生か。いや、苦をよくわかっていれば、その反対の楽がみえてくる。楽をみようとする。一瞬先に、何が待っているか、わからないという真理（無常）の理解があれば、絶望する必要がなくなる。教えもまた、その意は重層的なのだ。

今日は、鯖のお父さんが納豆の変種を入れてくれた。サバはもう来ないようだが、代わりに日本人の好みを考えてくれている証し。名を、トゥア・ナオ・ペーン、という。その意は、豆（トゥア）、腐った（ナオ）、平たくした（ペーン）、となる。つまり、豆を腐らせ（発酵させ）、完全乾燥させ、円く薄くして、直径十センチくらいの円盤状にしたもの。バンコクなどにはない、チェンマイほか北部タイのみの特産品だという。前に一度、見たことはあるが、その時は、それがナットウなるものであるとは気づかず、その臭いニオイをかいで斥けてしまった。今回、そうと知ればまた別で、昼に食べてみると、確かにナットウの味がして、添えてある生姜とも不思議にマッチする。いささか臭くても、身体によいという条件がつけば、また違ってくる。良薬、口に苦し。臭いモノには高い益がある（果物の王様、ドリアンもそうで、そのニオイゆえに持ち込ませない高級ホテルや地下鉄は自国の誇りを傷つけている！）。わが国のくさや（伊豆諸島の特産）がそうで、これは納豆のくさや版といったところか。

身体によいものしか摂らないという精神は、老いていく我には不可欠である。ついつい美味しいモノに手がのびて、いつのまにか発疹という絶不調に陥った経験のある我は、もう二度と、あの苦しいばかりの日々に帰りたくないため、食に気を抜かない（手抜きしない）、油断しないという習性だけは身についたようだ。

とはいえ、美味しいものには毒がある、という標語を壁に貼り付けたところで、すべてを排することは未だ成せないのが本当のところだ。テーラワーダ仏教が、僧にオイシイ（アローイ）という語を禁句にしているのは、それが煩悩としての「欲」に通じ、過食に通じるとするためだ。が、いくら修行僧といえども、その心得をまっとうするのはむずかしい。それができれば、僧の肥満が社会問題になどならないわけで、これまでも述べてきた。そうした現実のなかで、それでも何とかして、美味への欲求（これを我は「美欲」と呼んでいるが）を最小限に抑え、美食にある有害物を排することにしなければ、こうして日記を書く力もなくなってしまうことはトクと自覚している。

ために、托鉢食の扱いも以前にも増して慎重にやる。先のA師は、半分くらいしか食べられるものがない、と苦言を口にしたけれど、我の場合、湯通しなどしてやっと食べられるものを含めれば、もう少し大丈夫、といったところだろう。その意味で、鯖のお父さんのような方や、日本人の妻君が薬水店に預けてくれるものなどは、実にありがたい。この聖母は、数年前、足がふくれて歩くのも大変なほどの症状に陥り、それを克服するのにやはり長い時間を要した。医者の薬より、食事療法をやるようにと、我は自分の経験に照らして進言したのだったが、いまは見事に回復して、市場へも自力で買い出しに出かける。その料理は、化学調味料をほとんど使わない、ほどよい薄味のもので、今日は、ゴーヤを卵と炒めた惣菜だった。こういうよいものを作るようになるには、一度、病に陥らねばならない、という現実（因果な経験則、きっかけが不可欠）が人間にはあるようだ。

むろん、美味しいモノをたらふく食べて、それで死ぬなら本望だという人もいるから、そういうお方にはおもしろくもない話だろうけれど。

○世界で最後まで残ってほしい国はどこか　九月二十一日（木）

今日は、雨季の晴れ間、それも昼にはカンカン照り。こんな日はしばらくぶりに洗濯でもして過ごすべき、と心得る。

わが寺の洗濯機がおもしろい。どこか街のコインランドリーからお古をもらってきたらしく、二〇バーツ、すなわち一〇バーツのコインを二枚スロットしないと動かない。ところが、そのコイン受けの箱にカギが掛かっていない。ために、機械が動き出したあとで、その箱を引っ張り出して、中のコインが取り出せるようになっている。つまり、いつもタダで洗濯機が回せるようになっているのだ。住職に、これはいいね、というと、助け合い（チュエイ・カン）、という答えが返ってきた。在家と寺の関係を、さらには寺と僧の関係をいっているのだ。

タイ社会をみていると、平然と人に迷惑をかけるけれども、その一方で、助け合う精神があることで救われている、と思う。むろん、度の過ぎたメイワクは困るわけだが、少々のことならガマンする、マイ・ペン・ライ（謝罪や感謝の言葉に対して、いいのよ、大丈夫、気にしないで、の意をもつ慣用句）と、いつか自分も同じ迷惑をかけるかもしれない、ということで許している、という気がする。迷惑はかけ合い、許し合うもの、そして助け合う、と心得ているようで、二言目には、他人のメイワクとなりますので（おやめください）、と禁を出してばかりのわが国とは違うところだ。

長くタイで暮らしてきた、バンコク在住の知友で、日系企業を相手に経理会社を経営する小川邦弘氏は、自費出版で（タイの印刷所で安く）出した本におもしろいことを書いている。すなわち、タイ人の欠点（不義理や裏切り）はいやというほど経験してきたが、ただ一つ、本当に困ったとき、後がないというときは、必ずや手を差し伸べてくれる、助けてくれる人がいることだ、と。それがあるからこそ、三〇年もの間、この国で生きてこられたのだ、と。そういう話を聞くと、やはり人々の心底には仏教の精神が流れているのだろう、と思えてくる。その精神が希薄になってくると、生きていけない人が増えていくような気がする。今日日の若者の仏教離れが問題となるのは、そういうことに通じるからだろう。いまは、その途上、あやういところに差しかかっていて、そのことが、少僧化や在家の高齢化に現れていることは、以前にも触れたと思う。

とはいえ、まだもう少しダイジョウブ、少なくとも我が生きている間は、廃寺だらけで僧の食い扶持もなくなるようなことは、よほどの天変地異でもないかぎり、ないだろう。伝統なるものに民族の誇りを見出す国である以上は、この地球上で最後まで生き残る国の一つではないかとすら思う。

世界で最後まで残ってほしい国はどこか、という世界的なアンケート調査では、ネパール、と答えた人がいちばん多かったそうだ。ヒマラヤがあるからだそうで、清らかで気高いものに価値をみる人間のこころをみるようで、ホッとするようなところがある。

我が知友の弁護士で、かつて難民救済の活動を共にした野本俊輔氏（野本・吉葉法律事務所）は、オバマ大統領（米国）がその大統領就任演説で、もろもろの宗教の融和、協調の必要性を説きながら、そこに（世界の三大宗教の一つ）仏教だけが抜け落ちていたのはどういうことなのか、と疑問を呈したことがある。つらつら思うに、いの一番に「不殺」を唱える宗教は、アメリカのような大国には非常に都合がわるいゆえに、あえて削除したのではないか、ということだ。それは定かではないが、蚊や蟻の一匹も殺してはならない、とする宗教は都合がわるい、従って気にいらないことだけは間違いない。オバマ演説を見返すと、インドではヒンズー教が入っていたけれど、仏教はカットされていた。

嘆かわしい世界の現実が、小さな国ネパール、美しいヒマラヤの下界にはある。

今日は、両親に連れられた小学一年生くらいの少女（学校の制服姿）からお金の布施を受けた。

両親と三人で二〇バーツずつ。子供からの現金布施はめったにない。滴水供養を母親がやり、その手に少女が触れて（これは送る徳〈ブン〉を共有するため）、父親はその娘の肩に手を置いた。

房に帰ると、坊ちゃん、と呼んでいる貯金箱に、その肩口から、お嬢ちゃんにもらった紙幣を入れた（両親からのお金は近々使うことに）。隣に、父母の遺骨がある。いつも我をみているという思いがある。掌を合わせた。何となくもの悲しい一日。

○なぜ父母の遺骨を？　九月二十二日（金）

今日は半月（タイ暦十月・上弦八夜）のワンプラ。数日前には細い鎌のように見えていた月がさらに姿を大きくする。

昨日、父母の遺骨のことに触れた。わが国ではめったにやらないことだろうが、このタイ国ではふつうのことだ。墓がない代わりに、河へ流す（あるいは空へロケットで打ち上げる）分のほかに、自宅などに保管する分もあって、身近において供養する。これは、釈尊が入滅して火葬された際、その遺骨〈仏舎利〉をどうするかの問題が生じ、結局、希望する各地へ分骨することになり、ブッダを供養する仏塔なるものが建てられることになったこととも関連がある。インド全土で八万四千もの仏塔が建てられたそうだが、その数の正確性はともかく、たとえ爪のアカほどの（いや米粒〈シャリ〉ほどの、というべきか）骨であってもブッダのそれが欲しい、という人々（国や地域）が多かったということだろう。

我が、父母のそれを欲しいと思ったのは、そういうブッダの話を、あるいはテーラワーダ（上座部）仏教の国のことを知っていたからではない。まだ出家する前のことであったし、何らかの宗教的な動機でもってそうしたのではなかった。ただ、火葬後の遺骨拾いのときに、自分の身近に置いておきたいという思いから、ひとカケラだけ、そっとポケットに入れた。父のときに続いて、母のときも同じようにポケットに入れ、後に小さな骨箱を買って、その中に両者の骨を入れた。

おそらく、我はさすらいの身であるから、故郷にある墓にも参ることが少なくなるという気がしたこともある。が、やはり、我にとってはかけがえのない、よい親であったという、動かしがたい心情がそうさせたのだと思う。むろん、戦後社会のなかで、教育にまつわる様々な問題があったことも確かだが、父母の存在のおかげで我というモノを書く者が育ち、何はともあれ立つことができたことに、いまはいっそう感謝の念がつのる。因果の果てに異国へと流れ落ちたことはふたりとも知らないが、きっと天からみて笑っているという思いは常にある。その意味では、このタイ国の、親の恩はゼッタイであるという法と似たようなものを感じとっていたからだろう。

その両親の遺骨が、後に、思いもかけず、役に立つときが来る。当時の副住職(現住職)と日本を旅した際、ちょうど母の十三回忌をなすべき年に当たっており、都合がいいことに母の生家でもある奈良の長姉の家(空き家)でやることになった。母親の遺骨を持っているというと、副住職はよろこんで、ぜひそれを前に置いてやろうという。そこで、急ぎ兵庫の田舎(実家)に住む息子に連絡をとり、それを奈良へと送らせた。

我らが唱える経がよく伝わるように、骨箱とブッダ像(これはチェンマイから持参)に「聖糸」(霊糸とも呼ばれるもので、大事な勤行におけるタイの風習)なるものを巻きつけて、手前の我と副住職の掌に渡し、こちらの仏式でもって供養したのだった。この辺りの経緯は、我の拙作(前記)に書いたが、思いもかけないことであったとはいえ、何かしら見えない糸(縁)で、母と我と異国の僧が奈良で結びついたような、不思議な心地がしたものだった。

以来、父母の遺骨はチェンマイへ持ってきて、房に保管している。我がタイで没したときは一緒に河へ流すように、娘たちには告げてある。

今日は、よく眠れそうだ。

○ラーマ五世のチェンマイ妃生誕祭　九月二十三日（土）

朝から雲ひとつない。今日は暑くなるね、と托鉢の布施人たちはいう。布施人のことを、ふつうタイ語で「ヨーム」（在家信者のこと）と呼ぶ。そして、托鉢のことを〝ビンタバート〟という。パーリ語では、バートがバータとなる。

もう当分の間、鯖は来ないと数日前に書いたばかりだが、何と今朝は、すばらしい鯖の煮つけをプラスチックのパックでいただいた。はじめ、パックの中身を尋ねると、妻が作ったからわからない、と応えたのは謎をかけたのか、開けてびっくり、となった。大ぶりの身を二つに切って、生姜と煮てある。これでまた数日の間、日本の魚をたのしめる。早朝の路上に、その作り手、妻君の姿がみえたことはないので、どんな人なのかはわからない。奥さんというコトバ通り、家の奥に隠れておられるのだろう。

今日は、国民の祝日ではないが、それに準じるような日である。というのは、タイ史上で極めて有名なラーマ五世（チュラロンコーン大王・在位一八六八〜一九一〇）の、一五三人の妻のうちの一人、チェンマイ妃ともいうべき人、ダーラー・ラッサミー（星の光、の意、一八七三〜一九三三）の誕生日で、今年はその生誕百五十周年に当たっており、盛大な式典が執り行われた。多数の大奥のうち、チェンマイではその人だけであったことが、人々の誇りであるらしい。昔日のラーンナー王国の王様（第七代インターウィチャヤーノン王）の娘（王女）でもあったという。

折り返し点で、Lさんが出してくれたネットの解説によれば、大王には九七人の子供がいて、そのうち二一人がすでに没、七六人が生存している、とある。多数の妻にそれだけの子を成したわけだが、何とも絢爛豪華な王室であったことか。絶対王政を返上したのはラーマ七世（立憲〈無血〉革命でタイは立憲君主国へ）であるから、まだ絶対王権の時代、父王のラーマ四世（モンクット王）とともに、その英知でもってタイを西欧列強の攻勢から守りぬき、タイの近代化（奴隷制度の廃止や学校教育の開始など「チャクリー改革」と呼ばれる）に貢献した王様であった。名門の筆頭、国立チュラロンコーン大学はこの大王の名を称していることはよく知られている。

その立派な王様のチェンマイ妃ともなると、やはり特別扱いとなるのだろう。大王はその改革の一つとして中央集権国家を確立したことで知られるが、ミャンマーとの国境にも近いタイ北部を固める意図も妃を置いた理由にはあったといわれる。

托鉢からの帰路、ターペー広場には早くも大勢の僧の読経（どきょう）が始まって、お祭りを告げる大看板の前には、人々の（僧への）布施品をのせたテーブルが並べられていた。夕方の五時からは、そのターペー門からラチャダムヌーン通りを三千人超の女性（チェンマイ県に住む五十歳以上）がタイ・ダンスを披露しながら歩くことになっていた。我がみたのは、ターペー門から五百メートルほどの範囲での歩き前の整列だったが、これまた豪華絢爛。タイやヒラメの踊りに興じて時を忘れた浦島太郎の物語は、実はタイが太郎の行き先（龍宮城）であったという説を唱える人がいるけれど、その通りかもしれない。

○続・遺骨さまざま　九月二十四日（日）

今日も晴天。朝の街路は車も少なく、快適。昨日はその油断から、あやうくバイクにはねられるところだった。横断歩道を半ば渡ったところで、止まってくれるはずのバイクがスピードも落とさずに我の目の前を突っ切ったのだ。恐ろしい男がいるものだ、ということを忘れていた。完全にクルマ優先社会、横断歩道などはあってないようなもの、と肝に銘じるべし。

バイクのことを、こちらではモーターサイ、という。クルマのなかでもとりわけ問題が多いのは、誰でも気軽に乗れるため、それを扱う人間が多種多様であるためか。酔っぱらうと、二輪しかないことをすっかり忘れてしまう。ソンクラーン祭など祝日の期間中（前後の九日間統計）、例年三百名を超す死者（タイ全土）のうち八割方がバイクのそれ。我の房は傍が通りであるため、車が減る深夜に爆走するバイクの音が酒場の音楽に増してうるさいことがしばしば。バイクという乗り物には、その性質上、人を興奮させてスピード狂にするような何かがあるのかもしれない。我の周りでも、それがために命を落とした若者の話を一度ならず聞いた。夜中に眠りを破られるたび、やはり寂しくても静かな方がいいのかナと、チュンポーンの海辺の日々を想う。

先に、遺骨の話をしたが、仏教国でそれを大事にすることになる発端は、やはり仏舎利（ブッダの遺骨〈サリラ〉）が非常な価値を持つ礼拝の対象となったことだろう。釈尊の入滅時には、遺体が火葬されたあと、インド内で八か国に分骨されたとされるが（前述）、時代はずっと下って一八九八年、インド北部でブッダの遺骨を納めた壺が発見された際、当時の宗主国イギリスのインド政府

街の告知版とダーラー・ラッサミー生誕 150 年記念祭

は、それを仏教国タイ（当時の国名はシャムでラーマ五世の統治下）へ寄贈した。そこで、ラーマ五世はアジア各国との友好をはかる目的から、スリランカやミャンマー、さらには日本へも分配する。名古屋の覚王山日泰寺（かつて副住職〈当時〉とともに訪ねた）がそれで、わが国で唯一、ブッダの遺骨を収めた舎利殿をもつ寺として知られる。境内には、ラーマ五世の立像も建てられており、先の王妃、ダーラー・ラッサミー妃（前記）ともチェンマイで結びつくから、やはり縁があったのだろう。

また、寿司屋などで、白い飯のことをシャリと呼ぶ。語源は仏舎利であるらしい。白骨というが、遺骨が白いのはその通りで、米粒の白さがそれに似ているからだという。してみると、銀シャリは、ブッダのお骨という意味でもあって、そう思って寿司をつまむと、また違った味がするだろうか。

我がその伝記を書いたコメディアンのたこ八郎（元全日本フライ級チャンプ＝斉藤清作）は、可愛がってもらったおばあちゃん（親友だったファイティング原田氏の祖母）が亡くなったとき、火葬場でその遺骨を一つ、手にしてポケットに入れ、家へ持ち帰ってポリポリと食べてしまったそうだ。おばあちゃん、ボクの中に入っててね、と呟きながら。いかにも人情家のたこさんらしいエピソードだ。

我の場合は、父母の遺骨を食べることまではしなかった。が、やはり大切に手元に置いておくことにしたのは、どこか崇拝にも似た気持があったからだろう。

ただ、人の遺骨なるものは、慎重に、しかるべき扱いをしなければならないことも心得ておくべきか。イギリス政府がブッダの祖国インドではなく、それをタイへと預けたのは、仏教が滅んだ国ではなく（近年は復活の兆しもあるようだが）、それを大事にするはずのタイ国へと向けたのは実に見識というものだったろう。

タイにはいわゆる庶民の共同墓地のようなものはないが、故人に対する供養のしかたは個々の自由という大らかな寛容性がある。王様とその一族はむろん、偉人、貴人は特別であり、遺骨を納める塔を建て、後生の崇拝の対象にする。チェンマイでは、ワット・スワンドークがその敷地内に、ラーンナー王国の歴代の王や妃の遺骨を祀った白い塔が多数建てられており、先のダーラー・ラッサミー妃のものもある。寺の住職や、その寺の設立に貢献した人のものが敷地内に、遺骨を納める塔を建てたりもするが、一般庶民の場合は、ふつう河へ流したり、あるいは空へ打ち上げて散骨したりする。その際、一部を家に保管して供養の対象にしても一向にかまわない。でなければ、例えばわが寺の住職の母親が亡くなったときは、すべて河へと流し、写真だけが供養の対象であるといったふうに、まったく自由なのだ。

住職いわく――、お骨を置いておくと、それを管理する人がいなくなったときに困るからだ、と。父や姉もいずれ没するし、自分が亡くなってしまうと、管理人が誰もいなくなる。お骨が放置されるといけないので、ならば、今のうちにすべて河へ、と決めたという。わが父母の遺骨を持っていることは知っているが、我が没したときは、一緒に河へ流すように娘にはいってある、と住職にいうと、それがいい、という。とにかく、放置されるのはだめだというのだ。やはり大事なものとして、その扱いには細心の配慮をしなければならない、ということだろう。

息子が南太平洋の戦地で没し、遺骨すら帰らなかったことを死ぬまで悔やんだわが祖母（父方）の、底知れない悲しみと無念を思う日――。今日の眠りは、いかに？

○常に初体験の今日を生きる　九月二十五日（月）

また、雨が遠のいたようだ。午後になって曇ってきたが、降る気配はない。こういう晴天の日が我にとってよいのは、シャワーのない水浴びの水が熱湯になるからだ。井戸から汲み上げてある、房の外の大型タンクが太陽に熱せられるため。だが、だんだんと日が短くなり、雨が降らなくなった後は朝夕の大気温もぐんと下がるため、その湯が望めなくなっていく。

今年は、シャワーと温水器をつけるかどうか、思案の最中だ。老体にとって、朝は摂氏13℃前後にまで下がることがあるチェンマイの寒季（十二月がピークの約三か月）は、冷水に震え上がるので、水浴びが週に一度になることはこれまでの経験からわかっている。結果、くさい身体に衣をつけてビンタバートに出ることになって、布施人ににおう恐れがある。これも冷房と同様、許してもらうべき齢にきたかと、老臭も増す七十五歳まであと二か月を切って思う。むろん、許可を得て自腹で、ということになるのだが。

この歳になって頓に思うのは、七十四歳と十月十日が過ぎた今日という日（九月二十五日）は、わが人生ではじめて経験するということだ。昨日の我とも違う、明日の我とも違うはず。今日、それもいま、この瞬間の我を体験している。それも刻々と移り変わり、朝の我と夕の我とはもう違っている。すべての瞬間がはじめての経験なのだ。

これまでの人生においても、そうであった。が、そのことを今ほど実感しながら過ごしたことはない。つまり、一度しかない人生、などといった大雑把な考えはあったにしても、今日という日、いまこの瞬間という時も一度しかない、とまでは感じていなかった。日々のシゴト、その忙しさにとりまぎれ、いつの間にか一年が終わり、数年が経ち、気がつくともう十年（ひと昔）……、光陰矢の如しとはよくいったものだが、そうした無自覚な流され方はしかたがないことなのかどうか。いや、しかたがなくはない、とするなら、なぜなのか。

時間は止めようもなく流れている。それも一瞬ごとに、あらゆるものに変化をもたらしながら流れている。とすれば、この瞬間が初体験といったことなど、当たり前じゃないか、ということになりそうだ。実際、若い頃は、そんなことを考えてもみなかったのは、その必要がなかったということもある。いや、考えるに越したことはなかったのだが、考えなくてもすませられるほどに、まるで無限大のように思える未来が、つまり膨大な時間が前方にひらけていた。

それが、いまやそうではない。いつの間にか××年、などという前に、命が終わっているかもしれない。父親が亡くなった歳まで、あと十五年――、そこまで生きられるかどうかはわからないが、できれば……、という願いがある以上、残された時間をいかに生きるかという問題は、我にとって切実である。残された時間がいくらあるのか、明日に終わるかもしれないし、二年か三年くらい先かもしれない。いずれにしても十五年以上はないだろう、という予感がある。わからないけれども、それほど長くないことは確かで、うかうかすると（無自覚に流されていると）、まさに、いつの間にか……、ということになるだろう。

命がそのように条件づけられてしまうと、にわかに、今日一日、いまこの時の大事さが浮上してくる。その日その日がいちいち初体験という認識はそのためで、こうして日々の記録をきざみつける気になったのも、一つにはそれがためだ。

以前にも、大事であるのは、今この時、この瞬間からの自分であり、過去はあくまで反省材料としてあるもの、と記した（九月十四日記）。これはブッダの教えとしてあるもので、過ぎ去ったことへの悔いは不善心とされる。従って、今日という日をいかに生きるかという、しっかりした自覚が、とくに老年になって先がみえてくると、どうしても必要になってくる。

かつて、わが恩師・てるおか翁は、ご無沙汰を詫びる電話に応えて、オレになんかに会いにこなくていいよ、君は忙しいんだから、と申されたあと（九月十二日記）、残り少ない人生をいかに有意義に過ごすか、そのことで頭がいっぱいだよ、ともおっしゃった。確か九十歳くらいの頃だったと思うが（享年93）、その言葉の意味が、いま、やっとわかる齢に我も達したということか。

思うに、せめて四十歳くらいのときに、この釈尊の仏教と出会っていれば、わが人生はずいぶんと違ったものになっていただろう。親友でもない他人のロクでもない誘い、もうけ話に乗って膨大な時間をムダに過ごすこともなかったし、本分でもない横道にそれて時間とカネを浪費することもなかったはずだ。五十七歳にして人生に行きづまり、異国へと去ることもなかったにちがいない、とこれは悔いとしてではなく、冷静に省みて思う。だからこそ、今日という日、いまというこの瞬間を意識的に生きる、その自覚を持つべきだという、先ほどからの話に帰結する。さすれば、いつ終わりが来てもいいと思える日が、遠からず来るという気がするのだが。

今日は、夜明けまで飲んで酔っ払った若いタイ女性の三人組が、酒場の前の歩道にあるテーブルから、ニモン・チャウ（お呼びします）！　と勢いよく声をかけた。まだサンダルから薄型シューズに履き替えていない、お堀端の街角でのことだ。一人が一〇〇バーツ、あとは二〇バーツの紙幣が鉢に入れられて、何とも思いがけない幸先のよさである。

朝まで飲んで、通りかかった托鉢僧にタンブン（徳積み）をする……、一般在家にも「禁酒」を説く仏教であることは（幼児からの学校教育でも教えられて）重々に承知の上であるから、間違いなく罪滅ぼしのつもりだろう。タイ人はそうやって心のバランスをとりながら生きているといわれるが、ある部分ではその通りだろう。ごめんなさい、と内心で呟いたか。三人ともひざまずいて経を聞き終えると、それぞれに髪の乱れたアタマを撫で上げ、一〇〇バーツのお嬢さんはにっこりと笑ってみせた。

○僧失格を思わせた無常の空　九月二十六日（火）

これを記しはじめた夕、午後七時、東方の上空に、満月まであと三日の月（上弦十二夜）が煌々と照り輝いた。青みがかった夜空には雲ひとつない。

その空が、朝、托鉢出発時は黒雲に覆われていた。午前四時に目が覚めたときはドシャ降りであったのが止んでいたので、このまま曇りが続くと判断して、傘を置いて出た。が、空を覆う黒い雲をみて、一瞬、傘を取りに戻ろうかと考えた。房を出て、まだいくらも経たない。ちょうど寺の裏門（通用門）に差し掛かったところで、そこから入れば房は近い。しかし、傘がよけいな荷になる可能性が高いことは、これまでの経験からいえること。えい、ままよ、と裏門を通りこし、少し行ったところで左折し、大通りへ出たところで、パラパラと始まった。すると、しだいに雨脚がしげくなり、昨日は三人のお嬢さんからお金を布施されたところまで来て、大降りになった。もう引き返せない。衣はたちまちズブ濡れになり、鯖、ナットウのお父さんのところまで来ると、傘を貸す、といわれた。が、もはや濡れそぼったあとなので、いまさら、という気がして、大丈夫（マイ・ペン・ライ)、と申し出を断った。これ以上は濡れない、と思ったのが大間違いで、さらに激しさを増した雨は衣に水の流れをつくるほど。肌着(アンサ)のポケットに入れてあるスマホが心配になって、建物の軒先に入り、常備してあるミニタオルに包んだ。アタマは帽子をかぶっているのでさほどではないが、肩先や腕、それに薄型シューズの足などは水たまりを踏むのでズブ濡れもいいところ、こりゃ要注意だと、先行きを危ぶんだ。

転んで目にケガをした布施人は、建物の軒先で煮つけたカボチャを布施してくれたあとで、やはり我が傘を持っていないことを知って、貸す、といってくれた。が、それもなぜか断わった。もはや限界に近い濡れ方であるから、本当なら、すなおに貸してもらうべきだった。それを、やはりダイジョウブ、と応えて過ごしたのは、たぶん老醜としての意地っ張りとしか思えない。こんなことで無事に帰れるのかと思いながら、足元にだけは気をつけて、いつもの休まない夫婦と息子たちのところへやって来ると、やはり我のひどい濡れ方をみて、貸す、といってくれた。が、それも断わったのは、いまさら傘を差したところで大差はない、と判断したからだが、どこかに素直でないこころがあったにちがいない。

車軸を流すようなドシャ降りのなか、やっとLさんたちのいる折り返し点へ辿り着くと、傘もささずに来た我の姿を目にして驚き、運転席から傘を引っ張り出してきて、取っ手のボタンを押してパッとひろげ、有無をいわさなかった。これを無条件の貸与というのか、返してもらわなくてもかまわない、持っていきなさい、というわけだ。

これにはさすがに老醜の意地も何もない、ありがたくそれを受けとって、早々に帰路についた。いつもの道草をすると風邪をひきそうなほど、身体じゅうが冷たくなっていたからだが、歩きはじめて一分も経たないうちに、あれほどだった雨脚がにわかに細くなり、たちまちにして止んでしまった。もはや引き返して傘を返すわけにはいかない距離を歩いてしまっている。しかたなく差したまま歩き、いつもの薬水店まで来てから、大きな傘を畳んだ。こんどは傘がお荷物になってしまったのだ。

なんという間のわるさかと、しばし気分がふさいだ。何かと上手くいかなかったわが人生の、一つの側面をみるような心地がした。大事な場面での状況判断の甘さ、決断力のなさが、膨大な時間とカネを無駄にする間違った道へとさまよい込ませた。それがために、せっかくの運のよさを生かし切れず、運のわるさだけが浮き立ち、行きづまりを招いた。ずいぶんと反省したはずなのに、まだ甘い、足りない。その日、その時の大事さを説きながら……、僧失格の烙印を押したくなる一日の終り、朝の豪雨とは裏腹の輝ける月を見上げるとは思わなかった。ああ無情、いや無常の空――。

○もう言行不一致はお断り　九月二十七日（水）

曇り空の下、返すための傘を持って出る。杖にちょうどよいが、そこまでよぼよぼではない。が、足元がいつもよりふらつく。昨夜、ほとんど眠れなかったせいだ。

夜中の午前一時から三時くらいまで、房のすぐ外で、何やら正体不明の音が響き続けた。金槌で何かを打ちつけたり、路上に何か重いモノを落としたりしているらしいが（おそらく路面工事か何かだろう）、ひどく神経にさわる音だ。皆寝静まっているはずの真夜中に、住宅街で、そういう音を平然と発するなど、なんという人たちなのだと思い、わが国にはある気づかいと、どっちがいいのか、判断に迷う。迷惑を許し合う社会、などと好意的にみていたが、昨夜はひどかった。禁止が多すぎるのも困るが、度を超した迷惑も困るのだ。

そんなわけで、邪魔な長い傘を持っていることに加えて、たいへん機嫌がわるい朝だ。こんな日は、気分に負けてケガをする、と思いながら歩いていると、案の定、こんどはバイクではなく赤いソンテゥ（座席が向い合せの乗り合いトラック）が信号機のある横断歩道で赤に変わったのもかまわず、二、三歩踏み出した我の鼻先をかすめて突っ走った。あと数十センチで命がなかった。これを油断という。信号無視の車が多いので、すべての車が止まるのを確認してから、というのを原則にしていたのに。まだこの国がわかっていない！　と、しばらくぶりに老身を罵った。

布施人たちは、昨日は貸与を断わった我が傘を持っているのをみて笑った。今日は雨が降っていないのになぜ？　というわけか。苦笑して、いや、これはあるヨーム（在家信者）が貸してくれたもので、今日は返すために携えている、というと、また笑った。折り返し点で、Lさんに傘を返して、昨日は傘を借りたあと、すぐに雨が止んでしまったね、というと、また笑われてしまった。

愚かしい行動は、跡をひくものだ。備えあれば憂いなし、と消毒液と絆創膏まで持ち歩いている我が、折り畳み傘の一本も持つのをきらうとは……、それも真っ黒い雲の広がる空をみてもなお、手にしていかなかった愚行の報いは、翌日まで持ち越した。信号機のある横断歩道での不注意は、寝不足と疲れからくる意識もうろうが原因だが、明日は托鉢を休む、と眠れない夜に決めたことを朝になってひるがえすという、決断力のなさが原因でもある。頑張らない、無理しない、の標語は何の役にも立っていない。言っていることとやっていることが違う、統一性のない行動には呆れるばかり。言行不一致とはこのこと、さては老醜などではなく老人性痴呆（にんちしょう）が始まった可能性もあるかと心配になってくる。ゆらぐココロと同様、カラダのふらつき現象もそのせいであるのかもしれない。一進一退、だが確実に進行する病……。

ふてくされた身体を、朝食もロクにとらずに横たえると、昼過ぎまで死んで、やっと寝不足を取り返した。が、気分はなかなか改まらない。

今回は、たかが雨と傘の話だが、もっと重大なことに同じ類の失敗（判断ミス）をくり返してきたのが、我の人生だったことは何度省みてもいいくらいだ。よくも生き永らえてきたと思えるほどに、生と死が紙一重であった人生……。海外取材の多かった我は、雇ったボロ車がハンドルの故障で操作不能となり、崖下へ転落する寸前にサイドブレーキがきいて助かるという、フィリピンでの出来事などはほんの一例にすぎない。その危なっかしさは、父親にもよくわかっていて、親より先に死ぬな（逆縁の禁）、というのが口ぐせだった。帰省する度にくり返されたその命令をクリアしただけでも、一つの親孝行だったたか。むろん、心配ばかりかけたことを思うと、たやすく孝行などとはいえないことも確かだ。そういえば、日々、反省と謝罪ばかりをくり返しているのがテーラワーダ僧であるから、ちょうどいいか。

今日は、日本車の上品なチェンマイ女性が、めったにもらえない五〇〇ミリリットルのソイ・ミルクを布施してくれた。鯖のお父さんが傘を笑ったのは、またも納豆（四角いプラ容器の本格的日本スタイル）を鉢に入れたあとのこと。Lさんは、味噌汁（ミソ・スープ）が手に入ったので明日持ってくる、という。タイ人を悪くいうことは、この先、とてもできそうにない。

夕刻には気分を改めて、読経の時間（六時）を迎えた。ところが、本堂への階段前にはサンダルが一つもない。窓もすべて閉まっている。ひっそりとした境内の奥、僧房の一階にネーンの姿があったので、どうしたのかと問うと、今日は嵐になるので住職がお休みにした、という。空を見上

本堂での勤行〈パーンピン寺〉

げると、確かに黒雲が広がり、風もかなりあって、降る気配が濃厚だ。勤行を休みにするほど確実な予測ではないが、豪雨がくると、雨風が窓から本堂に吹き込んで貴重な仏像や絨毯を傷めることになる。本堂への階段も滑りやすくなる。慎重に、本日は休み、と決めた住職の決断力に見習うべし。雨は夜遅くになっても降り出さなかったが、そんなことは結果論にすぎない。

この日、この時を大事に生きよ、などという我が、その舌の根も乾かないうちにやらかした言行不一致。今後は、改善につとめる、と決めた日。

○勇敢なタイ女性に脱帽　九月二十八日（木）

はっきりと雨の日。傘をさして出る。本当は雨安居（雨ゆえに安らかに居る）の日、インドの昔なら道がぬかるんで歩けなかったわけだが、チェンマイの今日（こんにち）、道は一応舗装されているので歩行が可能だ。が、こういう本格的な雨では、子供僧はむろん休む僧が多い、にもかかわらず布施人の数は変わらない、ために荷が重くなることは前にも記した。

案の定、帰路にも布施が集まってきて、もうこれ以上は（傘をさす身には）持てない、という限界に来て、いつもの角を曲がるのを避けることにした。その小路には、これも常連さんといってよい（土、日のみ休む）年配の男性がいて、布施品は決まって飯と惣菜だ。ために、その路へは折れず、まっすぐにスターバックスの傍を通ってターペー門（広場）へ向かうことにした。そして、これも案の定、スタバの角での待ちぼうけが始まった。

その、あってないような横断歩道は、一方通行道路であるため、車がどんどんやって来る。しかも、二〇メートルほど右手が建物で死角になっているため、二、三歩踏み出さなければ、猛スピードで走ってくる車が見えない。そして、踏み出して車が来ていれば、もう間に合わない。引き返さねば、相手は急ブレーキを踏むことになるので、後続の車が追突しかねないのだ。

五分ほどの間だったか、途切れたかナ、と思って踏み出すと、車が来ているので引き返す、またしばらくして途切れたので踏み出すと、やはり来ているので引き返す、といったことを何べんもくり返した。急ブレーキで追突事故でも起こされたら、こちらまで事情聴取だろう。それは困る、ということで、完全に途切れるのを待っていた。

すると、それを見ていたスタバの、店外のテーブルにいた女性客（年配のタイ人女性）が、とうとう見かねたように立ち上がり、我の傍にくると、ビュンビュン来る車の道へ、手を挙げて踏み出した。危ない！　と我は叫んだが、耳を貸さない。そのまま、間に合わない車は鼻先でもってやり過ごし、後続の車に急ブレーキをかけさせた。追突か、と一瞬思うほどの強制停止だ。間一髪で後続車もブレーキを踏み、やっと横断歩道の縞（馬）模様が空いた。さあ、渡りなさい、とその女性は驚く我を手招きしたあと、自分もまた平然と元のスタバの席へ戻ったのであった。

いやはや、タイ女性はたくましい、かつ勇敢であるわい、と感心してしまった。暴走車になんぞ負けていない。柔(やわ)で臆病な老体とは違っているのだ。

ふだん、そこは空かずの横断歩道と名付けて避けていたのに、雨の日の重すぎる荷のせいで、布施人のいる小路を避けたことが原因のデキゴトだった。もう一つ、飯と惣菜くらいはまだ少し空きのある頭陀袋に入れられたはずなのに、それを拒んだのだ。

やはり雨と傘は、我にとって鬼門をもたらすのか。間違った選択をして、今日も紙一重——、雨安居を無事に過ごせなければ、何のための修行期間か。その日、その時の正しい判断と、万全の策を考えていかねばならない、とまたもや反省！

○満月の大仏日（ワンプラ・ヤーイ）に想う異国人僧の限界　九月二十九日（金）

今日は、仏日のなかでもとくに大事な満月の日。新月の日とともに「ワンプラ・ヤーイ（大きな仏日）」と呼ばれる。

なぜ、満月が最も大事であるのか？　月の地球への影響がいちばん大きくなるため、というのが一つある。つまり、人の命にも関わってくる日だからだ。その前後に死を招く交通事故が最も多くなることは統計的にも出ているし（かつて兵庫県警の調査でうっかり〈注意力散漫〉事故は半月日に多く、中でも人身事故は、第一に満月、次に新月に多いと出ている）、母胎がうごくので出産することも多くなるし（我を産んだ母もそうだったが）、潮の干満とも関わっているし、オオカミが興奮して月に向かって吠えるというのはその通りで、わが寺の老犬たちもいつになく吠えることがある。すべての生きものが何らかの影響を受けるのが満月日や新月の日なのだ。*1　要するに、人のライフサイクルの節目が月に四度来るということで、その日にお寺に参って心身を清め整える、律するということが行われるのである。そのような精神を明治以降のわが国は失ってしまったことは、もう一度「残念」をくり返しておきたい。

夜明け前から降ったり止んだり、さまよえる空模様。早朝の室温―26℃、やや肌寒い。昨日まではおよそ蒸し暑く、それが打って変わる。わが国も、関東は先日までは残暑（猛暑）であったようだが、気候の変化は急に来る面と、三寒四温的な部分がある。九月も終わりに近く、寒季（乾季とも）へと向かう兆候がみえはじめた。

大仏日（ワンプラ・ヤーイ）といえども、勤行の内容はふつうの仏日と変わらない。在家信者の顔ぶれもほとんど同じ。ただ、今日は、布施に対する返礼に、ひとりの僧が、ラーンナー王国時代からの経文を詠み上げた。これは、細長い紙が幾重にも折りたたまれたもので、ラーンナー語（チェンマイ語）で記されている。その紙というのがふつうの用紙ではなく、ターラ樹（ヤシの一種）の葉から精製されたもので、非常に硬く、経は鉄筆でもって記してある。わが国では、コウゾの樹皮（繊維）を精製する和紙の類だが、こちらのほうがはるかに硬く、ぶ厚い。

経の中身は、古代インドの釈尊が、富者から寄進された祇園精舎と竹林精舎で雨安居（計四十五回）を過ごしたことや、多くの仏弟子（僧集団＝サンガ）と膨大な法（ダンマ）と戒律（ウィナヤ）を成した業績をたたえるもの。要するに「三宝（仏法僧）」を讃美する経は、昔も今も変わることなく続いていることを詠み上げて在家に教えた。非常に太っていて、僧座りができない（ためにいつも胡坐（あぐら）で過ごす）が、なかなかよく出来る、パンサー期が四回目の若い僧だ。

そのようなタイ僧をみていると、我はやはり老いた異国人僧であり、訪問者なのだと改めて思い知らせてくれる。タイ人にタイ語で説法できるほどの語学力もない。パーリ語の経などは、タイ僧ならばタイ語で解説されているものをすらすら読めるけれど、我は牛の歩みのごとく、辞書を引きながら、である。しばしば英語訳されたものを援用することで、どうにかなっているが。

それはやむを得ないこと、とするほかはない。僧同士の人間関係にしても、距離、隔たりが避けがたくある。よくしてくれる住職にしても、同胞の親友というわけではない。ほぼ完璧な国際性を備えた仏教ではあるが、心情的な壁や限界というものは、当然ながらある、というほかない。布施人との関係にしても同じで、よくしてくれるのは日本という国からの異国人僧であるから、という理由を措いてはあり得ない。そこでの幸いは、親日的な人が多い、ということだが、そのこと自体がすでに隔たりを意味することの皮肉を思う。ゼイタクな話だ。これが反日国ならば、とてもやっていけないであろうに。

ということで、明日また、休み明けの托鉢に出る。皮肉を愉しむべし。

＊1 『月の魔力』（A・L・リーバー著　藤原正彦・藤原美子訳　東京書籍）と太陰太陽暦（陰暦とも）については『旧暦と暮らす』（松村賢治著　ビジネス社）が参考になる。

○よからぬ魂胆のタイトル思案　九月三十日（土）

昨夜は、ほとんど眠ることなく過ごしてしまった。そういう日は、たまにある。おそらく満月日と関係があるのだろう。その引力によって、地球の表面が二〇センチほども引き上げられるというから、こころの作用にも影響があるはずだ。いささか興奮ぎみの身心は、何かのきっかけで眠りを妨げられるのだろう。我の場合、それは過去の記憶、それもよからぬもので、未だ心底に怒りが残滓をとどめているのか、不意に悔いが頭をもたげてくるのだ。たまの悪夢もそのせいだろう。

しかし、昨夜のものはそうではない。あと二か月と少しで出版される本のタイトルが、メールで送られてきて、これでいきたいのだがどうだろうか、と問うものだった。それがどうも気に入らない。作者の我としては、納得がいかないもので、代わりのタイトルをあれこれと考えはじめると、もう眠れない。

その本というのが、いまの住職がまだ副住職であった頃、二度にわたって日本をともに旅した記録で、五年以上が経ってやっと完成にこぎつけたものだ。昨日のメールは、そのタイトルが会議で決定されたというもので、××紀行、とあった。紀行かぁ……、と我は考え込んだ。

確かに、紀行には違いない。こだわる必要など、ないといえばない。それをこだわったのは、紀行ではゼッタイに売れない、そんな平凡なタイトルでは、売れない作家がさらに売れない、という確信のせいだった。つまり、そこに欲なるものが介在しているために起こる考えであり、本来、僧の抱くべき観念ではない。テーラワーダ僧、失格、といってよいほどの、よこしまな思考が我を取り巻いて、不眠をもたらした。

その欲がどこから来ているのかというと、かつて同胞のA師が、それじゃ困るじゃないですか、と叫んだように、年金のない身を嘆く思いからであることは間違いない。人間には、生存欲、というのがあって、まだ生きていたい、もっと生きたい、という死の覚悟がまだ出来ていない段階で抱く欲のことだ。これは、最高位の悟りを得るまでは残るとされるもので、従って我がそれを抱くのはある程度しかたがない、ともいえる。が、本が売れてくれたら老後の生活が助かる、という考えから、そんなタイトルではだめだ、となったわけだ。

あれこれ考えはじめると、一時間や二時間はすぐに経ってしまう。思いついては半身を起こしてメモをとり、また横になるが、アタマのなかは騒がしいままだ。いくつか浮かんだ案をメモするうちに、午前四時の鐘(他寺)を聞いた。寝ておかねば、托鉢に出られない、と眠りを強要する。すると、ますますアタマがさえてしまう。そして、ついに一睡もしないまま、これ以上は寝ていられない五時半を迎えた。

今日は、托鉢を休もうかな、と考える。休んだほうが身のためだ、と呟いてみるが、待ってくれている布施人の姿を思うと、ためらってしまう。歩けるかどうか、様子をみながら、とりあえず出かける準備にとりかかった。

安全を確保する歩き方。瞑想歩きでいこう、と決めた。時間がかかってもいい。

土曜日で、曇っているが雨は降らず、道も空いているため、横断歩道も難なく渡れて、あくまでゆっくり、安全第一を心がけて歩いた。帰路の布施も多くなく、いつもにない軽いもの、つまりお札(さつ)が入って助かった。がんばって出てきたかいがあったと、さらに注意深くして寺に辿り着く。

よくぞ持ちこたえた、と老体をほめてやる。しかし、危ない橋であったことに変わりはない。油断はならぬ。これまでの人生で、失敗はおよそ「欲」のせいであったことを思う。読者は一人半でよいと決めたはずなのに、もう一人、擬餌針(ぎじばり)で引きを得ようとする魂胆、僧にあるまじき不善心。修行の足りない、愚かな身を思う一日であった。

十月　老いゆくわが身を省みる日々

○同年配の男性の大手術痕を見て　十月一日（日）

月初めのことを、タイ語で、トン・ドゥアン、という。月末は、スィン・ドゥアン。シンと静かに終わってトンと始まる、と覚えた。

ここ数日、晴れないので、水浴びの水が冷たい。あと数か月で寒季が来るまでは感じることがなかった冷たさだ。これも加齢のせいか、寒風まさつのようにして凌(しの)ぐほかはない。

今日の托鉢は、空模様が降りそうなので傘を持って出た。折り返し点に来てもまだ降らないので、Lさんたちに、僕（ポム）が傘を持って出ると降らない、持って出ないと降る、というと、笑いながら、それじゃ、いつも持って歩きなさい、といわれた。わかっているが、やはり傘を小瓶の消毒液のように持ち歩くことはしたくない。どちらかというと、いつも持って歩きたくない。降りそうでも持って出たくない、という心情はちょっと困ったものだ。我はどうも傘というものが嫌いであるらしい、とこの頃は思う。これは、そろそろ杖をつきたくなっている証拠かと分析してみると、どうもその通りらしい。短い傘を持つくらいなら、長い杖をつきたい、と。少しでも身軽であること、かつ助けが必要な年齢に達しているのだろう。

帰路の途上、薬水店でのひと休みがありがたい。今日は、そこに初めてみる老人がいて、ナムヤータート・サーラモーンをグラスで飲みながら、小母さんと話し込んでいた。我がいつもの布施

（日本人の妻、聖母なる人の預かり物〈赤いサツマイモと生姜のスープ〉）を受けるとき、薬水はその方の献上ということにして、二人で経を聞いたあと、その老人が我の脚を揉み始めた。膝からふくらはぎにかけて、両手で確かめるように揉むので、いささかくすぐったい。が、ひざまずいて経を聞いたあと、我の両足の甲に両掌で触れてくる男性がいるのは、最大級の敬意を表すため、と聞いている。女性はそれができないのだが、男性は自在である。で、その老人の場合は、両脚をそうやって足首まで揉んでくれたのだが、その後で、やおら自分のシャツをまくり上げた。

そこには、胸から下腹にかけて、ばっさりと切って縫い合わせた傷跡が、未だ血の色をおびて刻されていた。うぉ、と声にならない声を発した我に、老人は笑いかけて、三度、手術した、パー・タット（切り開く、の意）とタイ語で告げた。チェンマイ大学医学部付属病院で、三度手術してこれだけの傷ができた、というのだった。

おそらく、内臓のガンだろう。左下腹に管と袋がついていたから、大腸のガンだったか。あまりに凄絶な傷跡だったので、そこまで詳しくは聞かなかった。ただ、いまは大丈夫、元気になったと笑い、我の年齢を聞いてきた。仏暦で、二四九一年（西暦はこれから五四三年を引く＝一九四八年）、と応えると、おう、と叫び、同じ歳だと自分を指さしていう。今年で、七十五歳になった、と。ネズミだね、とネズミの「ヌー」という単語を口にして、我がそうだと応えると、また嬉しそうに笑った。＊干支はわが国と同じ。

人間の無常は、仏教では「生老病死」（四苦）を基本とするが、やはりもうそんな歳なのだと、改めてわが身の老体を省みた。明日、どんな病が出てもおかしくない。いや、もう目眩、ふらつきの症状が出ているではないか。自嘲しながら、足元厳重注意の帰路についた。

ターペー通りのトゥクトゥク（上）とチャンモイ通りのソンテゥ

○象のような父の生き様に想う　十月二日（月）

早朝の空は、昨日とは打って変わって透き通っている。その青さをみて、ふと頭陀袋に傘が入っていることに気づいた。昨日のままにしておいたからだが、三〇メートルほどの距離を引き返して、傘を房のドア前に置いた。わざわざ置きに戻るほど、やはり傘は邪魔なのだ。

案の定、時が経つにつれて空はさらに澄みわたり、雲一つない晴天になった。こんな日に傘など持っていれば、お堀にでも捨てたくなる。よかった、と胸を撫でおろし、折り返し点にくると、西の青空に満月から三日だけ欠けた月（下弦三夜）が浮かび、東の空には目を射るばかりの太陽が昇り始めている。道路から真東の彼方、建物にさえぎられることのない陽光であるから、おそろしく眩しい。季節が雨季から徐々に移り変わっている証しだ。満月がもう一度めぐってくると、もうパンサー明けである。

いったん決まった本のタイトルにマッタをかけて、ゴネてみたメールの返事が、托鉢から帰ると届いていた。再度、メンバーを招集して、六点ほど出していた我の案を検討した結果、遊行、を使うことに決まったという。紀行が遊行に替えられたのだ。よかった、と傘を置いて出たときのようなすっきりした気分になった。

さっそく父母の遺骨に報告した。というのも、その作品には、二人ともあちらこちらに出てくる。その存在がなければ、一行も書けなかったはずだ。いや、我という者がこの世にいなかったわけで、やはりゼッタイ的存在というしかない。このタイ国の、父母を絶対視するのは、育ててもらった恩より先に、その存在がなければ生まれていない、という動かしがたい事実があるためだろう。

但し、その者がみずからの生を肯定する場合にかぎられる。生まれてこないほうがよかったとは決して思わない人だけにいえることだろう。ということは、この国の人たちは、およそこの世に生まれたことを喜んでいる、ということだ。アサンプション大学のやったアンケート調査（お金持ちの行くこの私立大学〈在バンコク〉はこういう調査が大好き）では、次の世（生まれ変わり）でもまたタイ人として生まれたいかどうか、という問いに、イエス、と答えた人が九〇パーセントを超えたという。

我の場合、また日本人として生まれてきたいかと問われると、う〜ん、と答えをためらうだろうが、また父母のような人の子として生まれたいかと問われれば、オーケー、と答えるだろう。但し、今度はもう少し上手く世渡りをして、落人にはならない人生を送りたい、と付け加える。が、これまでの人生を否定することは決してない。苦難の路ではあったが、哀楽こもごも、けっこう楽しい日々もあったし、何よりも健康な身体で、窮地を凌いで生きてこられたことを思えば、肯定することにためらいはない。出家してよかったと思うのは、そういう認識がはっきりと得られたことだろうか。人生は苦に覆われていると説きながら（これは実にその通りだが）、一方でその苦をやわらげ、あるいは逃れるための術や、幸福を得る法をあれこれと教えるのが釈尊の仏教であり、その恩恵に浴してきたからだ。

つまり、原始仏教（テーラワーダ仏教）は、生きることの苦を唱えて終わるのではなく、だからこそ幸福を追求する法を説いていることに大きな特色をみる。幼少年期からの仏教教育で、そういう観点から教えを受けてきた人たちは、やはり人生肯定の、親はゼッタイの常識をもつようになる。また再びタイ人として生まれたい、と思う人が多いのは、そういう宗教が背景にあるからにちがいない。
先に記した「生存欲」というのも、従って当然ながらしっかりとある。先の老人のように、二度三度の大手術などものともしない。無残な傷跡を我にみせたときの顔は、いかにも誇らしげですらあった。どうだ、すごいだろう、オレの生命力は……、とでもいうのだったか。

思い返せば、わが父も、七十五歳のときに大手術を受けている。ガンに侵された肺の一つを全摘するパー・タットだった。執刀したのが神戸大学医学部の教授で、我の従妹が付属病院で看護師をしていたから好都合であったのだが、パーフェクトに、見事に切ってもらって、それから十五年を生きた。ただ、最後の数年間は、その傷痕（先の老人とは反対に背中側）が痛むらしく、我が帰省するたびに、そのことを訴えた。生体が衰えてくるにつれて、どうしても癒え切らない傷もまた変化を余儀なくされて、上体の傾きも増していった。そして、最後はついにバランスを崩し、調理中の台所で倒れて次姉に助けを求め、病院へ向かったまま、再び家に帰ることはできなかったことは前に書いた。

一度倒れると起き上がれないことを知っている象は、最後まで踏ん張って生きるとは、その世話を生き甲斐にして亡くなったOさん（前記）が教えてくれたことだった。が、まさにそのような最期だった。本来なら、我が、その面倒をみる環境をつくるべきところ、それができない生き方をしてしまったことを申し訳なく思う日々が、いまも続いている。母親のほうは、八十五歳以降に始まった痴呆（にんち）が進行して施設に入り、おだやかな寂静の歳月を過ごしたあと、静かに幕を閉じたのだったが、父のほうは最後まで頭がしっかりしていたから、ずいぶんと「老」いの「苦」をなめた。もっと生きたい、という生存欲も十五年が限度だった。次姉の助けがたまにあるだけの独り暮らしではなく、世話人にめぐまれた暮らしをしていれば、もっと生きたかもしれない、とは思う。が、象のように最後まで自力で踏ん張って生きるのと、どちらがいいのかは、一概にはいえない問題だろう。

その子供である我に、いまこそ孝行不足の報いがきているわけだが、それもしかたがない。やはり父のように最後まで踏ん張って生きるしかない、と覚悟を決めたのも最近のことだ。微々たる年金では困るから、身体が動くかぎりは働かねばならないし、そのためには自損事故もなく健康を保つための努力をしなければならない。健康保険証もないから、まさに油断大敵の意識をもって日々を過ごさねばならない。もし、我がそうではなく、なに不自由のない、病気になっても十分な資金があって、場合によっては立派な施設に入って老後を過ごせるような者であったなら、決して出家などしないし、どんな風になるのだろうと想像してみると、延命措置などでよけいな生かされ方をしないともかぎらない。どちらがよいのかは、やはり一概にはいえない、という答えが返ってくる。一度倒れたらお終い、という象さんの自覚をもって、適度な緊張の日々を過ごすのもわるくない、それが不幸であるとは決していえない、という思いがある。大手術をする費用もなく、生存欲をみずから断ち切る日が来るなら、それはそれでよい。たとえその費用が用意できても、父の老苦をみてきただけに、老体にメスを入れる覚悟ができるかどうかもわからない。

わが母はそれを拒んだ人だった。盲腸すら慢性のものを民間療法で散らしてしまったが、我は一度だけ、その盲腸で切られた跡が下腹にある。若い頃、欧州を貧乏旅行中（大学を休学してなした一年間の旅）にドイツで発症し、独り路上を這うようにして辿り着いた病院で、即刻、ベッドに乗せられて切られたのだった。あと一時間、遅ければ命がなかったと執刀医はいった、急性のものだった。これまた紙一重の命拾いで、手術代なども一切とらず、十日間の入院代も無料にしてくれたおかげで、その後も旅を続けられたのだった。いまも残る傷跡をみるたび、ドイツはハンブルクの病院に対する恩を感じるのだが、そんな小さな傷さえも、今頃になって（寒い日には）ピリピリと痛む。ましてや、老齢での大手術となると、生易しいことではすまないと理解できるだけに、父の最期は痛々しい、まさに苦そのものだった。が、よくぞ耐えきったと称えたい気持ちもあって、掌を合わせるのはそのためでもある。

早かれ遅かれ、死は万人に訪れる。その死をいかに迎えるか、それがすべての人に最後の問題としてある。ならば、みな平等、ともいえる。いずれにしても、人生は皮肉に満ちている……。

今日はそんなふうに落人、出家の身を慰めて、そろそろ一日が終わる。

○幼児からの習慣化と反省の大事　十月三日（火）

今日も快晴。午前六時過ぎには東の空にあった雲も、早朝の太陽をさえぎってくれた後はきれいに消えて、この前の豪雨が信じられないくらいだ。帰路には西の空をゆく月をうっすらと、しかしくっきりと映しだし、我の長い影をつくった。

前に、一日たりとも同じ托鉢日はない、と記した。今日も、いつもの布施人に加えて、おそらく一期一会の人が二組。それも両組ともに親子連れだった。経を唱える我の顔をまばたきもせずにジッとみつめる二歳くらいの女の子を連れた両親、中学生くらいの男の子を連れた両親の一組だ。前者はまだ掌を合わせることを知らず、ただ不思議そうに聞いているだけ、後者はすでに学校でも教育されているから、両親とともにひざまずいて神妙に聴く。

筆者の経を裸足で聴く子供たち〈隣に母親〉

そういう子供を連れた親の場合は、新しい覚えたての経（幸福の経）ではなく、従来の「祝福の経」を唱えることにしている。なぜなら、そこには〝（親をはじめ）目上の者を敬う者には、長寿と美と幸福、そして（身心ともの）「力」の恩恵が増していく〟といったフレーズがあって、親たちもそれを望んでいると思うからだ。二歳の子供にはわからないけれど、何となく感じるものがあればよい。子供の頃からのそういう習慣が、大人になるにつれて意味をもってくる。この国の幼稚園児からの仏教教育というのは、要するに心の成長過程を重視して、かつそれを習慣化していくため、というのが我の考えだ。一度や二度の教えでは、人はいうことをきかない。何度もくり返し、耳にタコができるほど聞かされてはじめて何とかなる、やっと実践につながる、というのは我のような高齢の出家者（および在家）にもいえることだ。それが積年にわたって行われるのだから、若者の仏教離れがいわれる昨今においても、まだ何とかそれを食いとめる背景になっているように思われる。それも、以前に記したように、僧の教育現場での復権があってはじめて可能になっていることは確かだ。

反省というものも、またしかり。テーラワーダ僧の反省は、日々省察、と称されるように、毎日、年がら年中、くり返している。一日の終りには必ず、その日をいかに過ごしたか、衣食住にわたって戒違反に相当するような問題はなかったかを省みなければならない。あったならば、それを告げて反省する「告罪」なる義務も課されている。

わが寺では、夕刻の僧だけの勤行において、それをやる。まずは、僧が日常の拠り所とする「衣食住」と「薬」に関して、それが身を守り安全に過ごすためだけの、必要最小限のものであったかどうか、そこに美装もなく、贅沢もなく、ただ健康を維持するため、仏道修行のためだけに用いたかどうかを省みる。その文言は、例えば、衣と住については、暑さ寒さをしのぎ、ヘビ、虻などからの危害を逃れるためにのみあればよい、とする。要するに、一切の飾りや体裁をかまわず、ボロ衣と掘立小屋があれば十分、とする心得を説く。食（托鉢食）や薬についても同様、美食や美味への欲を排し、健康維持のためにのみ使用するべきである、といったものだ。

テーラワーダ仏教の伝統としてある、そのような精神性は、巷にモノがあふれる現代社会において危機的な状況に置かれていることは、僧の肥満一つとってもいえることだが、それもまた、かろうじて崩壊を食い止められているのは、年中、くり返される「反省（日々省察）」があるからにちがいない。二二七戒律の「布薩（詠み上げ行事）」もそうだが、いくら形骸化していると批判されようと、そのようなことすらしなくなった日に、どうなるかと問えば、やはりあったほうがいいに決まっている。反省をくり返しているうちに、悪いこと（戒違反）はしなくなる可能性が出てくる。僧もまた人間であってみれば、日々の行為・行動の至らなさ、欠点をくり返し反省し、年がら年中、その日の終りに反省することが求められるのである。

さて、我の今日の反省は？

不用意に余所見（よそみ）をしてふらつき、堀に落ちそうになったこと。こころの浮つき。これも煩悩の一つ。何となく、落ち着きに欠ける。半月に近づいているためか？　ついうっかり事故は、半月日に多くなる。何度も反省して、気をつけるべし。

○迷惑な騒音が招いたすれ違い　十月四日（水）

また快晴。春に向かう気候のことを三寒四温などというが、三雨四晴といったところか。

昨夜はまた眠れず、朝の歩きが心配だった。戸外の異常な騒音のせいだ。で、起き出し、カーテンを引いて窓の外をみると、何と巨大なブルドーザーが動いている。先日からの騒音は、やはり道路工事だった。それもちょうど人が寝しずまる時刻に始まるのだ。

以前、我によく布施をしてくれていた在家の年配女性は、旦那さんがやはり日本人で、日本語も達者だった。ある時、チェンマイからさらに北のチェンダオという町に引っ越す、と告げた。世話が必要な老母を抱えている人で、引っ越す理由というのが、チェンマイはザワザワしてきたので、というもの。なるほど、昔日の静かな古都はいまや車の洪水となり、傍若無人な深夜の暴走族的バイク音や迷惑をかえりみない深夜のとっかん工事など、我の周辺だけをみても納得がいく。せめて老い先みじかい老母には静かな環境を与えたい、という気持ちはよくわかる。

してみると、我もまた、そういう環境の面からも、変えていくべき時期に来ているのかナ、と日増しに思う。

静かさは、仏教が非常に大事に考えている要素の一つだ。悟りへの道にも置かれているが、心に静かさがなければ、確かに真理の探究どころの話ではない。煩悩としての浮つき、苛立ち、怒りなど、ストレスばかりを溜めていくことになる。現代人は、たとえ歳が若くても、そういうものを知らず知らずのうちに溜め込んでしまっているのではないか。帰国して都会を歩くと、何となく苛立っている人、一触即発で切れそうな人、実際に切れてしまう人など、静かさを失った心の危うさをみることがしばしばだ。我は、そういう病を「知らず知らず病」と名付けているが、自分では気づかないうちに、いわば無意識のうちに溜まっていくものがあるように思うのだ。

寝不足の夜を過ごし、やっと托鉢を終えて戻ってくると、もう体力は限界に近い。それでも昨夜から何も入れていない胃袋が求めるので、パンとサラダでかるく済ませた後は、バタンと横になって寝入りそうになった。その瞬間、房のドアにノックの音。寝入り際にまた邪魔が入ったと不機嫌になり、応えずに放っておいた。すると、強いノックがくり返されて、さらに機嫌を損ねた。こうなると、つい依怙地になって、うるさいなぁ、どうせどうでもよい用件だろう、となおも放っておいた。すると、ノックの音はしなくなったが、今度は我のほうが寝つけなくなった。

そのうち、僧の昼食（十一時からの実質的には夕食）時間が近づいたので、やむなく起き出して住職の房へ向かった。ふだん、その時間には食堂へ向かうことになるからだが、開いたままの扉から、アーチャーン、と呼びかけると、すぐに姿をみせて、トゥルン、どうしたの？ と、問いかける。実は、いまから一時間ほど前に、我のドアにノックする者がいたけれど、誰だろう、と逆に問いかけると、住職は、自分の鼻を指さした。なんだ、アーチャーンだったのか、と我は苦笑して、何の用だったのかと尋ねた。

すると、トゥルンを訪ねてきた日本人の男女（たぶん夫婦）がいた、という。それで房をノックしたのだけれど、応えがないので、布施を置いて帰っていった、というのだ。今日は、若い僧たちは皆、学校の試験日なので出かけて不在。なので、いま、その日本人からいただいた布施食を食べているところだと、すこぶる機嫌よくいうのだった。

しまった、とまでは思わなかった。が、そういうことなら、寝バナを破られてでも出ていくべきだったと、後の祭りの後悔がきざした。ひょっとすると、布施食に加えて、いくらかの布施金も置いていったかもしれない。それは定かでないが、居留守をつかって申し訳ないことをした、と、アーチャーンが手渡したメモに、つちや、とある名を眺めて思った。

筆者の現・僧房とラムヤイの樹

あと一分、ノックの音が早ければ……、と残念に思ったのだったが、そろそろわが同胞も戻ってきたか、という喜ばしい気分にもなった。チェンマイに我という日本人僧がいることを、どこかで聞きつけて、そうやって訪ねてくる人が、コロナ禍以前（パンオン寺にいた頃）にはあった。とくに一冊の本——『出家への道』（幻冬舎新書）を出したときは、わざわざその本をもって東京から訪れた年配女性が、サインをしてほしいといい、その場で大枚の布施金を置いていった。バンコク在住の中年男性もタイ人妻を連れて現れて、やはり布施を置いていった。これは調子がいいや、と喜んでいると、間もなくコロナごとき悪魔が現れて、客足がピタリと止まってしまった。本も売れなくなって、版元は苦戦を告げた。

そのような過去の経緯からみて、この度の不手際は、これまた反省の材料になる。老人性おっくう病、えこじ病、おうちゃく病。いや、知らず知らず病か。原因（遠因）の一つは、寝不足を招いた深夜の騒音である。

○知らないことは不幸せに通じる　十月五日（木）

今日もほぼ快晴。もはや雨はどこへいったか、と思えるほど。この時期は、まだ太陽が激しく照るので、昼にはゆうに30℃を超え、最高は午後二時頃、35℃に達した。

一日とて同じ托鉢日はない、と記した。当たり前のようだが、やはりこれは人生の学びに入れてよい要素だろう。だから、面白くもある。明日はどうなるか、わからない、ということは不安であると同時に、期待や望みを持つことができる。

この世は、知らないことだらけであるから、何かを知るということの面白さもある。知識欲というものは、この歳になっても尽きることはない。仏教は、およその欲を否定する（あるいは抑制せよと説く）けれど、知識に対する欲だけは肯定している。我が聴く朝のＦＭラジオの常なるテーマ・フレーズは、知ることは幸福である（クワーム・ルー・クー・クワーム・スック）、というもの。確かに、知らなければ損失を招く、大きな失敗もして幸せを損ねることがしばしばだ。無知、無明は、もっとも深刻な煩悩の親ダマだが、本当にその通りだと思う。

今日の托鉢では、また一つ知ることを得た。鯖のお父さんが、この時期になると出回る丸っこい果物を鉢に入れてくれたあと、その名を失念している我がそれを問うと、ラーンサート、と耳慣れない発音を口にした。何度問い返してもそういうので、そこでは首を傾げたまま、折り返し点まで来た。そこで例によって、Ｌさんたちに、これは何という果物だったかと尋ねると、「ローンコーン」と告げた。おう、そうだった、思い出した、と我はよろこんで、しかし、これを鉢に入れてくれたヨームは、ラーン何とか、といったけれど、どういうことかしら？

すると、バイクのＣ氏が、ラーンサート、と口ごもった我を笑いながらいった。そばのＬさんも笑いながら、そう、ラーンサートよ、という。それから長々と、それには二つのタイ語があって、大きな甘い粒の場合は、ローンコーン、といい、それよりやや小さくて、すっぱ味がある粒の場合は、ラーンサート、というのだと、我がまったく知らなかった知識をさずけた。しかし、結論は、ほぼ同じもので、さしたる区別はない。人によって、二つの語のどちらかを選んでいるにすぎない、という。

ラムヤイの季節が終わって、急に出回り始めたローンコーン。樹の枝に幾粒もの実が垂れ下がる図は、ラムヤイとよく似ている。粒の大きさも似たようなもので、その実りはやはり南国ならではのもの。わが房の前にあるラムヤイの樹は、枝葉を広げ過ぎて街路の電線にかかるほどになったので、昨夕、総出ですべての枝を切り落とした。丸裸になってしまった樹はしかし、来年には再び枝葉を出して、ラムヤイを実らせるという。熱帯樹のたくましさは驚くばかりだ。

今日は、酸っぱ味のあるラーンサートをいくつか食べて、ビタミンCを補給した日。

○言い訳をしていい今の時代　十月六日（金）

快晴。それも朝から照りっぱなしの一日。夕刻に遠くで雷が鳴っただけで降らず。雨季への意趣返しのような暑さ。それも湿気の多い蒸し暑さで、老体にはこたえる。

おまけに、昨夜、やはり工事の音でよく眠れず、さらに左太ももの付け根を何ものかに刺され、三つの咬み痕ができる。さてはダニか何かが棲みついたか、万年床、いやこの一か月ほどの間、床上の草編みの敷き物や毛布などは敷きっぱなしである。カンカン照りの天気なので、この時とばかり、すべてを日干しする。男所帯にウジがわく、というが、まさに僧世界はそうで、修行期間に入る前、住職の訓示に、よく掃除をして、身の周りを清潔にしておくこと、というのがあるけれど、そのことを指す。これも反省すべきことの一つ。

ただ、老いてくると、何かと面倒くさく、億劫になって、いろんな行動が鈍（どん）になっていく。腰をかがめるシゴトは長くやると痛みだすので中途半端だし、食べるものも手抜きをしがちである。老人の独り暮らしの問題は、実にその辺にあって、他の面では寺に護られている老僧も例外ではない。やはり、杖だけではなく適度な他の助けが必要な時期に入っているのだろう。それが得られない者は、よい最期を迎えることができない、という気がしてならない。

しかし一方で、そんなことを心配しても意味がない、という気もする。もし仮に、我が在家として暮らし、よい伴侶に恵まれて老後を過ごせる者であったとしても、遅かれ早かれ、独り取り残される可能性がある。その逆に、相手を独りにしてしまうかもしれない。わが父母がそのよい例で、母が認知症という病に陥って施設に入ったときから、父は独り取り残された。最後まで踏ん張って生きたことは前に記したが、その踏ん張りもきかず、寝たきりにでもなれば、それこそ孤独死、ということにもなりかねなかった。人の一生は、どこでどうなるのか、予想もつかないものだから、先々を心配してもしかたがない、という考えにも一理あるだろう。

その場、その時の運、不運もある。時世に影響を受けることもある。自分の力ではどうにもならない他力が、よい面で働けばよいが、そうではない場合もある。先頃のコロナ禍などは、その典型的な例で、人間の自力による精進（努力）を水の泡にしてしまった。それでいい目をみた（財を得た）のはほんの一握り、あとは多かれ少なかれ痛い目に遭って、なかには路上に放り出されて孤独死（戦死のようでもある）をした者もいる。そのことの罪を誰がかぶるのか？　未だ戦争犯罪が問われて未解決のままであるのと同じ性質のものだろうか？

自己弁護や言い訳は、あまりしたくない。が、いまの世、この時世では、それをしなければ生きていけない、という気がする。自他の責任の比率はどんな場合にも一概にはいえないが、裁判における弁護人のように、それを考えてみるのも先々を生きる縁（よすが）になるのではないか。他のせいにすることを、ただ非難するだけではすまない、大いに認めてよい時代に入っているように思えてならない。結果の責任を一身に引き受けて自死するくらいなら、成り行きにまかせて孤独死をするほうがよい、と開き直って今日も一日が終わる。

○ヌンするカオニャオはノスタルジー食　十月七日（土）

半月（下弦八夜）のワンプラ。しばらくぶりに早朝から小雨がぱらつき、勤行が始まる七時半には大降りとなり、それから一時間余り後、勤行が終わるころに止んだ。あとはまた雨なしの、晴れ間ものぞく蒸し暑い日に。

今日はまた新しい知識を得たことを報告したい。新しい、というより、古い記憶を呼び起こした、といったほうがいいか。

子供の頃、わが家では、正月に餅（もち）を食べる習慣があった。まだ祖母もいて人手があった頃、皆でそれを大きな臼と杵で搗（つ）いてつくった。餅は、そのまま食べても、お雑煮にしてもよく、我はそれが好きだった。子供の感覚でも、消化がよいと感じられたからだろうか。もっちり、というコトバはそこから来ているのだろうが、辞書を引いても出てこない。が、モチ肌、というのはある。

その子供の頃の記憶のせいか、タイに移り住んで以来、カオニャオと呼ばれるそれが我の好物だ。カオが米、ニャオがもっちり、ねっとりの意。托鉢でも、それがときどき鉢に入れられるが、入らない日もあって、そんな時はふつうのご飯をしかたなく食べる。

先頃、そのカオニャオが四日ほど続いて鉢に入らないことがあった。いつもは必ず一つは献上されるワンプラでも見当たらず、すべて白米であったから、ついに欲が出て、托鉢折り返し点でLさんにそのことを訴えると、その日のうちに、モチ米なるものを買い入れて我の房まで運んでくれた。

いやはや、またも有り難く頂戴して、さっそく炊飯器で炊いてみた。ところが、炊きあがったものは、我が好物とするいつものカオニャオではない。ふむ、と考え込んでしまった。炊きあがったのは、ふつうの白米よりはねっとりとしているが、さほどの差異はない。おかしいな、と考えること丸一日――、そして、ハタと思い出した。そういえば、わが家で餅をつくるとき、祖母はそれを釜で蒸しあげて作っていたではないか、と。

翌日、さっそくそのことをC氏に話すと、そうだよ、蒸すんだよ、という。蒸すはタイ語で、ヌン、という。そう、ヌンだった、ぬんぬん、と我はくり返して、それは我の炊飯器ではできない、というと、Lさんが傍から、明日、それが出来る炊飯器を買ってきてあげる、という。

が、そこまでの世話をかけることは遠慮して、いや、大丈夫、そのうちタワイ（献上）されるし、それまで待つことにする、と告げた。

さすがに米の王国である。わが国では特別な日にしか作らない、食べないそれが、日常の暮らしにある。

思い返せば、バンコクで在家のころ、路傍の店でも、炭火と簀の子付きの鍋でもって蒸しあげていたではないか。そんなことも忘れて、ただ炊けばよい、と考えた我の浅知恵。知らない、気づかない、というのはゲにおそろしいことだ。

今日のワンプラでは、それを探すまでもなく、三つも四つも大きなビニール袋に入ったそれがみつかって、二つばかり、冷蔵庫に保管する分までいただいた。それが何とナットウとよく合うのだ。ねっとり同士。これはまた、鯖のお父さんに頼まなくては。

ところで、わが寺では、ワンプラのとき、パー・クラープ（布施布）というものを使わない。つまり、布施を献上されるとき、相手が女性の場合、赤い金色の布を差し出して、その上にモノを乗せてもらう。前の寺では常にそのようにして、女性の手がそのモノ（お皿もしくは袋）から離れると、こちらもモノを手にとって、布をしまう、という手順だ。これはタイ仏教にある習慣であり、隣のミャンマーなどでは、女性からモノを受け取るとき、手指さえ触れなければかまわない。実際、戒律にもそれが正しいとされており、タイの習慣はきびしすぎる、という住職の考えから、パー・クラープは使わないことにしたのだった。

これについて、我には苦い記憶があるので、明日はそれを記すことにする。

○手渡し禁止習慣のやっかいさ　十月八日（日）

薄曇り。降る気配はなく、照ることもない、ちょうどよい天気。折り返し点でサンダルを履き、ワローロット市場へ買い出しに向かった。野菜売り場で、パクチーとトマト、ブロッコリを切らしているためで、それに人参、玉ねぎ、大根を少々、補給するために仕入れる。

ここにいる年配女性は気さくな人で、しかも、野菜やそれを入れた袋などは平気で手渡しをする。原則はわかっているが、そんなことをやっていると、忙しい場が滞ってしまう。と、わかっているから、うるさいことはいわない。それは我も同じで、いちいち手渡しをやめて、つまり、いったん置いてもらって、それを手にして……、などと面倒なことはやりたくない。ただ、できるだけ手指と手指が触れないように気をつけているが、触れてしまったからといって、相手がいやな顔をするわけではないし、我もまたどうということもない。

ところが、ある日、トイレット・ペーパーを一個、老婆がいる雑貨店で買ったときのことだ。値段はたったの八バーツで、五バーツ硬貨一枚と一バーツ硬貨三枚を渡せばすむ。それを婆さんに手渡そうとしたところ、ダメだと首を振って、そこへ置け、という。そこへ、といっても雑貨がごちゃごちゃとあって、硬貨を乗せると隙間に入ってしまうから、我もまた首を振って、大丈夫、手と手が触れないように、その掌の上に落とすから、とジェスチャーを交えていった。つまり、それを受ける手のひらの上から、ポトンと落とすやり方だ。これは、以前の寺の住職が、祭事などでペンダントにもできる小さなブッダ像を在家にプレゼントするとき、女性の場合、その受け手の三センチほど上から、ポトンと落として与えるのを見てきたから、大丈夫、そのやり方で、と婆さんにもそうするようにいったのだった。

ところが、いやだ、そこに置け、という。大丈夫、こうやって、掌の上に落とすから、手は触れないから、と我は再び返した。が、ダメだ、そこに置け、と婆さんはまた首を振った。大丈夫、こうやって落とせば、指と指は触れないんだから、と我はまたも口調をつよめていった。が、それでも、婆さんは大きく首を振り、そこに置きなさい！　と命令口調で返した。

こうなると、我も意地になって、大丈夫だから、問題ないから（マイミー・パンハー）、と手にした硬貨四枚をもう一つの手のひらに落とすジェスチャーを交えていった。すると、婆さんはまたも、はげしく首を振って、だめだめ、そこに置きなさい、と譲らない。

そんな押し問答をくり返すこと一分余り、とうとう我のほうが根負けして、雑貨の上に硬貨を乗せたのだった。が、案の定、滑り落ち、今度はそれを拾うのが面倒だ。結局、拾うのはあきらめ、婆さんの責任にして、その場を去ったのだった。

いやはや、頑固な人がいるものだと、我は溜息をついた。が、我もまた老いて依怙地になっているのを押し問答のなかで感じていた。そこは素直に、婆さんの望む通りにしてやればよかったと、後になって省みたのだったが、また一方で、習慣というのはゲに怖いものだという感想を抱いたものだ。いったん付いてしまったものは容易には変えられない。まさに「生活習慣病」なのだ。一つの習慣を変えるには、それ相応の動機が必要であり、婆さんの場合は、誰か偉いお坊さんが、そんなことは実は戒律にはない、タイだけの習慣であるから、いまは柔軟に考えていいのだと説いてはじめて、改める可能性が出てくるのだろう。

仕入れを終えて折り返し点に戻ると、Lさんは、マジックインキを造作もなく我に手渡した。それでもって買い物をしてきた袋に我の法名（Amaro）を記してバイクのC氏に託すのだが、テキパキと事をすすめるには、やはり習慣は適当に変えていくべきだという気がする。わが寺の住職が選択したのは、ミャンマーのやり方が正しい、というものだが、我もまた、それが正しい、と、婆さんとの押し問答を思い出すたびに思うのだ。

○雨の日こそ標語確認　十月九日（月）

やはり、まだ雨季だ。朝から、しっかりと雨。持ちたくない傘をしかたなく差して出た。

案の定、布施が一人の僧に集中してくる。こんな日には、初めて見る布施人まで加わって、たちまち鉢をはみだし、傘が邪魔になってきた。が、雨は小降りになる気配もない。

荷の重みで鉢が傾いて、蓋が路上に落下する。カッチャーン、という派手な金属音で、キズもつく。それを拾うのに身をかがめると、肩の衣が落ち乱れて、裾が地面に届くまでになった。チーウォンは、左肩に引っかけてある布の束を左手でしっかりと引っ張って、ゆるまないようにしておかねばならない。それが肩から落ちると、衣全体がずり落ちて、下手をすると上半身が裸になってしまう。建物の陰で、やっと着付け直したが、これだから雨の日はやっかいだ、と小言をつぶやいて、やっと折り返し点へ。

そこで荷を預けてラクになったかと思いきや、帰路にもまた布施が集まってきて、しかも雨は降り止まず。前方に布施人の姿がみえると、ありがたいことなのに断わってしまいたくなる。重い荷に思わず足元がふらついて、歩道から車道へと踏み出してしまい、後ろから来た車とニアミスを起こした。ターペー広場から堀端を歩く間に、猛スピードで走るトラックが水溜まりを通過して、バシャと泥水が衣に襲いかかる。

ここに至って、悔いが始まった。雨の日は、ロクなことが起こらない。いつも見かける老僧は、我より年下だが、決して出てくることはないし、子供僧の姿もないのは、指導者が出ていくことを許さないからだ。やはり、雨安居を決め込んで、寺でおとなしくしているほうが無難である。それがかしこい修行期間の過ごし方だろう、と今さらのように考える。

午後には止んでいた雨が、夕刻からは午前中よりも激しくなった。思い出して、夕刻から洗濯機を回し始めたが、こんな日に洗濯をする愚か者もいない。

さて、どうするか。まだ雨の日は来るだろう。決断力のなさは、仏法の上でも不善である。歳を考えよ、と命じて、房の標語を確認する。無理をしない、頑張らない！

○犬の放し飼いにみる問題　十月十日（火）

曇天の朝。昨夜の洗濯物、チーウォンを干すこともならず、ビニールの袋に入れたままにして托鉢へ。もう一着ある衣も、まだ洗濯せずに放っておいたものだ。そのうちに、と思いながら忘れて

お堀の光景〈ターペー門近く〉

いた。それがいささか臭い。が、しかたがない、それを着て出ていく。

　昔からの怠惰性、要領の悪さもだいぶマシになってきたとは思うが、まだ足りない。テキパキと事をすすめることを心がけているはずなのに、どうしてもスキ、油断が出てしまう。昨日の雨で、それが危険を伴うまでに出てしまった。雨ニモマケズ、といきたいところ、負けてしまったのだ。

　空模様に降る気配があったが、きらいな傘は置いて出た。臭い衣は濡れてくれたほうがいい。どうせまた洗濯だろうから、とむしろ降ることを願ったが、最後までパラつきもせず。ただ、昨日と違って、子供僧も老僧も出てきたので、布施が必要十分な量ですんだ。

　戻ってくると、今度は老犬がわが房の前のラムヤイの麓に糞を落とす場面に遭遇した。これまでも、時おりそれがあって、一体どいつが落としていくのか、わからないままだった。住職は、それはうちの犬ではなく、外から来たやつだと、犯人を野良犬のせいにした。それなら、こんど見かけたら、追い払ってやる、と思っていたのだが、なんと、わが寺の老犬、ミッフィルだった。

　それなら、しかたがない。目撃したところで、追い払うこともできず、大きな黒い塊が樹の周りにある芝生の端に落ちるママにした。

　もとより、我は、寺が犬を飼うことに反対である。ところが、多くの寺がそれをのさばらせ、訪問客へ吠えるにまかせている。めったに咬むことはないにしても、そんな寺には入りたくないという人も多いはずだ。いまの住職が副住職としていた以前の寺は、住職がそれを飼わない方針であったから、猫が何匹かいたにすぎない。しずかなもので、訪問客も多かった。仲間の僧の一人（位は副住職と同レベルだったが）は、一二度までも訪れた寺で咬まれたことがあるという。

　わが寺の老犬たちは、もう歳で、ほとんど吠えることもしない。ために、訪問客も安心して境内を散策しているが、我が托鉢に歩く途中にある寺などは、やかましい犬が三匹もいるため、訪れる人もめったにない。これも放し飼いをするタイ人が習慣的にマヒしていることで、外から来た人にとってはそうではない。そのことが、多くの寺の住職にはわかっていないように思えてならない。

あるいはまた、生きものは皆、その命を尊重されるということで、どこからかやって来て住みついたり、犬好きの僧が持ち込んだりするのを拒むことができない、という事情もあるだろう。我としては、かつて在家の頃、一度咬まれた経験があるため、そのトラウマから未だ逃れられておらず、犬のいる寺へは入らないことを原則としている。万が一、咬まれたときは、何回ものワクチンを一定の期間を置いて打たねばならない、その面倒を考えるだけで、犬には厳重注意なのだ。托鉢途上にもいる放し飼いの犬をみるたび、その動きから目を離せない。

タイが観光立国をめざすなら、この犬を何とかしないといけない、という人は多い。確かに、年間に何十人か、咬まれてワクチンを打たなかったタイ人が死亡しているから、狂犬病のウイルスをもつ危険な犬もとくに田舎へ行くといることは確かだ。我は、そのワクチンを打つのを怠り、おかげで発症の兆候に震え上がった経験については、恥ずかしいかぎりのデキゴトとして本にも書いた。発症すれば百パーセント死ぬという事実がある以上は、ゼッタイに打たねばならないワクチンだった。

ともあれ、わが寺の老犬の糞は、風化するにまかせることに。そのうち、強い太陽光線を浴びてひからび、土に埋もれ（芝のコヤシにもなる?）、あるいは風に散っていく。路傍の糞もそうして消えていくのを待たれるものが多い。これも一つの知恵か、それとも放し飼いという手間のいらない、自由気ままをよしとする民族性の反映か。戦後に犬の拘束（および予防ワクチン接種の義務化）を選んでほぼ完全に狂犬病を追放したわが国と、どちらがいいのか、一概にはいえない、むずかしい問題をはらんでいる。

○正反対の性格で共存する老犬たち　十月十一日（水）

ほどよい曇り。天気予報では午後から晴れると出ていたが、午後遅くに薄日が差した程度。夕刻からはまた曇天。室温、30℃。蒸し暑さは相変わらずだが、この30℃くらいがもとより冷え性の老体にはちょうどよい。タイの気候に馴れて、高温でも大丈夫になった証しかもしれない。

昨日は、犬のことを話題にしたので、その続きを少ししておきたい。

いつだったか、帰国した際、一匹の犬が日暮れの街を猛スピードで疾走してくるのに出くわしたことがある。埼玉県のある町でのことだったが、そのときは思わずゾッとして路傍に立ち止まり、犬が走り過ぎるのを見守った。肝を冷やしてしまったのは、ここは日本であり、そんなことはあり得ないはずなのに、突然の異様な光景であったからだ。これがタイならば、どうということもない、しばしば出くわしていることだから、ただ黙って見過ごせばよいだけのこと。そして、めったに咬むことはない、とわかっているから、さほど恐れる必要もない。

おそらく鎖を逃れた犬であったろうが、もし誰かしらを咬むようなことがあれば、飼い主の責任である。犬の拘束は飼い主の義務であり、散歩に出るときも繋いだままにしておかねばならないことは誰でも知っている。が、戦後しばらくの間は、わが国も放し飼いであったことを知る人はあまり多くないはずだ。渋谷駅（東京都）へ主人を迎えに日参した忠犬ハチ公の物語は、そういう時代でなければあり得なかった。それを法的に繋留することにしたのは、いうまでもなく狂犬病の蔓延を防ぐという目的からだった。同時に、年に一回は飼い犬の検疫（ワクチン注射）を受けることも義務づけられた。これが今でも獣医の食い扶持になっている。

犬にとっては、自由の身から拘束の身となったわけで、もし口がきけるなら人間さまに抗議したいだろうと思うが、大人しく従うほかなかった。が、一方、それでもって人間がラクになったかというと、これまたみずからを束縛してしまうという皮肉については、あまり言及されなかった。狂犬病の防止という大義名分の前には、反対の声を上げることができなかったのだ。

放し飼いには、前に述べたこともそうだが、確かに問題が多い。しかし、それらの問題と引き換えに、人畜ともに、規則に縛られない、勝手気ままな自由を得ていることをどう考えるかだろう。そこに多大な価値をおくならば、諸々の問題は深刻には考えなくてすむ。もし咬まれたら、ワクチンを打てばよいし、それを打たないで放置し、死亡するなら、その者の責任である。犬を芝生に入れないでください、とか、落とした糞は持ち帰ってください、といった立て札を立てる必要もない。必ずしも飼い主がエサをやる必要もなく、誰かがどこかで与えてくれるから、放っておいても生きていく。野良犬と飼い犬の区別も判然とはしない、地域に住みついたにすぎない飼い主のない犬もいて、我はこれに咬まれたから、誰に文句をいうわけにもいかなかった。わが国とは、何もかもまるで正反対といってよい状態にある。患者を抱えている医者は、三泊四日の旅をするのも大変であるようだが、犬猫を抱えたわが国の人たちも同じようなタイヘンさを余儀なくされる。飼うにはお金もかかる。こちらはタダ同然、わが寺の老犬たちも寺が何らかの世話をしているわけではない。

というのも——

夕方になると、バイクを駆ってやって来る高齢の女性の姿が正門のそばにある。寺にいる二匹の老犬（加えて猫と鳩）に餌を与えるためだ。それも毎日、欠かさずに来て、用意してあるものを幾皿かに分け、水も別皿に入れ、犬たちが食べ終えるのを待つ。蒸し暑い夕には、傍から大きな団扇でもってあおいでやっている。なんという聖母か、勤勉な布施人と同じく、まずもって休むことがない。休めば犬が飢える、と心得て日参するのである。その勤勉さがどこから来るのかというと、この仏教国では、動物にエサをやることも僧へ布施するのと同じ、タンブン（徳積み）に相当するからだ。我が時たま、二〇バーツ紙幣の布施を受けるご婦人はターペー門にいて、鳩にエサをやるのを日課としていることは前に記したと思う。

二匹の老犬は、毛色が白と黒で、まったく性格を異にする。人懐っこいのは雄の白いほうで、名をミッフィルという。ミッドフィールダーの意で、サッカーの好きな僧がつけたらしい。もう十五年ほども生きていて、人生、いや犬生に疲れ切っており、人に譬えれば九十歳以上のヨボヨボといってよい。が、日々、一生懸命に僧たちに尾っぽを振って可愛がられようとする。本堂での読経が始まると、一歩ずつ懸命に階段をよじのぼり、入口に座を占めて経を聴いている。いじましいほどの忠犬ぶりなのだ。

もう一匹はやはり十年を超えた雌の老犬（黒いほう）だが、キャラメルの名を持つこちらはまったくのマイペースで、僧姿にすりよることもなく、読経などには見向きもしない。あまりに違う性格ゆえか、仲よくいるところなど見たことがなく、それぞれに独立独歩である。たまに外からよその犬が入り込んでくるが、そんな時だけ（小さな犬の場合のみ）、協力して吠えて追い払うくらいのものだ（闘えば負けそうな大きな犬には吠えないが）。それと、いつもの聖母がエサをくれるときは、しかたなく、といったふうに寄り合って、しかし、それもそれぞれが勝手に食べて、すぐに離れて

本堂入口で経を聴く老犬

いく。決して喧嘩などはしない、リッパというしかない関係性、キョリの保ちようなのである。

老僧の我が可愛いのは、どうしても白い老犬の方ということになる。托鉢でもらってきて、食べることのない肉（脂ぎった豚の串焼き）をやるのは、こちら、と決まっている。餌付けしてくれる人がいなければ困るのは黒い雌の方で、白い雄は時どき、物陰に隠れて食べようとしない。ほかにもくれる人がいるからだ。それやこれや、人の世にもいえる現象のような気がしないでもない。

ともあれ、今日は犬を話題にしてお終いとする。

○ふらつきながら考えるわが身の明日　十月十二日（木）

早朝の室温、25℃。戸外へ出ると、大気が冷たい。おそらく23℃くらいか。マスクをしていると、メガネが曇る。雨がパラついているが、傘を差すほどではない。しかし、また途中で降られると、濡れた衣で身体が冷える。と思って、やむなく傘を持って出る。

ところが、どんどん空は明るくなって、昼近くにはカンカン照り、まったく予想外の成り行きだ。この国の天気予報など当てにならない。とくに雨季の空は常にそうだ。昔、といっても半世紀ほど前だが、我がはじめてこの国へ来た頃は、天気予報なるものがなかった。聞けば、必要ない、とのこと。それを必要とするのは、海に出る漁師のみで、これだけはあった。海がしけると命に関わるからだ。が、ふつうの生活をしている人たちにとっては、空もようなどは空の勝手にしておけばよい、というわけで、傘を持ち歩いている人もみたことはない。いまはそうではなく、皆がいい服を、とくに女性はおシャレをするようになって、濡れることを嫌がるけれど、昔は誰もがTシャツ一枚にパンツであった。ひどく降ればどこかで雨宿り、そのうち止むからだ。いまは折り畳み傘みたいなものがあるから、雨が降りそうな日はそれを持ち歩く人もいる。が、未だに、曇りの日でも雨の心配までして出かける人は少ない。降ったら降ったときのこと、と軽く考えているようで、実際、バンコクの地下鉄駅などでは、雨が止むのを待つ人たちの、のんびりと腰を据えている姿が地下道を埋めている。しかり、天気予報と傘は未だに必要ではない、と考える人が多いということだ。

そのようなタイ人の習性が、ながく暮らしている我にも染みついてしまったのかもしれない。これもある意味で、犬の放し飼いと同様、必ずしも必要でないことに気をわずらわせない、フリー・スタイルの生活を好む人たちの特性の一つだろうか。もっとも、わが国のように、降り出したら長い、秋の長雨のようなしつこい空はほとんどないためでもあるだろうが。

こうして日々、日記をつけていると、季節が刻々と移り変わっていることがよくわかる。午後遅くには、雲ひとつない青空がひろがった。気温も31℃まで上昇。日増しに、寒季が近づいていることを感じる。わが房の前の老犬の糞も、これでだいぶ乾いてくれる。水分がぬけて軽くなったところで、他の落葉といっしょに片づけるかもしれない。

このところ、また、例のふらつきが顕著になってきた。昨夜などは、部屋の中でふらついて、壁に肩をぶつけてしまい、アタマでなくてよかったと胸を撫で下ろした。わが老齢の友人は、歩行中にふらついて、頭を塀にぶつけてしまい、それが後遺症となって睡眠中の無呼吸症状に悩まされている。一時的に呼吸がとまる病で、酸素マスクをつけて寝るしかなくなったという。脳の病気はまったくタチがわるく、因果関係がはっきりしないところがある。

まさに、仏法にいう「無我（アナッター）」とはこのこと。我の身体は、我のモノにあらず（意のままにならない)。この先、どうなっていくのかも定かでない。わかり得ない部分が多く、従って対処のしかたも極めてむずかしい。認知症がこれからの医療における研究対象であるのは、その原因がむずかしい脳にあるからだ。認知症になりながら本を書いた医者もいるから、我もまた母親の症例とわが身を参考に、老後のたのしみにしてみるかナ。

バンコクで仕入れてきた漢方はとうに切らし、またその後の五苓散も先ごろ切れてしまったから、外からのサポートはなくなっている。そのせいだと思うが、排便も不規則かつ滞りがちになり、よい眠りが得られない。睡眠不足は、前にも記したように騒音のせいもあるが、てきめんに体調に影響する。そうした複合的なものが原因であろう、と推測できるが、確かなことはわからない。前にも記したが、A師は病院へ行け、というけれど、まだそのつもりになれない。

この辺のことは、賛否両論がある。病院へ行ったところで何もわからない、ムダだ、と突き放す人は、西洋医学をまったく信じていない。誤診が待っているか、病をつくられて危険な薬を与えられるだけ、くらいにしか思っていないのだ。

そのような、いわゆる漢方派にしても、みずからの身体に入るクスリがどのような働きをして健康に寄与しているのか、すっかりわかっているわけではない。現に、我がバンコクの有名な漢方薬の店で処方してもらったものは、一か月の服用をもってしても、その効き目を確認することはできなかった。つづく、五苓散にしても、確かに通じは規則正しくなり、一日二回の服用を一回にしたときははっきりと違いが出たりしたけれど、効用の一つとしてある目眩(めまい)にどれほどの効果があったのかは、やはりよくわからない。

ただ、飲まないよりは飲んだほうがいい、何もしないよりはいいだろう、とは思う。が、それが絶対に正しい考え方なのかは、これまた確信がない。自然のまま老いるにまかせ、よけいな抵抗はしないで放っておく、という考え方をするならば、それはそれでよいようにも思う。が、そういう達観した考えは、いまのところ持てそうにない。つまりは、もっと元気に生きていたい、できるだけ長く生きたいという、いわば生存欲がある以上、あれこれと心を悩ませることになる。その欲を持たなくなったとき、人は悟りに近づくのだろうが、いまの我にはとても無理というもの。

さて、どうするか。しばらく、ふらつきながら考えてみよう。

○出家にまつわる難しさ　十月十三日（金）

托鉢に出てはじめて、今日は「休日」であるようだと気づいた。金曜日なのに、車の数が妙に少ない。が、布施のほうはいつもより多い。最初の鯖のお父さんのところでは、五名ほどの若いタイ女性の観光客が加わって、それぞれに水とソイ・ミルク。たちまち鉢をはみ出して、ビニール袋に入れて持ち歩くことに。いきなり重い荷に老体が当惑する。

折り返し点で、C氏が、昨日、ハマスによるイスラエル攻撃によって、多数のタイ人出稼ぎ労働者が巻き添えを食い、死亡したというニュースを知らせた。それに気をとられ、未だ休日である理由に気づかない。

やっと知ったのは、寺に戻ってきてから、庭に水を撒いている住職からだった。今日は、布施がやたらと多い、休日なのに、云々とその理由を尋ねた。すると、プーミポン王が亡くなった日、という答えが返ってきた。ラーチャカーン、ティー、カオ、つまりラーマ九世崩御の記念日だから布施人が多いのだ、と。はぁ、と我は間抜けな声を発した。

忘れもしない、我が出家した年のことだ。得度式は五月下旬のことだったが、それから五か月余り後に、ながくタイ王国の事実上のトップとして君臨し、国民の敬愛を一身に集めた国王がついに亡くなった。永久に生きてほしいとまで願った国民は、その死を悼んで、早朝から街路へ出、僧への布施を行なう人が多かった。そのときも、我は布施の多さが何ゆえであるのか、わからずにいた。朝の早い国民がとらえたニュースを知らず、後で知らされたのだったが、今日もまた同じく、敬虔な仏教徒でもあった国王の、いわば供養のつもりで僧への布施を行うのである。

今日はもう一件、わが寺で大事な催しがあった。パーリ語で〝ウパサンパダ〟という。つまり、出家（得度）式のことだ。昨日、住職から、それが午後一時からあるので、忘れないように、といわれていた。最近、トゥルンは何かと忘れっぽい、とわかっているのだろう、今日も朝、水撒きをする住職から、ラーマ九世の崩御日であることを告げられたあとで、忘れないように、とまた念を押された。老僧の信用度もしだいに失われていく……。

出家したのは、二人の中年男性である。民間会社の仕事をしているが、一か月の休暇をとり、それを僧修行にあてたという。法的には、百二十日（約四か月）まで認められるが、多忙な社会ではそれはとてもムリで、やっと一か月。短期出家の典型例だが、男子たるもの一度は仏門をくぐるべし、というタイ社会の規範があるため、それを願う人は多い。

むろん、ラーマ九世の崩御日を記念すべき出家の日に選んだ。これから、パンサー明け（今月二十九日）を経て十一月十一日まで、僧院暮らしを体験する。

正面に座る和尚のことを戒和尚（ウパチャヤー）といい、両サイドに四名ずつの僧（計九名）が縦

出家式の一場面〈パーンピン寺〉

に並んで着席する。この出家式の模様は、二時間ほどもかかる長丁場なので、とてもここで全部を記すことはできない。興味のある方は、かなり詳しく描いている拙作『出家への道』(幻冬舎新書)を覗いてほしい。

我にはなつかしい光景だった。得度式に出るのは、この七年間の僧生活で初めての経験である。かつてのわが身を思い起こすことになって、実に感慨深い。ウパサンパダとは、二二七戒律を授ける、という意味のパーリ語で、二十歳から可能な正式僧となるための儀式だ。その名の通り、戒を授ける、言い渡す、というのが主な内容だ。出家式では、そのうちの主なものだけ、つまり十箇条を、戒和尚の側に控える教戒師の先導によって唱える。

我は、この十項目のパーリ語を空で憶えるのにずいぶんと時間を要した。以前に、未成年僧(サーマネーン)が守るべき十戒のことを記したが(九月十六日記)、それと内容は同じだ。

二人ともに、非常に太っている。が、しっかりと戒を守って過ごせば、五〜一〇キロくらいは減らすことができるはずだ。もっとも、午前中だけの食事でも、回数や量を多くすれば、あるいは午後に甘い飲み物をたくさん口にすると、逆にもっと太ってしまう可能性もあるけれど。

バンコクで在家であった頃、出家したいが今はできない、という男性に会ったことが何度もある。彼らが一様に口にするのは、お金がかかる、ということだった。それがないために、という理由だった。が、短期出家なら、列席する僧への布施金が少しかかるだけで、あとは黄衣や托鉢用の鉢だが、たいした費用ではない。我の場合、布施金が確か六千バーツ(約二万四千円)、衣と鉢を合わせても千五百バーツ程度のもの。費用に余裕がなかった我は、助かったと思った記憶がある。今日の布施は、やはり各僧に五〇〇バーツずつ(戒和尚は千バーツ)で、当時と相場は変わっていない。

ただ、同じ出家でも本格出家であれば、親戚縁者、地元の人たち、大勢が集まって派手な宴会（送別パーティー）を催さねばならない。その費用というのが、出家者の側の負担であるから（このことにはやや問題を感じるのだが）その場合はまた別で、お金がない、というのはわかる気がする。我の場合、チェンマイには誰も知り合いがおらず、独りの出家であったから、そういう面倒もなくてすんだのだったが。

この続きは、また明日。

○命に関わる習慣なるもの　十月十四日（土）

一日中、薄曇り。たまに日差しがある程度で、ちょうどよい。今日はワンプラであること（従って托鉢はお休み）も、昨日まで忘れていた。出家式で同席した僧から、明日はワンプラだね、といわれてはじめて、そうだった、と気づく。やはり、住職が心配するのもムリはない。

朝の勤行では、二人のニューフェイス、新米僧が住職によって紹介された。その際、御多分にもれず太っているが、この度の修行生活で痩せるだろう、と告げる。と、在家が笑ったのは、社会問題がわかっているからだ。

昨日の記で、出家したいができない人の事情を書いた。お金の問題の他に、それよりも重大なネックは、出家式に必要なパーリ経の暗唱と、戒のうち、飲酒欲と食欲が否定されることだろう。これは個々によるが、どうしても経が記憶できない人もいれば、初めから拒否反応を起こしてしまう人もいる。能力的、感性的にムリな人もいて、実際、托鉢に出てくる子供、青少年をみていると、しっかりした善い顔立ちをしている子が多い。大人もそうで、見るからに欲の深そうな、世をすねたような怖い顔をした者はいない。

ただ、にわか僧（短期出家）の場合、パーリ経を憶える時間も十分ではなかったのか、うろ覚えで式に臨む人もいるようだ。昨日の二人もそうで、傍らから、わが寺の住職が何度も助け船を出して、やっと先へ進む、といったふうであった。この辺はかなり寛大で、いくらか間違えたところで失格になるということはない。

次なるネックは、やはり酒飲みはしんどい、ということだ。ところが、タイでは経済発展をしたおかげで酒を飲む人がふえた。女性は少ないが、男性の場合、テーブルをはみ出すほどに空のビール瓶や缶を並べ（これは勘定のときに店員がその数を数えるため）、飲んだくれというより、ほとんどアル中のような人も少なくない。こういう人は、まず出家はむずかしそうだ。よほどの決心、覚悟をして臨むのでなければ、まさしく三日坊主で終わるのがオチだろう。

そういう我自身も、出家に際して、酒なるものを断つのに苦労している。それこそ長い時間をかけて、日々、一滴ずつ減らしていく、といった有様で、出家前日までかかった憶えがある。食欲は何とか耐えていけたが、この酒欲はなかなか大変だった。

それがどうにかなったのは、土壇場まで追いつめられていたからだ。もう後がない、というくらいにせっぱつまった状態にあって、得度式に間に合わせるために、飲酒の「欲」はどうしても禁としなければならなかった。人は、そのようによほど追いつめられなければ、それまでの習慣を変えられないものだという、実体験にもとづく思いが我にはある。いったん身についた習慣は、それが悪いものであればあるほど（甘美なものであるだろうから）、変えていくにはそれ相応の動機がなければならない。重篤な病をきっかけに、とか、酔って暴れたのをきっかけに（これは我の知り合いの場合だが）とか、人によってさまざまだが、そういうことでもないかぎり、やはり流されてしまうのが、哀しいかな、ふつうの人間というものだろう。世にいうところの生活習慣病というのは、従って「飲食欲習慣病」と言い換えたほうがいいような気がする。

いま現在の我にとっての問題も、その「習慣」なるものをどのように考えていくか、ということだ。それが老いるにつれて、最も重大な関心事となっていく。つまりは、命に、寿命に関わることであるからだ。

明日も話題を続ける。

○身体と相談して決める、クスリか医者か　十月十五日（日）

はや月半ば。上弦一夜（タイ暦は十一月に変わる）、これから暗黒の夜が明るさを得、半月を経て満月日へ。すると、修行期間（雨安居期(パンサー)）が終わる。

日曜日の托鉢は、何かとよい。まずは交通量が格段に減る。街は静かで、こころ休まる。布施は、休みの日しかそれができない人も加えて、ふだんよりも多いくらいだ。それに、たまに出てくる人は、お金を入れてくれることが多い。

そのお金だが、これこそ布施習慣の変遷を物語る。昔は、僧の金銭所持は禁じられていたから、鉢にお金が入れられることはなかった。それが貨幣経済の発達にともない、お金がなければ何かと不自由であることから、まず多数派のマハー・ニカイ（文字通り「大きな派」の意）が解禁した。一方、ラーマ四世モンクット王がなした宗教改革によって発足した少数派のタンマユット・ニカイ（派）は、つい近年まで長く金銭所持を禁じていたが、最近はそれを許す寺が多くなってきた。もはや、それなくしては僧の生活が成り立っていかない、金銭を扱ってくれるお付きの者（昔はこの「デック・ワット（寺男）」がたくさんいた）も人材不足であるから、不便きわまりない。ということで、やむなく戒改正となったのである。

習慣なるもの（とくに伝統のもの）は、そのように、もはや変えざるを得ない、極限状態にきてはじめてなされるものだというのは、見逃せない点だろう。先頃も記したように、例えばクスリの問題にもいえることだ。

それは大きく分けて、漢方と化学薬品（東洋医学と西洋医学）だろうが、どちらを選ぶか、あるいはどちらにより多くの比重を置くかという話は、以前にも触れた。我自身は、折衷派だが、どちらにもいえることは、人体の神秘に適切な答えを出してくれるかと問えば、否、未だ不十分である、といわざるを得ない。

アジアを歩いてきた我が、プラント・ハンターという仕事があるのを知ったのはさほど昔のことではない。それは、薬学にも通じた一人のイギリス人女性がアジア各地を巡り歩き、いわゆる薬草なるもの、あるいは薬草になりそうな植物をハンティングし、自国の製薬会社の開発班へ、それらを研究材料として送っている、という話だ。その事実について、例えばマレーシアのマハティール大統領などは苦言を呈し、それはいわば泥棒であるから、それ相当の代価を払ってもらう必要がある、と訴えた。

そうして植生の豊かなアジア各地から、ハンターなる者が跋扈（ばっこ）して、採り漁っていることで新薬の開発に役立っているという事実を鑑みれば、大統領の発言にも理由があるといってよいだろう。つまりは、西洋医学の薬物にしても（その化学と名の付くクスリのなかにも自然草が生かされているようだが）未だ開発の途上にあって、薬によって進化の度合いはちがっている。我の知友の医者も、その点について、これは安全ないいクスリだとか、そうではない要注意の薬物だとか、みずからの判断を口にするけれど、その通りだと思う。

片や、漢方薬の方は、あくまで自然から採れたものを調合しているので、化学物質はまず混入されていない。ために、その効き目といえば、我がかつて生ガキに当たって七転八倒しているとき、タイの友人が与えてくれた錠剤がたちどころに効いて助かる、といったことはほとんどない。むろん即効性のあるものもあるけれど、多くが穏やかな作用であり、効いているのかいないのか、よくわからないという、我が経験ずみのことは前に記した。

しかしながら、だからといって、効き目が瞭然とした化学薬品がよいのかというと、そう単純な話でもない。これも我の経験だが、処方通りに風邪薬を飲んで非常によく効いたのはよかったが、恐ろしいまでの便秘に見舞われて、生まれてはじめて浣腸薬なるものを買い求めたことがあった。それでもって、窮地を逃れたものの、今度はその浣腸薬がクセになりそうだった。便秘になるとそれを使いたくなるからだ。そして、その使用が常習になったとき、わが身はどうなるのかという、次なる心配がアタマをもたげてきた。

そんなこんなで、結局どうすればいいのかという、むずかしい話になってくる。西洋医学ぎらいの漢方派にしても、おだやかな効き目だからと安心して飲み続ければ、人体はどうなっていくのか、先々に何の副作用もなくてすむのかについて、確信があるわけではない。我は一時、サプリメント派というべきか、五〇代にして衰えたカラダが大いに助けられた経験から、その信奉者となったこともある。が、それが手に入らなくなってからは、およそのものが、初めは効いているようでも、マンネリ化してしまうとよくわからなくなり、お金もかかることから、いつしかやめてしまう、といったことが度々だった。

漢方薬やサプリの習慣なるものは、いうまでもなく続けることだ。つまり、続けねばならなくなる。以前、我は五苓散の効き目について、規則正しい便通をよろこんだ話をしたけれど、それを切らしてからは、やはり元のように不規則となり、便秘がちになっている。だから、その効き目がほしければ、また飲み始め、かつ続けなければならない。どこまで続ければいいのか、と問えば、それはわからない。死ぬまで続ける必要があるなら、それは問題だろう。長く続けて、いつか何かの事情で止めることになれば、いま以上のリバウンドで身体が狂ってしまうということがあるのか、ないのか、それもわからない、困った話なのだ。

いまの我にいえることは、また実践しようと思っていることは、人体は神秘であり、わからない、というところから出発する、ということだ。そして、その場、その時の体調に、できるかぎり気づいていくことだ。まずは気づかねば、対処の仕方もなにもない。医者の命令ではなく、漢方医や薬剤師の処方ではなく、自分の身体が命じることに耳を澄ますことだ。そして、どうしても必要だと身体が要求したときのみ、それじゃ、何に手を出すか、を考える。その時やっと、クスリの選択が始まるのだ。それまでは、クスリの知識や情報は収集しても、服用することは控える。基本的には、人体に備わっている自然治癒力なるものを信じ、薬は必要最小限、ちょっと手助けをしてもらうだけ、といったふうに考える。風邪で熱が出るのは、その治癒力が働いて、治そうとしてウイルスに抵抗しているためであるから、せいぜい民間療法の手助けを受ける程度にしておく、というのが老体の信じるやり方だ。

テーラワーダ仏教の僧は、インドの昔から、クスリなるものを拠り所としてきた。まずは健康でなければ修行にならない、ということで、病に陥るとクスリを頼りにした。ということを知っている在家は、しばしばそれを布施品とする。ほとんどが化学薬品だ。

しかし実のところ、その昔、僧が頼りとしたのは、陳棄薬（ちんきやく）（パーリ語でプーティムッタペサッチャ）なるもので、牛の尿に木の実などを入れてつくるアーユルヴェーダ（インドの伝承医学）的なものだ。自然界由来のものであり、化学薬品とは無縁のものだ。そのことに、多くの在家は気づいていない。

先日、我はひとつ、クスリについての情報を得た。ふらつきの原因かもしれないメニエール病には、タナカン（tanakan）とサーク（serc）というクスリが効く、というものだ。それで治したバンコク在住の知友がもたらした情報だが、こちらの薬局は病院が出すものと変わりがない。病気の兆しがあればまず薬局へ、それでもダメなら病院へ、という常識はそのためでもある。さて、それに手を出すかどうか、未だ考え中である。この先の、我の身体と相談して決めたい、と思っている。果たして、うまく相談できるかどうか？

○目まぐるしい一日の出来事　十月十六日（月）

雨上がりの朝。夜明け前までは、相当な降りようだった。まだ空は雲に覆われて、いつまた降り出さないともかぎらない。ために、きらいな傘を持って出る。

いやな予感は、初っ端から的中した。大通りへ出たところにあるコンビニの前に、見たことのない大柄な真っ黒い犬が居座って、こちらを睨みつけている。思わず、ゾッとして鳥肌が立った。こんな犬に咬まれた日には、もはや僧生活もおしまい、托鉢に歩くことができなくなったら、おしまいと決めているから、よけいに肝を冷やした。幸い、襲ってはこなかったが、なさけないわが身を思いながら歩く。

かつて、犬に咬まれるまでは、放し飼いの犬を恐れたことなど一度もない。それが、たった一度の経験でもって崩れ去った。まさにトラウマが刻印されてしまったことは前にも記した。その心の傷は、十年以上が経つ今も消えてくれない。見なれた犬ならまだいいが、見知らぬやつで、それも眼付き、顔立ちからして、オオカミかと思えるほどの悪さであったから、はっきりとトラウマが浮き立ってしまったのだろう。

堀にかかる橋をわたると、チャンモイ通りへ入っていく。と、いきなり頭上から滝のような水が落ちていて、樋のない屋根にはね返る飛沫が衣に襲いかかった。雨が上がったばかりであるためか、ビルの屋上の排水管から落ちてくる水だ。どうしてそういう迷惑な配管をするのか、これもわからない、この国ならではの粗雑さ、乱暴さだ。どんな水質なのかはわからない。ただの雨水であればいいが。

いつもの場所で、薄型シューズに履き替えていると、一目でホームレスとわかる男がやって来て、薄汚れた布サイフから一〇〇バーツ紙幣を取り出した。それを我にくれようとするので、オー、マイトン、マイトン、と思わず口にした。その必要はない、というタイ語だ。以前、やはりホームレスから二〇バーツ紙幣を受けたときも複雑な気分だったが、今度は一〇〇バーツだ。そんな大金は受け取れない！　自分の面倒をみなされ（ドゥーレー・トゥア・エン）、と我がかるく笑っていうと、ホームレスは、ちょっと唇を尖らせて、しかし素直にうなずいて背中を向けてくれた。どちらがよかったのかは、わからない。タイ僧ならば受けていたにちがいないが。

折り返し点にくると、いつもの物もらいが、Lさんから何かをもらいたくて、建物の軒に立ちつくしていた。いつまでも、にやにや笑いながら、くれるまで待っている。手があいたところで、Lさんはやむなく二〇バーツ紙幣を渡したが、それでも立ち去らない。何か食べるモノもほしいからだが、こちらは同じホームレスでも図々しい物乞いだ。元気なのに働かない、まだ若い男。そうしてもらったものを、大通りに面した路傍で、これみよがしに手づかみで食べる。人間、恥の意識やプライドさえ投げ捨ててしまえば、ラクに生きられるのだろうか。

帰路、以前の所属、パンオン寺の本堂に立ち寄った。一昨日（ワンプラ）の「布薩（パーティモー＝二二七戒律の詠み上げ行事）」の際、大事にしている小ぶりの布を忘れてきた、と思うからだ。確信はないが、どこを探しても見当たらないので、きっとそうだと考えた。大きすぎず、薄すぎず、ちょうどよいミニ・タオルだ。それを折り畳んで片方の尻に敷いておくと、僧座りがラクになる。失くすと困る、というのも、在家からの献上品としてはめずらしい、めったにない布であるからだ。

本堂に入っていくと、かつての仲間、筋肉マンのサーム師が掃除をしていた。これこれしかじか、と説明しながら、方々へ目をこらしていると、大ブッダ像の裏手にあるテーブルの上にそれが乗っていて、おう、と大きな声を発した。サーム師が笑いながら、もう年だね、と一言。

本堂に忘れたのなら、きっとある、という確信があった。戒としての、盗みを非とする教えは、僧の場合、草の葉一枚といえども、与えられないものをわが物にするなかれ、というものだ。出家式でも戒和尚から言い渡される大事な心得である。従って、誰かが忘れていったことが明らかな布一枚を持ち去るような僧はまずいない、とみてよかった。

その後、寺まで、めったに通らない小路を辿る。途中、若い女性が、ニモン、と声を発しながら通り過ぎた店から追いかけてきた。引き返すと、コーヒー店のドア外のテーブルに見なれた老人の姿があった。いつもワンプラに顔をみせる、品のよい人だ。にこにこ顔で我を迎え、布施してくれたのは持ち帰り用のカップ入りコーヒーとショート・ケーキ。ドリップ・コーヒーを切らしてからは、ずっとインスタントであった我は、久しぶりに豆からの本格コーヒーをいただいた。まったく違う、格段にすぐれた味に、思わず、旨い、と呟いた。値段は正直だ。

午後からは、コンピューター・センターへ。エプソンのプリンターが故障しているのを、長いこと放っておいた。これも必要に迫られなければ、老体が動かない。インクが入っているので、傾けることができず、大きなタオルに包んで持ち運ぶ。途中、向こうから止まってくれたトゥクトゥクの運転手は、開口一番、お金は要らないから乗りなさい、という。運転席から降りてきて、わざわざ我から荷を受け取り、後部座席へ。こういう運ちゃんもいるのだ、と改めて人によることを思う。下りて、経を唱えると喜んで、またトゥクトゥクと走り去った。在バンコクの日本人女性で、バタバタ、という人がいた。バタバタに乗るより、お見合いトラック〈と、その方はソンテゥ〈横長の席が向かい合わせ〉のことを称した〉のほうが安いので、ふだんは後者なのだが。

修理代、切れていた黒インク一本、で締めて四三〇バーツ。店員は、毎日使わなければ、プリンター・ヘッドが乾燥してしまう、という。そういえば、以前もしばらく帰国して戻ってきたときに調子が悪かった。近々、帰国の予定だというと、また持ってきなさい、と当然のようにいう。持ち帰って印刷を試みると、新しくしたはずの黒インクが役立たず、何度もやってみて、青い文字なら大丈夫、という奇怪な現象が起こった。だましだまし使うしかない、やっかいな機械だ。人体に劣らず、クスリに劣らず、わからない代物——。

今日は、怖いこと、腹立たしいこと、困ったこと、よかったこと、助かったこと、出費したこと……、めまぐるしい一日。

○人類の悲劇のような大失敗　十月十七日（火）

寒い朝だ。老体にはそう感じる。摂氏24℃、暗い空は雨が降りそうな気配だが、傘は置いて出る。と、間もなく降り出したが、たいしたことはない。昨日の滝の飛沫と比べれば、どうということもない。

折り返し点で、Lさんが運転席から傘を取り出した。かなりの降りになっていたから、このままでは相当に濡れてしまう、と我も借りるかどうか迷った。が、空を見上げて、大丈夫、豪雨にはならない、と判断した。

今回は、それが的中した。帰路の半ばで、すでに止み、空が明るくなった。気分がよい。布施が重くなってくると、よけいに傘を借りなくてよかった、と思う。そう、我が傘を嫌うのは、このためだと再認識。少々の雨に傘など差していられないからだ。鉢をひっくり返すくらいなら、濡れて帰ったほうがよい。

午後から、入管へ向かった。トーモー（TM）、と略称される。外国人にとって、非常におもしろくない所だ。これがあるために、異国暮らしがどれほど苦労をさせられるか、なんとも恨めしい存在である。人類の悲劇の象徴、とまで我は思っている。すなわち、この地球上に国境線なるものが引かれたときから、人類の不幸が始まった、というのが方々歩いてきた我の実感である。パレスチナ問題などは、その典型としてあるもの。果てなき悲劇……。

僧のビザは、ノンイミグラント・ビザの一種で、一年間の滞在が可能である。一年ごとの更新でもって、我はここ何年かを過ごしてきた。が、その一年の間、九十日（約三か月）ごとに、居住地の届け出（90Days report）をしなければならない。それがためのトーモー詣でだ。

これはわりあい簡単で、一枚の用紙に必要事項を記入して窓口へ出すだけ、そして次の訪問日を記した用紙が返されて、お金も要らない。ただ、面倒くさいだけの話だ。が、我は思いもかけない大失敗をしてしまう。それはすなわち——

再入国ビザなるものを、その日にとってしまおう、と考えたことに始まる。帰国の予定があるからだが、その予定は十一月末から十二月下旬まで。今現在のビザの有効期限は、十二月二日までであるから、再入国ビザもいま取れば、それまでに戻ってこなければならない。すなわち、日本にはたった数日しか滞在できないことになってしまう。そのことに気づかずに、窓口へ千バーツの紙幣一枚と申請書を出してしまった。パスポートに押されたリ・エントリー・ビザの有効期限、つまり十二月二日までの刻印をみて、ふと失敗に気づいたのだったが、あわてて窓口へ引き返し、確認すると、その通りであったから、キャンセルしたい、と申し出た。ところが、職員は、おもむろに申請用紙の下欄に記された注意事項を指さして、これを読め、という。そこには、一度申請して払い込まれた金額は、いかなる事情があろうとも、ノー・リファンドである、と英語で記されてあった。

南無三（なむさん）！　日本円にして四千円相当が一瞬にして消えた。何というドジであるかと、あまりの悲劇に帰路の足元が危なくなった。それでなくてもふらつく老体である。こみあげる怒り、腹立たしさを抑えなければ、本当に危ない、と自覚して歩く。

エアポート・プラザまで来て、停車中のソンテゥに寺までの値段を聞くと、一〇〇バーツ、とふっかけてきた。以前は八〇バーツで行ってくれたが、ダメ、ノー、マイダイ〈行けない〉、と運ちゃんは首を振った。昨日のトゥクトゥクの人の好い運転手とは大違い。人相も悪い。

いつだったたか、西舘好子さん〈作家井上ひさし氏の元奥方で劇団や日本らばい協会〈現：日本子守唄協会〉を主宰〉とお会いしたとき、ワタシはいつか自分の身を守ってくれるものと考えて、あらゆる占いというものを学んできたけれど、その中で、いちばん当たっていると信じることができたのは、「骨相学」である、とおっしゃっていた。最近の我も、日本ではそうでもなかったけれど、いろんな異国人、タイ人と接してきて、実にその通りだという気がしてならない。

しばらく帰路を歩いた。午後の遅い日差しが強く、日陰でソンテゥを待つ。一〇分ほどで拾えたが、ターペー門まで、というと、首を振った。では、チェンマイ門まで、というと、これにはうなずいて、前の助手席に乗せてくれた。しばしば冷房のきいた前の席に座らせてくれるのは僧の特権だが、これがやかましい運ちゃんで、はじめから終わりまで、日本はお金持ちだ、というコトバを大声でくり返した。アメリカもだめ、フランスもだめ、日本だけ、お金持ち！　軽薄を絵にかいたような骨相の運ちゃんに、疲れが倍加する。後部座席のほうが静かでよかったのに、これも失敗。チェンマイ門からは一五分余り、ゆっくりと歩いて帰った。やっと僧房に辿りつく。国境がうらめしい、疲れ果てた一日。

○犯した大失敗の因と果　十月十八日（水）

早朝から晴天。托鉢日和だが、体調は最悪。危険を感じて休むことに。昨日の後遺症が夜まで続き、一睡もできず。夜中に腹痛まで起こし、おまけに朝方はまた道路工事の音に悩まされ。

休むことも練習のうち、とあるアスリートは我にいったものだが、休むことも修行のうち、と言い換える。さすがに、ムリしない、頑張らない、と、みずからの身体が答えを出した。

後遺症は、いわば腹立たしさゆえの神経性のものだ。それが胃腸にまで響いて、昨日から下痢気味に輪をかけた。夜中に起き出して、漢方の胃薬に助けを求める。これはやむを得ない、眠りを得るためのもの。身体が要求するものだった。

何ゆえに、そういう馬鹿なことをしてしまったのか。考え出すと、とまらなくなった。それには原因というものがある。因果の法則は、仏法の肝心かなめ。釈尊の悟りの中核をなすもの。あらゆる「苦」には、その原因が「集」まってある。その原因もさまざまで、主因とその周辺の条件を「縁」というが、その因と縁がみごとに集積して愚かな行為に向かった。二度と同じ間違いを犯さないためには、その因縁をまず知る必要がある。

主因は、油断（不注意）、浮つき（無思慮）、怠惰（面倒くさがり）、という三つの煩悩だ。それを生じさせた「縁」として、「老い」がある。

実のところ、一時は、再入国ビザをいま取ることにためらいがあった。なにも急ぐことはない、ビザの更新をしてからでも十分に間に合うし、場合によっては出国の際、空港でもとれる。それなのに、なぜ、と問えば、九十日レポートが早くすんで時間が余ったことや、いま取っておけば後々の手間がはぶける、という怠惰なこころだ。その面倒くさがりは、老いるにつれて増加していくものらしい。パパは何となく臭い、などと娘にいわれたことがあるけれど、わが身の清潔度や衣のニオイ、さらには身の回りの整理整頓が行き届かないため、いわゆる老醜ならぬ老臭が漂っているためだ。身体がかるくテキパキと動ける若い頃なら、そのような怠惰性は、あっても少なくてすんだように思う。

あとは、油断である。不注意。これで間違いがないかどうか、二度三度、確認する必要性は、仏教の日頃の教えのなかにもある。くり返し、念を押すことの必要性は、どんな時と場合にもいえることだ。千バーツという大枚を出すからには、再度、再々度、大丈夫かどうか、申請する前に、帰国の日と、戻る日を職員に告げて、ビザとの関係で間違いがないかどうか、これを問うのを怠った。ビザを更新して継続するのだから、大丈夫のはず、という自分勝手な思い込み。この思い込みも悪質な過ちを招く。

浮つき、は油断とセットにしていいと思うが、やはり老身の疲れから来るものだ。疲れると、落ち着きがなくなる。ソンテゥを降りた後、炎天下を一五分余り、その前にはチェンマイ門まで歩いて一五分、計三〇分ほど、ふらつきながら歩いて疲れていた。そのことが、確認、念押しを怠らせたともいえる。ふらつき、そのものが浮つき、ともいえる。

ゆだん、うわつき、なまけ、の三拍子が老身にそろったのだから、もはや救いようがなかったわけだ。やはり痴呆(にんち)が入ってきているではないか？

この後遺症から抜け出すには、しばらく時間がかかりそうだ。早く終わらせるに越したことはないので、そのためには考え方を変える必要がある。やってしまったものはしかたがない、後悔は無益であることを心得て、むしろよい教訓、老体へのお灸になったと考える。失敗は成功の元という便利な諺もある。この失敗をきっかけに、今後の無事を期す。悪い結果がまた因となり、新たな展開をもつ。因果は途切れなく続いていくから、一つ事にいつまでも拘る(こだわ)必要はない。犬のトラウマと比べれば、たいしたことはない。入管にひどい目に遭うのは、この悲劇的な世界では当たり前のこと。スキあらばとる、キャンセルを許さない巨大な国境ビジネス、ビザ・ビジネスの、御多分にもれない犠牲者。憎らしく、いさぎよく棄てよ、執着（これが最悪の「苦」を招く仏法違反）するな、あきらめよ、と言い聞かせて……。今夜は眠れるだろうか。

○異国暮らしにつきまとうビザ苦　十月十九日（木）

朝から晴れわたる。布施人たちは、もう降らないかも、という。そして、今日も暑くなる、と。その通り、午後からはカンカン照り。夕刻にほんの少しパラついて、また晴れる。日が暮れると、西の空に鎌の月（上弦五夜）が浮かぶ。おぼろ月とはよくいったもので、ぼんやりと霞んでみえるのは、むろん薄くかかる雲のせいだ。こういう風情もわるくない。

実は、昨日、朝から絶食した。托鉢を休んだバツ、ではなく、入管での失敗のお仕置き。食欲もなく、胃にも痛みがあるので、ちょうどよい。

ひと頃は、よく絶食したもので、最長は五日。悩まされていた発疹に対処するためで、その後はしばらく、発疹しない日が続いた。漢方医のすすめによるものだったが、さすがにもうそんなに長くはできない。二日くらいなら、重湯などによるもどしの数日を経なくても、三日目からはふつうに食べられるからいいのだが、その二日すらもきつくなっている。一日絶食がやっとのところ。すると、夜はよく眠れて、朝が爽快。バナナ一本だけ入れて、托鉢に出、途中、休憩しながら無事に戻ってきた。空腹のまま、お湯か水をのむだけで寝ると、よく眠れることは、絶食を体験するまで知らなかった。疲れていた胃袋までが休みを得るからだろうか、いつもは一時間半から二時間ごとに目が覚めるのだが、昨夜は四時間、すべてを忘れてぶっ続けで眠った。人体はやはり不思議だ。

思えば、出入国に関しては、ずいぶんと苦労を強いられてきた。外国との間を行き来する以上、あるいは外国に住む以上は、避けて通ることができない。とりわけ、タイに住むようになってからは、ビザなるものをとるために、一体どれほどの時間とカネを使ってきたか、とても計算しきれないが、膨大な時間と相当な金銭を必要としたことは確かだ。

僧になってからも、数年の間は、在家の頃と同じようにしていた。国境を越えてその国のタイ大使館へ、そしてビザを申請して受け取ると、また国境へ。ラオス（首都ビエンチャン）が最も取りやすかったので、最多の往来だった。カンボジアへ出かけたこともあって、これは国境を出たところですぐに折り返したり、プノンペンまで出かけたり。邦人の間では、ビザとり旅行（苦行でもある）、と称していたが、数か月ごとにそれをくり返し、どうにかこうにか歳月を過ごしていた。

はじめの頃は、ビザ取得の条件も比較的ゆるやかで、国境を越えてすぐに引き返せば、また一か月はオーケーで、それをくり返したこともある。が、国が経済発展をするにつれ、条件がきびしくなっていった。どうも国家というのは、経済的に豊かになってくると、そのようにする傾向があるようで、行って来いの法（国境を越えるだけで大使館へは行かない）は二度まで、といったふうに、制限をつけるようになり、すると、どうしても大使館まで行って、しかるべきビザ代を払って手に入れる、という行程が必要になった。しかし、これも最初は、二か月のビザに一か月の延長（これにもお金が要る）をプラスして、三か月ごとに何度でもオーケーであったのが、二度までしか許さない、とか、またも制限を設けていく。そして、ラオスがそういう限界に達したときは、別の国へ、例えばカンボジアとかミャンマーまで出かけていかねばならない。すると、また別の苦労が待っていて、プノンペンのタイ大使館などは、放っておくと一週間もかかるから、二、三日で出してもらうためには別料金（要するにワイロ）がかかるとか、おもしろくもない条件が付加したものだった。

僧になってからそれをくり返したのは、二年余り。その間、住職から許しを得て出かけていくわけだが、その年、ミャンマーへ出かけてそれを取得し、また飛行機に乗って戻ってきたところ、空港の入国審査でマッタがかかった。女性の職員だったが、アナタは僧なのに、なぜ観光ビザで過ごしているのか、と咎めるようにいい、別のセクションへ連れていかれ、長いこと待たされたあげく、言い渡されたのは——、このまま日本へ帰るか、ミャンマーへ引き返してしかるべきビザを取り直すか、どちらかを選ぶように、という世にも恐ろしい言葉だった。ならば、なぜ、ミャンマーのタイ大使館は我が僧であることがわかっているのに観光ビザを出したのか、これまでラオスやカンボジアへ出かけていたが、一度もそんなことをいわれたことはない、と抗議しても、まったく耳を貸さず、最後は降参するほかなかった。

やむなく再びミャンマー（首都ヤンゴン）へ、次の便を待って向かうまで、航空券手配などでスッタモンダして、やっと、強制送還される可哀想なミャンマー人たち（不法労働が明らかゆえ）に混じって引き返した。そして、ヤンゴンの大使館では、副住職の証明でよいというのでスマホのライン通信でもって証明書類を送ってもうらなど、またも身をすり減らし、ようやくにして、いわゆるノンイミグラント・ビザの仮証明のようなビザ（一か月）を得た。それを持って、今度はタイ（チェンマイ）の入管へ出向き、正式なノンイミグラント・ビザを申請することになる。その煩雑な手続きに、我はすっかり疲れ果て、本当にもう日本へ帰ってしまおうか、と考えたくらいだった。

しかしながら、結果的には、それ以降、住職と地域（チェンマイ）のサンガと、県知事の許可さえ得られれば、一年間のノンイミグラント・ビザがもらえることになって、まずはよい成り行きになったのだった。その意味では、バンコクの空港でマッタをかけてくれた女性職員のおかげ、ともいえるわけだけれど、異国で生きることの大変さが、我の心に後遺症のように刻印されたことも確かだった。

そういえば今日、住職に、ビザ更新のための書類を整えてくれるよう、依頼した。できるだけ早くしてもらい、ビザがとれた時点で航空券を予約することにしている。なのに、なぜ急いで再入国許可だけを取ろうとしたのか、またしてもみずからの愚かさがみえてくる。国境の怖さがわかっている者のやることではない！

○空いた頭になだれこんだ過去　十月二十日（金）

快晴が続く。季節はすでに乾季に向かってまっしぐら。朝方は、これまでの毛布一枚では背中が寒い。むろん夜中の冷房は要らない。道路工事がやっと終わったようで、ホッとする。が、道路が自由に通れるようになると、今度は巨大なバイクを駆る爆音が房の窓を震わせて、これがまた安眠を妨げる。

最近は、どうも慢性的な睡眠不足に陥っているようだ。原因は騒音だけではなく、自分のアタマのなかの雑念のせいもある。ひと頃ほどではなくなったが、在家であった頃の記憶が未だに去来することがしばしば。で、やっと眠りが来ても浅いためか、決まって奇怪な夢を見る。たまに怖い悪夢にも襲われる。

在家であった頃の記憶に加えて、俗世に残している問題のあれこれを想起するせいでもある。解決しなければならないと思いながら、未だ放置しているためだ。出家すると、そうしたことがすべて洗い流せてすっきりするかというと、まったくそうではない。むしろ、その逆で、年月を経るにつれて、いっそう心を悩ませるようになる。

問題が一つだけなら、苦労はしない。それが複数、さまざま込み入ってあるから、やっかいなのだ。それじゃ困るじゃないですか、とA氏の言葉が浮かび出るほどに、公私ともに困ることがあれこれとある。それが夜中にうるさく頭のなかを駆けめぐることが、睡眠不足を招いている最大の原因だ。

拙作『ブッダのお弟子さん にっぽん哀楽遊行』がやっと最終校正を終えて、ホッとしたせいもある。気を張っていたのが、ゆるんだせいか、空きができた頭にロクでもない過去が入り込んでくる。何かに熱中し、忙しくしている間は、よけいなことを思っているヒマがない。きっと、そのほうが生きていくにはラクなように思う。立ち止まらないほうがいい。振り返らないほうがいい、とは思うが、それはむずかしい。在家の時代に残してきたものと縁を切るのは、我の場合、子捨てにも相当する責任の放棄で、とてもできない。というより、やってはいけないことだ。

我の恩師はかつて、冠婚葬祭を逃れるには出家するしかない、といわれたことがある。坊主になれば、もう誰もとやかくいう者はいない、俗世を離れた存在を誘う者も咎める者もいない、と。確かに、理屈のうえではそうなのだろう。が、世にあるのは、冠婚葬祭の問題だけではない。むしろ、出家してもなおつきまとう問題のほうがはるかに多く、むずかしい。そういえば、脱稿した拙作には、副住職と日本を旅するなかで、そのへんのことをずいぶんと書いた。そのせいで、ホッとした頭に雑念がなだれこんできたのかもしれない。

我の父は、晩年、といっても死の数年前からだが、おっかへいな夢をみてしかたがない、と訴えた。

わが地方の方言で、奇妙な、というのを、おっかへな、という。そのことが我にもわかる年齢に達したということか。つまり、人は歳をとればとるほど、過去なるものが蓄積していき、因果が込み入り、錯綜して、正常な記憶装置が狂ってくるのではないか。それもまた、痴呆とも似通った老いの現象であり、しかたがないこと、という見方もできるだろうか。むろん、それも個々によるもので、年金もたっぷり、世話人もいる悠々自適の幸せな老後をすごす人には無縁のことかもしれないが。

釈尊(ブッダ)は、いわゆる「一切皆苦」を唱えた。人の一生は「苦」におおわれている、と。むろん、宿命としてある「生・老・病・死」の「老」もまた苦である。ならば、こうした我の状態は、当然の、誰にもある現実であると考えるべきなのか。そのように考えると、少し気分がラクにもなってくる。何も我だけの話ではない、人間ならば誰にも訪れる、多かれ少なかれある老苦の一種。その苦と付き合っていく覚悟をすることが、まずは大事だろうか。

苦を受け入れる。厭うことなく引き受けて、それからでなければ話は始まらない……。

○老身のふらつきの因を追求する　十月二十一日(土)

はや週末。明日はワンプラ、という日。いつもながら、早いものだと思う。朝から快晴。午後になって雲が広がる。曇りと晴れ間の比率も移り変っていくようだ。

昨夜はまずまずの眠りが得られたせいか、出足から足取りが重くない。帰路には鉢にあふれた荷が頭陀袋をはちきれさせて、いつもなら音を上げるところ、踏ん張って歩けることがうれしい。

折り返し点から、市場へも出かけた。買い物をする時間も入れて一五分から二〇分、バイクのC

氏は我が戻ってくるまで待っていてくれる。いつもの野菜に加えて、今日は、味付のり、というものを発見した。日本の物を売っている高級なマーケットにはある。幅二センチ、縦十センチほどの薄い、乾燥のりを二枚ずつのパックにして綴りにしたもので、三〇パックほど入ったプラスチックの袋が、いつものワローロット市場ではなく、その隣のラムヤイ市場のなかの乾物屋にあった。どこかにあるはずだと、この数か月、探していたのだが、やっと見つかった。三五バーツ、と、日本食を売る高級店の半額に近い。味噌もタイのものは半額くらいで、最近はもっぱらそれをコンビニで仕入れる。

ふらつき現象は相変わらずだが、寺を変わる前にはなかったそれがある、ということはどういう理由（わけ）なのか。たった数年で、それほど大きな変化を起こすものなのか、と考えるようになった。つまり、確かに老いは進行しているけれど、まだ、それほど急な老い方はしていない。なのに、体調にそのような変化があるということは、何かが足りない、栄養素的に欠けているものがあるからではないか、と考えるに至ったのだ。

クスリに頼る前に、まずその原因を探ってみよう、と考えた。かつて、発疹に悩まされたときは、その原因が托鉢食にあるとして、徹底した自分食に変えた。そして、一年ほどかかったけれども、ついに克服した。悪いモノの蓄積は、それを経てきた年数がかかるという確信の下、辛抱強く、甘辛のすぎる脂っぽい料理を排し、基本的に「あっさり食」とし、つまり美味すぎるモノからの決別でもって治すことができた。その記憶をよみがえらせて、もう一度、徹底して原因究明に当たろうかと思うのだ。

かつて、漢方医がいうには、我の身体はもともと日本人として生まれ育ち、長い歳月を日本食で過ごしてきたから、タイ食というのは体質に合わない、要注意のものらしいのだ。このことは前にも書いたと思うが、たまに異国の料理を物見遊山的に食べるのはいいけれど、それが毎食となると話は違ってくる。それに、近年は経済発展をして、ますます経済性を優先させるため、かつては鶏肉にしろ豚肉にしろ、自然の放し飼いによるものが多かったが、いまは逆に、閉じ込め飼いとでもいうべき育て方をしているから、その餌には速成させるための化学物質も少なからず入っていて、その影響も考えられる。少肉多菜、は養生訓にもあるけれど、油断をすると、いつの間にか、人間の身体まで太らせるような、いや、老体のふらつきなどは当然ながら起こってしまう一因となるのかもしれない。

というわけで、味付のり、もわがメニューに付け足すことに。これをカオニャオ（もち米）に巻き付けて、ナットウをほんの少しつけて食べると、のり巻きにした日本のおモチのようになる。せっかくお米が日タイの共通項としてあるのだから、その周辺をきちんと用心深く整えていけば、まだ何とかなるのではないかと考える。

もっとも、炭水化物（米とパン）が主食ゆえに、それが糖質過多、オーバーカロリーを招き、肥満や糖尿の原因になっているという医者もいて、タイ人の僧、在家を問わず肥満病（ローク・ウワン）が多くなったことの主因であることは確かだろう。くり返せば——、経済発展をしたおかげでたくさん食べられるようになったことからの、紛れもない過食が招く病であることも間違いない。ホドのよさをわきまえない、というより、それを知らない人間の不幸か。

食の問題は、実にむずかしい。その奥の深さと付き合うほかはない、と老心に決めた日。

○菜食祭に日本人の「食」を考える　十月二十二日（日）

ワンプラが巡ってきた。タイ暦十一月上弦八夜。托鉢は休み。四日前（水）にも休んだので、ずいぶんとラクに感じる。やはり、人は週に二日くらいは休むべきなのか、その必要性から定められた週休二日のように思えてくる。

在家からの布施食をみていて、ふと気づいた。そうだ、いまは菜食祭の最中だ、と。肉を使った総菜が見当たらない。そういえば、今週は、托鉢食でもそれが少なかった。ないわけではないけれど、いつにもなく野菜だけのものが多かった。

カレンダーを見てみると、今月の十五日（日）から始まって、明日二十三日（月）まで、と記されている。漢字では、九皇勝會、タイ語では〝テーサカーン・キン・ジェー〟（菜を食べる祭、の意）。中国系のタイ人が、肉食を戒めるために設けた習慣だそうだが、仏教が非とする殺生を反省する目的もあるようだ。よいことだと思うが、たったの九日間で終わることが残念である。せめて一か月くらいは、そのようであっていいと思うのだが、美食への欲を抑えるのはそれが限度なのだろう。もっとも、肉食（魚、鶏、豚）に炭水化物はないから、どんどん食べなさい、という医者もいるが、これまた無条件に正しいわけではあるまい。タンパク質の採り過ぎはその老廃物を蓄積させるから（かつての我の発疹の主因であったようだが）、いずれにしても過食はいけない、バランスが大事、という結論になるだろうか。

例年、タイ暦十一月新月の翌日（上弦一夜〈初一〉）から上弦九夜までと定められており、各都市のチャイナタウンで「齋」の字を印した黄色い三角旗を店先に立て、工夫をこらした野菜料理が販

ワローロット市場の菜食祭〈チェンマイ〉

売される。バンコクのヤワラート通りやプーケットのキンジェー・パレードなどが有名だ。

むろん中国系タイ人のみならず、一般のタイ人もそれに見習って、しばし肉料理を休む人が多い。

こうした習慣があることの意味を考えてみると、人は心の底では、ふだん肉を食べすぎていると感じているからではないか、ということがいえそうだ。もし、その肉断ちが悪い結果をもたらすことがあるならば、とても毎年の行事にならないと思う。身体のためにはいいことだとわかっているけれど、肉という美食への欲求を抑えることはできない、美味しいモノから別れることは、身を切られるほどにつらい。とてもできないから、せいぜい九日間くらいにしておいて、といったところか。


思い返せば、日本人が牛肉なるものを（日常的に家庭でも）食べるようになったのは戦後のことだ。街に牛肉屋が出現したのもそうで、我の父親は、学校の帰りに立ち寄って、たまのご馳走としていた。その姿を下校する生徒に見られると、翌日、ササクラ先生は昨日（きのう）、椿坂（西脇市）の肉屋に寄って肉を買っていた、云々と噂になったそうだ（これは教壇の先生が父であった姉の証言）。まだ昭和三十年代半ばの頃で、それほどに、牛肉などは庶民にとって珍しい、あまり口に入らないものであったのだ。


戦前の日本では、肉といえば鶏肉、あるいは雉（きじ）などの鳥肉だった。野生の猪の肉がたまにあったくらいだろう。鶏肉にしても、庭を走り回っているのをとっつかまえて、何か特別な日のご馳走にした。鶏をつぶす、という表現をしたもので、我の叔母などはそれを得意芸としていた。が、ふだんは、ご飯と味噌汁、それに漬物とたまに塩（しょ）っぱい焼魚がつく程度の粗食だった。

それでもって身体は、非常に強靱な力もちに育った。生前の父親によれば、わが村では秋祭りの大きな山車をクルマもつけずに男衆がかついで練り歩いたという。いつの頃からか、車をつけて、担ぎは宮入りの時だけになったが、それでも落としてしまう脆弱な青年たちを父は笑ったものだ。が、その父も戦後は肉の旨さには勝てなかった。

戦前の日本人が弱ければ、とても米国相手に戦争などできなかった、という人がいる。欧米人に負けることのない強さが肉体に備わっていたからこそ、大和魂の強さも発揮できたというのだが、その源はやはり握り飯が生み出すパワーであったというべきか。炭水化物だと悪者にしてばかりでは、一方にある絶妙の栄養バランスとエネルギーの役割がみえなくなる。もっとも、糖尿病を患っている人の適法は別であるだろうが。

酒といえば日本酒で、ビールやウィスキーなどが入ってきたのも戦後だった。日本人の飲食習慣は、敗戦によって大きく変わってしまい、それにつれて体質にも異変が生じていったという見方は間違っているだろうか。我がタイという国で食習慣を変えたことによる異変は、いまのところ重篤な病には至っていないが、起こっていたことは確かなのだ。ましてや、本来の日本人の習慣が、アメリカナイズされていくなかで（昨今はタイでも大流行のファーストフード店などもそうだが）、どのような変化をみたのかを思うと、やはり小さな影響ではすまないはずだ。いわゆる生活習慣病なるものの一翼を担う、つまり重篤な病の一因をつくるもとになったという見方は、親米派に叱られるかもしれない。が、誤解を恐れずにいえば、肉食だけがパワフルな肉体をつくるというのは、迷信以外の何ものでもない。息子の友人でプロをめざすゴルファーは、母親が台湾人で完璧な菜食主義者（一〇〇パーセント・ビーガン）であるけれど、元気一杯、そのTショットは三〇〇ヤードをかるく超えるという。

ビーガンもあくまで食習慣であり（宗教的な背景はほとんどない）、善し悪しの問題を超越している。欧米人から肉をとると生きていけない。インドの菜食主義者から野菜をとると生きていけない。いずれにしろ、考えてみていいと思うのは、日本人としてのＤＮＡは何か？　ということだろう。菜食がつよい日本人を育てたとすれば、日本人を弱体化したもの、膨大な数の生活習慣病をもたらしたものは何か？

敗戦による米国支配から始まる、欧米化のせいではないのか、という疑問を我は拭いきれない。押し付けられた制度、憲法一つが万事に通じる。すべて根底から考え直す時期に来ているのではないか……と、つらつら考えた一日。

○ラーマ五世崩御の日に想う　十月二十三日（月）

朝方の四時頃、かなり降った。托鉢に出る六時過ぎには小雨に。一応、傘を持って出たが、役立たず。疾走する車にハネを飛ばされただけ。薬水店で休憩中、小母さんから、こんな日はもう出てこなくていいのではないか、と進言を受ける。腹を三度切った同年配とまた会って、以前と同様、パッとシャツをめくってみせ、どうだ、といいたげ。垂れ下がった小袋が痛々しい。が、本人はにこにこ顔で、いまが青春、とでもいった風情である。まことに健全な生存欲。我も弱音を吐いてはいられない、と反省する。

今日は何の日かは、先月の二十三日（ダーラー・ラッサミー妃の生誕百五十周年の記念行事がチェンマイであった日）にわかっていた。すなわち、その王とはラーマ五世、チュラロンコーン王であり、今日はその崩御日に当たる。ワン・ピヤマハラート（大王祭）と称される国民の休日。従って十月は、十三日のラーマ九世の崩御日と合わせて、タイの大王ふたりの記念日がある月だ。

一九一〇年十月十三日、というと、わが国では明治四十三年。大王の在位（一八六八～一九一〇）の間は、明治維新から始まる激動の時代だ。黒船の来航にみるように、欧米列強がアジアの植民地化に忙しくしていた時期に当たる。チャクリー改革と呼ばれる大王によるタイの近代化は、奴隷解放（それまでは公然と奴隷が売買されていた）や学校教育（寺院が学校だった時代が終わる）の開始など、西欧諸国に遅れをとっている自国を欧州視察によって実感したことによるものだった。しかし、何よりの功績は、列強の植民地を免れるための外交を巧みにやってのけたことだろう。

その背景には、先代のラーマ四世（モンクット王）が優れた王であり、その政策を引き継いだことがある。親王の時代を通じて長く僧籍にあった（その間に仏教改革も行って厳格なタンマユット派を成した）モンクット王は、外敵との戦いを非とする仏教精神にのっとり、植民地化の先鋭としてやって来た宣教師たちを排除せず、布教活動に許しを与えて文明の進化した西欧に学ぶ一方で、自国民には仏教がいかに優れた宗教であるかを訴えることによって（キリスト教と争うことなく）仏教国を守りぬいた。この辺が、キリシタン禁止令を出して宣教師を追放したわが国とは大いに異なる点だ。

確かに、地政学的にみて、英国の支配下に入ったビルマ（現ミャンマー）とマレーシア、フランスが占領したインドシナ（ベトナムほか）に囲まれて、緩衝地帯となるに好都合であったという面もあるけれど、それに劣らず、ラーマ五世の治世となったタイがある程度近代化し、父王・モンクット王の築いた強固な仏教国として存在したことによって、英仏ともに植民地化をためらった、という事情がある。

ともあれ、その辺の歴史は措くとして――、ラーマ五世と日本の友好関係は、何といってもブッダの遺骨が日本にもたらされたこと（このことは既述〈九月二十四日〉）によって強固なものとなる。その遺骨をおさめるために建造されたのが、名古屋の覚王山日泰寺（旧称・覚王山日暹寺）であり、かつて副住職（現住職）とともに日本を旅した際に訪れたことは以前にも記した。寺の境内には、ラーマ五世の立像もある。が、肝心の仏（舎利）塔に辿り着くまで道に迷い、しかもやっとみつけた場所には柵が設けてあって、遠くから塔の一部を覗きみただけだった。

仏（舎利）塔は崇拝の対象であり、わが寺では、仏塔の周りの回廊を右回りに三周する。合掌して仏法僧（三宝）の徳を唱えながら、ワンプラの夕課の最後に必ずそれをやる。〃イティピソーパカワー　アラハン　サンマーサンプット……〃と、一連の唱えも三度、くり返しながら廻る。

日本では、柵の前で三拝しただけで引き返したのは、いささか残念だった。それでも住職(アーチャーン)は、我が撮った当時の写真をアルバムにして大切に保存している。何はともあれ、ブッダのお寺であることに変わりはないのだ。

○根底に精神性の危機がある　十月二十四日（火）

快晴の朝。夜になっても雲わずか。午後六時半、やや東寄りの上空にある上弦十夜の月が、すでに十分に明るい。

やがて雨季が終わる。僧の寺ごもり、パンサー期も終わることを意味する。

今年の雨季は、おとなしかった。異常気象であるからまだわからないが、最盛期の八月にも道が洪水となる豪雨は少なかった。すさまじかった年もあって、近年では二〇一一年のそれ（七月〜三

覚王山日泰寺境内のアーチャーン（二〇一八年秋）

か月以上続く）は首都バンコクまでも水浸しになった。我がタイへ居を移したのが二〇〇五年の暮れであったから、その六年後のこと。多数の死者（四百余名）を出したそれは、フィリピンからベトナムに上陸した台風の低気圧がもたらした豪雨によるものだったが、大河（チャオプラヤー川）上流のダム操作を誤った人災でもあったといわれる。

以前、我が所属した寺（パンオン寺）の仏塔が雨季の豪雨で倒壊した話をしたが、これまた降り過ぎる雨の怖さをみせつけるものでもあった。その仏塔を間もなく在家の力（寄進）によって、新しい黄金の仏塔に建て替えたのだった。

いまの寺も、近年に本堂が火災で焼失した。再建したのはやはり在家信者で、多数の寄進者の名が本堂内のプレートに刻まれている。同時に、仏塔も修理がなされた。ラーンナー王国時代からの古寺だが、数あるブッダ像もピカピカの本堂（ウィハーン）であるのはそのためだ。

伝統の力の大きさを思う。

そうした伝統が、近年はいささか危うくなってきている。世代交代をくり返すなかで、必然的に起こってくる現象であるのかもしれない。幸運であったタイですら、人々の精神性の問題において、先々の見通しは決して安泰ではない。ましてや、戦後に大きな断絶を経験し、連合国（実質アメリカ）の占領を通じて伝統が危機にさらされたわが国は、今こそその後遺症が文化はむろん政治、経済ほかあらゆる面に顕著に現れてきたように思えてならない。タイにも増して、精神性の問題が根底にある。

絶妙の栄養バランスを誇る〝シャリ〟は、アジア世界の大きな恵みだ。それをないがしろにして、放耕地だらけにしてきた戦後日本人は、どうかしている、というほかない。分厚い農地、農業法を成して管理社会の一翼を担い、米は作るより買うほうが安くつく、といった本末転倒、ゆがんだ町村を生み出した。おかげで食糧自給率はいまや四〇パーセント程度、あとは安全性に保証のない外国からのモノに頼るしかない、危ない国になってしまっている。

原子力発電は、そもそもアメリカがその国益にかなう（材料の大半を買わせる）ために認めたものだった。ヒロシマの悪夢もさめやらないうちに、大きな犠牲（住民の立ち退き等）を払って建設した多数のダム、山河の豊かな水力に満足せず、さらなる経済成長を求めて米国に追随した。その結果、もとより危ない地震大国であるわが国の海岸線をさらに危ないプルトニウムの堤で囲ってしまい、案の定ともいうべき未曾有の悲劇をもたらしたことは記憶に新しい。他国からのミサイルが原発に落ちた日にはそれだけで日本が沈没するというのに、何が国防だろう。

日本の事故をみて、あっさりと原発をあきらめたタイの判断は、まことに正しいものだったというほかはない。人の命と電気代と、どっちが大事か、仏教という原理原則をもつ国の当然の選択だった。ブッダの教えに照らせば、原発などは強欲の象徴のごときものであり、それに打ち勝つのは容易なことではない。いったん犯した人類の過ちを解決するには長い歴史が必要だが、我にはその答えを待つ時間がない。この世には、後生の叡智に待つしかないことが何と多いことか。

〇米とバナナの王国をクエー　十月二十五日（水）

快晴。朝は一段と気温が低く、23℃。これから十二月に向けて、あと10℃ほど下がっていく。さらに北のチェンライで、かつて7℃というのを我は体験している。山岳部では、南国らしくない

0℃以下を記録してツララがさがる。異常気象だが、まだ地球は正直だ。

鯖のおとうさんが、今日はバナナを三本。わが国にフィリピンから（近年は南米やラオスからも）入ってくるのは、およそ一般的な形（弓型）をしたものだ。が、バナナなるもの、種類がいくつかある。タイでは、大きく分けて三種。一般的なものは、クェイ・ホーム、という。クェイは、バナナのタイ語で、食えー！ といえば通じる。それを半分ほどにした小さいものを、クェイ・カイ、という。この大と小は中身が似たようなものだが、もう一つ、その中間のものがある。クェイ・ナムワー、という。これはやや短いぶん太っちょのもので、これが最も栄養価の高いものとして人気がある。おとうさんが献上してくれたのもこれで、やはり一番の好みであるという。味は他と似たようなものだが、やや粘り気があって他より歯ごたえがある。こちらでも、まだ青いうちから置いておき、よく熟して黄色くなってから食べる。熟しきったものがやわらかく甘味もあって、いかにも栄養がありそうだ。

バナナ王国といってよいタイには、食えーを使ったモノが多種多様にある。葉や幹も有用だが、果肉をスライスした乾燥バナナやココナツミルクに漬けたものなどもしばしば鉢に入れられる。が、これらも糖やカロリーがしっかりとあるので、食べ過ぎるわけにはいかない。が、たまにそれを切らすことがあって、そんな日はコンビニで一本（値上がりして九バーツ＝三六円）買い、人目のない休憩場所で食べる。本当は、僧がそんなふうに托鉢中にバナナを食べるのは品位に欠けるわけだけれど、昨夜から何も食べずにいる身体が重荷を持って歩き疲れると、持病のふらつきが増して危険きわまる。あと数百メートル、という最終コーナーにきて転倒でもしたら大変だ。ために、エネルギー補給のため、街角のレストラン（揚げ物専門店）の外、路地裏にある誰もいない丸テーブルに腰かけて、それをパクつくのだ。この食べ方も本当はいけない。正しい品のよい食べ方は、皮を半分だけむいて、あとはフォークか何かでカットして口に運ぶ。テーラワーダ僧は、そうすべきだと住職が教えたのはやはり日本旅行中だった。

今日もそうやって食べていると、向こう隣の寺、ワット・ウモンの住職が（たまに出る托鉢の帰りにその路地を通るのだが）不意に現れた。よたよたと杖をつきながら、太った身体をやっとのことで運んでいる。むろん裸足だから、よけいに痛々しい。我より五歳ほども若い住職で、もはや托鉢にも出ない三名の老僧（七〇代から八〇代）しかいない寺を率いている。若い僧はひとりもいない、典型的に廃寺寸前の寺（かつては栄えた古寺）だ。

我は驚いて、手元のバナナをさっと衣の内側に隠したが、ジロッとメガネの縁からにらんだ顔に苦笑いが浮かんだ。まあ、いいだろう、といったところだったか。

目にケガをした聖母がくれたのは、今日は、カオ・マオ、というもの。これはお米をカラ揚げのように油で揚げたもので、それに少々のピーナッツと乾燥小エビが乗せてある。コリコリと歯ごたえがある一種のお菓子だが、スープなどに浸すと柔らかくなって食べやすい。バナナもそうだが、米もまたいろんな調理法、食べ方があるのは米王国でもあるからだ。

○長寿に価値を置いて生きる　十月二十六日（木）

快晴が続く。もう降らないだろう、と布施人たち。

昨日は、別のラムヤイの樹（房の前）を切る作業を再び、今度は在家の協力も得てやった。危ない作業でケガ人が出ないか、ハラハラしながら窓から見守る。丸裸にされた樹がいささか痛々しい。

枝葉が生い茂りすぎてラムヤイの実をつけなくなったので、新しい芽をださせるためだという。数か月もすれば、また青々となるから心配は要らないそうだが。

日が暮れて、急に疲れをおぼえた。樹の伐採をみて気疲れがしたのか、筋トレをしていると眠気がきて、そのまま深夜まで眠りこける。上半身ハダカのまま、タオルを一枚の胸にのせたまま四時間近く眠り、その後、寝支度をしてまた朝まで、計九時間の、めったにない眠りだ。

思いのほか、疲れているようだ。ふだん、自分がどの程度の疲れをためているのか、気づかない。時間が来ると托鉢や勤行に出たり、この日記を書いたり、何かと気を張って日々を過ごしているから、いつの間にか、疲れが蓄積しているのだろう。それが限界にくると、昨夜のように、筋トレを頑張れなくなるのだ。

自分を知ることの大事がいわれる。が、それは相当に難しいことだ。自分の身体のことは自分がいちばんよく知っている、というのはその通りだが、どの程度わかっているのかと問えば、さあ……、とためらってしまう。そして、やっとの答えは、あんまりよくわかっていないね、ということになる。それがわかっていれば、生活習慣病などはなくなるはずじゃないの、と。ましてや、過労死などしない。肉体は精神を裏切ることの証明が、働き過ぎによる死だ。ふだん食べているものが、自分の身体にどのように作用して、どのような結果を生みだし、蓄積していくのか、とくにオイシイけれどカラダに悪いモノはわからない。そして、ある日突然、ガタンと来る。それまで、身体はけなげにガマンしている。沈黙の臓器などは、その典型だろう。

そのような人間の有様を、仏法では「無我」と表現する。我の身体は我のものではない、とはっきりという。そんなことはない、我のカラダは我のモノだろう！　何をいうのかね、と文句をいう人もいるだろう。が、残念ながらそうではない。そうであればどんなにいいだろう、と思う。おい、老いよ止まれ、と命じてその通りになるなら、誰も苦労はしない。いま口にしたモノは、胃の中でこうなって、腸でこう吸収されて、大腸に至ってその壁を傷めつけ、果てにはガンになっていく、というふうなことがわかったならば、人間は病を避けることができる。日々のストレスが、例えばいやな上司の顔をみるストレスが、どの程度深刻なものであるかがわかったならば、人はすぐに会社をやめることができる。それがわからないから、いつの間にか、上司の方向（左回り？）には首が回らなくなったり（これは実際に原因がそうと究明されたという話だが）、働き過ぎて死んでしまったりもするのだ。

我の思い通りにはいかないカラダを、ならばどうすればいいのか？　どうせわからないものなら放り出し、なるがママにすればよい。美味しいモノをたらふく食べて、飲んで、果てはガンになろうがなんになろうが知ったことか、と開き直る手もむろんある。そうして生きて、およそ短命に終わる人もたくさんいるけれど、それはそれでいい。覚悟を決めていたのだろうから、異議をとなえる必要もない。

しかし、そう簡単にあきらめて、開き直ることをしない我のような人もいる。むろん、わからないことはわかっているけれど、それでもなお、できるだけわかろうとする、そしてわかる範囲でもってそれなりの対応を考えていく、という姿勢だ。仏法は、無我の苦を説きながら、一方でその苦をやわらげる法もまた提供する。すなわち、英知と智慧でもって、無明を克服していくという、忍耐と努力もまた奨励する。医者などはこうでなければならないわけだが、あきらめてはいけない、自分をよく観察しながら、できるだけのことをしていく、そう易々と病魔の餌食になるわけにはいかない、という逆説もまた成り立つものとする。わからないものだけれども、わかろうと努めてみる、さすれば、放置して成るようになるよりもマシ、より長く生きることも可能になってくる、というわけだが、むろん長寿に価値を置く仏教の理念だ。以前、枯れ落ちていく人は幸せだと記したが、それに越したことはない。と、野垂れ死にを覚悟してもなお思うのである。

わが寺の住職によれば、修行をきわめたアラハン（阿羅漢）は、自分が眠りに入る瞬間にまで気づきをもつができる、という。みずからの身心の動き、働きにも気づいていけるので、老いと病を先送りすることもできる。ゆえに概して長生きで、記録に残っているのは百六十歳が最高齢。八十歳で得度して、それだけ生きたパークラ比丘（ビク）の例は、インドの昔の話だからすごい。釈尊の八十歳でも当時としては大変な長生きであったが、悟りを得たアラハンには、百二十歳ほど生きた例がざらにある。人間は、純粋に生物としてある寿命は二百歳程度だといわれるが、実際、アンデスの山中には、百五十歳くらいの人が何人かいて、矍鑠（かくしゃく）と山歩きをしているそうだ。ストレス社会ではとてもとても届かない、無理な話だが。

そういえば、ふらつきの原因がよくわからないことからして、すでに無我なる現象だ。が、いまは、何とかしてわかろうと、あれこれと考えている。わが母は、作物をとりに出かけた畑で、脳の血管が一瞬つまってバタンと倒れ、しばらくして起き上がる、ということをくり返しているうちに認知に陥っていった。血は争えない。我もまた、そのような現象を覚悟しないといけない、と思う。未然に防ぐ手があるのかどうか、それもわからないが、漢方のみならず、血液を浄化するなど、身体によいといわれることはすべてやっていく。以前は飲んでいた銀杏の葉（バイ・ペックァイ）のサプリ、すなわち「ギンコー」（脳の血流をよくしてアルツハイマー型認知症を予防するといわれる）なども再度採り入れながら、日々の食事にも手抜きしない、を原則として続けるほかはない。発疹を克服したときの徹底を思い出しながら、やるほかはあるまい、と覚悟を新たにした日。知らぬ間に疲れをためていた我などは、まだまだ序の口の凡僧にすぎない、と自覚した日でもある。

○難民たちのその後に人世を想う　十月二十七日（金）

快晴。午後から曇って風が吹くが降らない。湿気もだんだん減ってきた。乾季とはよくいったものだ。乾季は寒季でもある。寒がりの我は、昨夜から薄い布団を用意した。

住職によると、そろそろビザ更新のための書類が用意できそうだという。しばらく忘れていたが、大失敗の悪夢がよみがえる。千バーツというと、日本円にして（いま現在の円安レートで）四千円程度だが、日本の貨幣価値になおすと一万円以上の値打ちがある。それだけあれば、どれほど多くの土産を買って帰れるか、と思うと、またも残念むねん、である。

いつだったか、ビザのことなどは一切関知せず、平然と七年間も不法滞在のまま過ごしている日本人女性と会ったことがある。そんな面倒なことはゴメンこうむる、というわけで、万が一、当局にみつかることがあれば、罰金二万バーツ（最高額・約八万円相当）を払って、さっさとサヨナラすればいいんでしょ、というのだ。実際、アパートメントを借りるに際しても、パスポートの最初のページをみせるだけで、滞在期限がいつまでか、ビザはあるか、などと聞かれることはまずない。そんなことは当然のこととして、いちいち調べられることはない。いやはや、我などはお呼びではない、度胸満点の女性だった。本当は、こうでなければならない。国家、国境なんぞはクソくらえ！

日本のニュウカンなるものについても、我には特別な記憶がある。一九八〇年代初頭のことであるから、もう四十年以上も前のこと。我がまだ新人賞（すばる文学賞）の佳作に入って、モノ書きの活動を始めたばかりの頃だった。一人の若い女性が、警官の職務質問に引っかかり、不法滞在のカドで逮捕され、獄につながれた。その獄中からの訴えは、ワタシはラオスから来た難民であり、いまや帰る国もない、というもので、それが新聞に載った。その記事を目にとめた我は、さっそく支援の団体に連絡をとり、彼女以外にもいた他の難民も含めた救援活動に馳せ参じることになる。その活動には、弁護士や大学教授をはじめ学生や市民も含めて、多種多様な顔触れが揃っていた。

その女性の名は、チャン・メイラン（陳美蘭）という、まだ二十代前半のうら若い中国系ラオス人女性だった。ボランティアの弁護士らがタイ・ラオス国境にまで出かけて調べ上げた結果、ラオスの王族の娘〈養女〉で、インドシナ革命（一九七五年）によって政権が変わったラオスに留まることができず、まずは大河メコン（メーナーム・コン）を越えてタイ側へ逃れた。そこで滞在中に手に入れた偽造パスポートでもって東京へ飛び、滞在期限が過ぎた後も都内の某所にて過ごしていた。

夜中に無灯火で自転車に乗っていたところを警官に停められたのがきっかけだったか、不法残留の現行犯逮捕、留置、となったのだった。が、それをきっかけに、やはり逮捕されて獄中にいた同じ境遇の人間が続々と名乗りを上げて、難民であることを訴え始める。当時、ベトナムから海へ漕ぎ出して救出された、いわゆるボート・ピープルは話題になっていたが、チャン・メイランのような空からやって来た難民の存在は知られていなかった。それを我らは、エアー・ピープル（空からの難民）もしくは流民（ディスプレイスト・パースン）と名付け、ジャーナリストやカメラマンほかマスコミを動かして長い闘いを始めたのだった。曲折を経ながらも、最終的には我らが勝利して、彼らに「特別在留許可」なるものを獲得させることに成功する。

そこに至る過程では、入管の冷酷さ、非情さをいやというほど見聞させてくれたものだ。日本のマスコミが書いても動かない政府法務省は、アメリカのニューヨーク・タイムズが書くと震え上がるという、戦後のわが国を彷彿させるような場面もあって、実に勉強にもなった一連の活動だった。

その模様は、拙作『東京難民事件』(三省堂、集英社文庫)に詳しく書いたが、まだ海のものとも山のモノとも知れない我の、いわば記念碑的な作品だったと、いま振り返って思う。というのも、当時の活動を共にした弁護士らと有志の徒との交流がその後も続き、我が後にいっぱしの賞に届くための強力な支援を得たばかりでなく、いまに至るも付き合いが絶えていないからだ。

だが、皮肉なことに、我の親友となったFなどは、官の水は飲むな、という父親(皮肉にも京都の検事だった)の遺言を守り、インドで(日本人として初めて)マザーテレサにつながる慈善ボランティアを成して帰国した直後にめぐり逢った難民救済の活動以降も、官はおろか「民」にさえ一度も宮仕えをすることなく、いまは貧しい老後の身を四国において、ひっそりと暮らしている。

Fに世話になった難民の一人は、Fさん、お金がいるなら貸してあげますよ、というのへ、お前から金を借りようとは思わない、くれるというならもらってやってもいいがね、と笑ったという。

彼らを支援した者らは、その後、概して貧しい暮らしをしているが、助けられた彼らはその後、日本で頑張って成功した者が多い、という事実は、この人世の何事かを語っているようだ。ほとんどの者がその後、日本をステップにして、さらなる飛躍をめざすべく、アメリカへ、カナダへ、オーストラリアへと、難民(積極的)受け入れ国へと渡っていった。件のラオス女性、チャン・メイランもまた、その後、アメリカへと渡っていったが、Fが元難民筋からつかんだ情報によれば、いまはニューヨークのチャイナタウンに住んで、中国人マフィアの女ボスになっているという。

わかる気がした。金の延べ棒を頼りにメコンを渡り、ニセのパスポートで東京へ飛び、逮捕後もわるびれずに難民であることを主張し、あらゆる障壁を乗り越えて生き延びた女性である。いまはもう六十歳を越えているはずだから、ボスとなる資格は十分だ。さほどの美人ではないが、しっかりした丸い顔立ち（骨相）には、気丈さと可愛さが同居していた。

最後に会ったとき、ササクラさんのことは忘れないよ、と健気にもいってくれたものだが、この娘はなぜそんなことをいうのだろう、と思っていた。が、やがて日本を去っていくことに決めていたことからのセリフだと知ったのは、それから間もなくのことだ。

その数十年後には、我自身が経済難民となってタイへ落ち延びていくことになろうとは、何という皮肉か。そのことを知ったら、彼女は何というだろう。ニューヨークを訪ねていけば、もてなしてくれるかもしれない。いや、しばらくは面倒をみてくれてもいいくらい、日本ではおかげさまであったはずだ。

ときに人間の生存権すら否定する国境なるもの、やはり蹴とばしもの、であるのだろう。今日は、やわな男より、女性のほうがはるかにしたたかであることを想う日――。

○雨安居最後のワン・コーン　十月二十八日（土）

昨夜半、ときならぬ雷がとどいた。驟雨はほんの半時間ばかり、その後はまた静寂にもどる。朝方はやんでいたが、托鉢中にまた降り出して、しかし、折り返し点でLさんが貸すという傘を拒んで歩いた。最後まで小雨程度の降りで、雨季の名残の雨らしい。

ワンプラ前日の今日は、夕刻の僧だけの勤行がない。皆、翌日の準備に忙しいためで、中庭の掃除（除草も含め）や本堂や仏塔周辺の清掃など、やることがいくらでもある。なかでも大事なシゴトは、頭を剃ること。剃るはタイ語で〝コーン〟といい、ワン（日）を頭に「ワン・コーン（剃る日）」という。月に一度は必須で、住職のように新月日を加えて二度の僧もいるがマレである。

釈尊の定めた戒によれば、僧の頭髪は人差指の第二関節から先の長さまで許される。が、これはさすがに長すぎるというので、月に一度のワン・コーンが設けられたようだ。この日にカミソリを使う僧もいるが、昨今は（電動）バリカンなるものがあるので、ずいぶんラクになったといえる。

しかし、我が出家した当初は、まだカミソリ派が多く、剃る日には互いに剃り合ったり、独りで黙々とカミソリをあてる僧がいたり、さまざまだった。我の場合、独りで剃っていたので、マルコメになるまで一時間近くもかかっていた。それも市販の髭剃り用の簡易カミソリであったから、はじめに我を導いてくれた師（大学生僧）の、細身の鋭利なカミソリをしずかに当てていく姿が感動的で、うらやましく思ったものだ。一度その真似をして血を流すことがあってからは、僧らしいカッコいいやり方をあきらめた。鮮血に怯えたのだ。

三年目に入った頃、バリカンが許されるようになった（皆のために一機、住職があてがったのである）。以来、帰国時に手に入れたそれ（〇・八ミリまで可）でやるようになってからは、大幅な時間の短縮が可能となった。

頭を剃るのも一種の修行である。とすれば、頭を機械で刈るようになったことに、問題がないわけではない。が、洗濯もはじめは手洗いで大変であったのが全自動機でやるようになってからずいぶんと助かったように、老僧にはありがたいことだ。若い僧もまた、何もかも文明の利器から遠ざかることを強いたのでは、長続きしない、という配慮がサンガにはあるようだ。かといって、規律を緩めすぎるとタガが外れる恐れも出てくるから、その辺の程合いがむずかしいところだろう。すでに一センチ半ほど伸びた我の頭髪は、九分九厘まで白い。見た目は真っ白であるが、それを剃り落とすと、やや若返る。やはり、髪は邪魔っケなのだ。

ともあれ、今日も刈り終わった。白髪を落とすと若返るのは、せめてもの取り柄か。マル坊主には一切の防御がないので、外出時は帽子が（毛糸なので少々暑苦しいが）欠かせなくなる。とくに雨季の間は、雨をしのぐためにも有用なのだ。

いよいよ明日、パンサー期が終了する。布施人はそのことを口々にいう。プルンニー（明日）で終わりだね、と。まるでお目出たいことのようにいう。今年も修行期間が無事に終わる、というのはいいことだから。実際、我のような老僧はとりわけ、ケガもなく、ふらつきながらも杖には頼らず、危ない歩道でケガもなく、雨の日々を生きてこられたことは、それ自体、愛でてよいことだろう。大太鼓がある寺は、僧らがそれを打ち鳴らして楽しむ（以前の寺ではそうだった）が、それもまた祝うべき終わりを告げるものだ。

午後七時、まん丸い月が見事な輝きをみせて東の空にあった。境内は静寂そのもの、暮れた後は人っ子一人いない。一匹の猫も、老犬も隅のほうでひっそりと居る。住職の居室も明かりが消えて、僧らは皆、自室にこもり、はや仕舞いのかまえだ。

さて、締め括りは明日。

○間違いを正して団結する満月日　十月二十九日（日）

快晴。東の空にうすい雲がわずかに棚引くのみ。托鉢は休みなので、前庭の掃除、部屋の片づけ、一応終えてもまだ少し時間が余る。

タイ暦の十一月（月齢・上弦十五夜）満月日。むろん、ワンプラ・ヤーイ（大仏日）。いつもより多くの在家がやって来たのは、パンサー期最後のワンプラであるからだ。

オーク・パンサー（オークは「出る」の意）の行事として欠かせないのは、「パワラナ」という儀式だ。これもテーラワーダ仏教において伝統的に守られているもの。以前に述べた、在家の布施人が僧に欲しいものを問うことも同じ語を使うが、それとは別の意。すなわち、ワンプラの勤行（夕刻）が終わった後、皆の僧が本堂の定位置に集まり、住職の先導でこのように唱える。

〝サンカンパンテー　パワーレーミ　ティッテーナワー　ステーナワー　パリサンカーヤワー……〟云々。

その意は――、これまでの修行生活において、もし私に間違いや至らない点があれば指摘してほしい、それを私は何の怒りも恨みもなく素直に受け入れ、改善することに努めます、といった意味内容だ。

これを使って、ふだん口にしにくい小言や文句など、自由に発言できることになる。が、それをやる僧は、見たことがない。ただ、以前の寺の住職は、ひとりの僧を指し、僧房での話し声が大きすぎる、もっと静かに、と注文をつけたことがあった。住職の房が同じ建物内にあって、僧たちの階と隣り合わせているため、そういう注意を口にしたのだった。

共同生活をしていく上で、そのような時として問題となる（争いのもとにもなる）ことを遠慮なく指摘できる時間を持っているというのは、よいシステムといってよさそうだ。何の遺恨もなく受け止めて、間違いを正していくと誓うところに、その特色がある。そして、同時に求められるのは「団結」である。タイ語で「サーマッキー」というが、国歌にもうたわれるそれは、国や集団をまとめていく上でのキーワードといってよいものだろう。

それぞれが個別の目的を持つ修行期間だが、共同生活をする以上、それが必要であるのは、あくまで心構えとして大事であるからだろう。個々がそれぞれでありながら、一方で集団として生きるための条件でもある。いざというとき、必要なときには協力もし、助け合いもする、そういう姿勢でいるように、というわけだ。

修行期間といっても、以前に記したように、いくつか、ふだんにはない行事（布薩〈二二七戒律の詠み上げ行事〉や今回は出家式など）があっただけで、あとはいつも通りの日々。今日は、例の早口言葉による戒律の詠み上げ行事はなく、代わりに先ほどのパワラナの儀式が行なわれた。

我自身は期間中、何を修行したのかも定かではないが、ただ、雨季の空などにトクと「無常」を感じ、思うがママにならないわが身に「無我」を実感しながら過ごしたことは確かだ。それゆえに、さまざま考えてきた記録、その足あとを記せたことは、それ自体がある意味で修行であったのかもしれない。

僧の位というのは、テーラワーダ仏教でははっきりしている。年功序列というより、日功序列というべきか、出家が一日でも一時間でも早い者が上の位にくる。そして、パンサー期を何度（つまり何年）経たかというのが加わる。僧同士、見知らぬ者同士が出会うと、必ず相手のパンサー回数を聞く。それによって、相手との関係性がわかり、接し方、すなわち態度や言葉使いまでもが定まる。

かつて、住職の所へ遊びに来ていた僧と会ったとき、相手が挨拶がわりに合掌するので、こちらも返したところ、住職が、彼はパンサーが十回だよ、といったので、我は慌てて、高い位置で掌を合わせなおしたものだった。

夕刻のパワラナが終わって本堂を去るとき、住職が我に対して、改めて何か言いたいことがあるかと問うた。う〜ん、と我は考えて、こう答えた。みんな、食べ過ぎている、と。すると、住職は後に続く皆の僧を振り向いて、おい、トゥルンは、みんな食い過ぎだって注意したよ、と言い放った。むろん意味がわかっている太った僧たちは、苦笑いを浮かべただけだったが。

ともあれ、パワラナなるもの、団体を率いる者の大いなる知恵だと我には映る。そういう日を会社でも月に一度、設けていけば、首が回らなくなるほどに嫌いな上司などいなくなるのではないだろうか。

満月が、やはり東の空に煌々とある。経の一つに、アナタの願いごとが光輝く宝石のごとく、満月のごとくに叶えられますように、というのが（滴水供養の中に）ある。

——……サッペー　プーレントゥ　サンカッパー　チャントー　パンナラソー　ヤター　マニチョーティラソー　ヤター……

この仏教はおよそあり得ないことを、理想として平然と唱える。それが痛快でもある。久遠（くおん）の理想、たとえ得られなくても求めてやまないことに価値をみる、ということだろう。

求めても得られないことは「苦」（求不得苦）であるが、そのことをわかったうえでの希求であれば問題はない。叶わないときのココロの準備さえできていれば、何も恐れることはない。うろたえることもない平常心の大事さは、仏法の要だ。

満月は、そのパワーでもってしばしばその心得を忘れさせる。これからも大いに気をつけて、ふらつき浮つくことがないようにと願いながら、これにて休止符を打つ。

あとがき

出家以来、やがて八年余になります。今年（二〇二四年）の春には、日数でいえば（見習い僧の二か月を含めて）三千日を数えることになる。それも通過していくのでしょうが、思えば、よくぞここまで来たものだと改めて思います。わが人生そのものを振り返ってみると、やはりこの歳まで生き延びてきたのが奇跡的、というのが実感です。幾度もあった窮地や、九死に一生を得たことも二度や三度ではなく、運に見放されていれば、こうして生きてはいないでしょう。

人の栄枯盛衰、盛者必衰の理（ことわり）といってしまえばそれまでだけれど、日本史を通観してみれば、敗者が生き延びる術は、出家して僧姿になるか、人里離れてひっそりと暮らすほかはなかった。平家の落人をその典型例としてみると、我もまた現代の落人作家、それも海外へと落ちて、さらにその地で出家するという、二重の流転を体験した者として、生き延びるということにはとりわけの感慨があります。

大雑把（おおざっぱ）にいえば、人間にしてやられ、運に見放される一方で、幸運をもたらす人間に援けられてきた。その比率がかろうじて援けられる方へと傾いていた。そういうことだと、この歳になってつくづく思います。

人間関係のむずかしさはよく云々されるけれど、いっぱしの賞を得てからの我は、やわな性格が災いしてか、体よく利用されたり、うまい話に取り込まれたり、さんざんな目に遭ってきました。商売人の息子なら備わるようなしたたかさもなく、両親が教師という、とりわけ母親の並外れたやさしさを身に受けて育った子供は、人の世のきびしさ、怖さといったものに鈍感であったのでしょう。気がつくと膨大な時間とカネを無駄にして、果ては海外へ経済難民として落ちていかざるを得ない状況に陥っていました。もう少しかしこく、他人の影響を最小限にとどめて自己を律する生き方ができていれば、私生活上の問題がどうであれ、日本という故国で健在できたはずだという思いは、かろうじて異国で生き延びている頃から始まって、出家してからもしばらくは悔いとなって残っていたのです。

しかしながら、出家して以降のある時期から、つまり、文中でも記したように、出家から数年後、寺の副住職（現住職）とともに日本を旅した頃から、再びの転機が我の身心に起こりはじめる。つまり、それまでの後悔は無益なものとして葬るべきであると同時に、いまこの日、この時からが新しい始まりであるという認識に至ったのでした。そこに至るまでの理解の仕方についても、拙作にさんざん（恥を）かいていますが、副住職との「帰国旅」がなければあり得なかったにちがいありません。

人生は皮肉にみちている、というのもこの歳になって実感することです。異国の落人になってよかったとまではいわないけれど、そのことによって気づくこと、得られることというのは確かにある。表舞台を去ってはじめて見えてくるもの、実感すること、というのはあるもので、それは落ちてみなければわからない。同様に、人生なるものの真相、真実といったものは、仏門にでも入らなければわかり得ないことがいくらでもある。とくに我のような戦後世代は、その幼少年期において受けてきた教育なるもの〈あるいは戦後のＧＨＱ〈実質は米国〉の占領時代に本来の伝統的な姿、カタチが変質してしまったこと〉が、いうなれば、ブッダの教説（おしえ）にことごとく（といってよいほどに）反する勝者の思惑でもってなされたことに、我自身が抱える困難な問題の根っこをみたのも、出家しなければあり得ないことでした。

先ほど、やっと生き延びてきたと記した、その意味をいえば――、例えばよからぬ人間関係一つとっても、それがすべてマイナスで終始するのではなく、そのなかで思いがけず良好な関係が生まれたりもする。一つの失敗にしても（例えば我が手を出した映画の話にしても）、さんざんな目に遭いながら取り柄なるものがあったことで、どうにか救われていた。人生の因果は一筋縄ではいかない、転変きわまりないといってよく、無常は「苦」であるけれども絶望する必要などはまったくない。いま生きてあるかぎり、死を免れている以上、明日には好転する可能性があることもわかっておく必要がある。そうした自覚のおかげで自死を免れて生きてきたことも、出家してトクと認識したことなのです。

さらにいえば、先ほど落人になってよかったとまではいわない、と記したけれど、ふつうは体験できないような世界を見知ることができるなど、それなりの興もまた代償、取り柄としてあることも確かであり、モノを書く人間にはふさわしい成り行きであった、といえなくもないのです。いずれにしても、そのような皮肉を愉しむくらいの楽天性がなければ、あるいは敗者の言い訳（三分の理（りくつ））をすることがなければ、こうして生き永らえてはいなかったでしょう。

その甲斐があったのかどうかは、このような書きモノが読み手の方々に、我が覚える愉しさをどの程度共有していただけたか、あるいはそれぞれに困難な人生において、何らかの為になるなり、慰めになるなりしたのかどうか、ということに尽きそうです。

文中では、ずいぶんとわが国を外から見た苦言を呈していますが、その習性が始まったのは一九八〇年からの流民（難民）救済活動であり、この書の版元である論創社の社長、森下紀夫氏もそのメンバーの一人（出版物を担当）でした。いまは懐かしい思い出となっていることは、「難民たちのその後に人世を想う（十月二十七日）」として文中でも記しています。そうした旧知の人のおかげで売れないモノ書きも本が出せるというのは、これまた救われてある理由の一つといえそうです。前作『詐欺師の誤算』ともども、改めて御礼をいいます。

そして、この長い煩雑な日録と付き合い、編集の労をとっていただいた論創社の塚本雄一氏にも感謝の意を表したいと思います。

また、ここでは記しきれなかった仏法その他、お寺の話については、この先の書でもって補うことをお約束して、いったん筆を措くことにします。

合掌

二五六七（二〇二四）年　一月（寒季）　パーンピン寺僧房にて

笹倉　明

（プラ・アキラ・アマロー）

【著者略歴】
笹倉　明（ささくら・あきら）
作家・テーラワーダ僧
1948年兵庫県西脇市生まれ。早稲田大学第一文学部文芸科卒業。80年『海を越えた者たち』（すばる文学賞入選作）で作家活動へ。88年『漂流裁判』でサントリーミステリー大賞（第6回）、八九年『遠い国からの殺人者』で直木賞（第101回）を受賞する。主な作品に、『東京難民事件』『海へ帰ったボクサー　たこ八郎物語』（電子書籍）『にっぽん国恋愛事件』『砂漠の岸に咲け』『女たちの海峡』『旅人岬』『推定有罪』『愛をゆく舟』『超恋愛論　女が男を変える時代へ』『雪の旅—映画「新雪国」始末記』（電子書籍）』『復権—池永正明、35年間の沈黙の真相』『愛闇殺』『彼に言えなかった哀しみ』『出家への道—苦の果てに出逢ったタイ仏教』『ブッダの教えが味方する歯の2大病を滅ぼす法』（共著）『山下財宝が暴く大戦史』（復刻版）。近著に『詐欺師の誤算』（論創社）『ブッダのお弟子さん　にっぽん哀楽遊行』（佼成出版社）がある。2016年チェンマイの古寺にて出家し現在に至る。

老作家僧のチェンマイ托鉢百景——2023雨安居（パンサー）全日録

2024年4月10日　初版第1刷印刷
2024年4月20日　初版第1刷発行

著　者　笹倉　明
発行者　森下紀夫
発行所　論　創　社
東京都千代田区神田神保町2-23　北井ビル
tel. 03（3264）5254　fax. 03（3264）5232　web. https://ronso.co.jp
振替口座　00160-1-155266
装幀／菅原和男（ケイデザイン）
印刷・製本／中央精版印刷　組版／フレックスアート
ISBN978-4-8460-2369-0